비연사애

悲緣四愛

비연사애 4
박찬규 新무협 판타지 소설

초판 1쇄 찍은 날 § 2002년 3월 5일
초판 1쇄 펴낸 날 § 2002년 3월 15일

지은이 § 박찬규
펴낸이 § 서경석

편집장 § 문혜영
편집책임 § 장상수
편집 § 박영주 · 김희정 · 권민정
마케팅 § 정필 · 강양원 · 김규진

펴낸곳 § 도서출판 청어람
등록번호 § 제1081-1-89호
등록일자 § 1999. 5. 31
어람번호 § 제2-0061호

주소 § 경기도 부천시 원미구 심곡1동 350-1 남성B/D 3F (우) 420-011
전화 § 032-656-4452 팩스 § 032-656-4453
http://chungeoram.com
E-mail § eoram99@chollian.net

ⓒ 박찬규, 2002

값 7,500원

ISBN 89-5505-285-5 (SET)
ISBN 89-5505-311-8 04810

비연사애

박찬규 新무협 판타지 소설

悲緣四愛

비애 **4** 완결

도서출판 청어람

목차

제25장

눈을 뜨다

눈을 뜨다

날이 저문 지 오래건만 회의는 끝이 날 기미를 보이지 않고 있었다.
마중천자는 우문혜미를 바라보며 물었다.

"그대의 생각은 어떻소?"

"충분히 가능성이 있는 문제예요. 정파의 움직임이 너무 조용하다는
것이 그를 뒷받침해 주고 있어요. 전 대비를 하는 것이 좋다고 생각해
요."

"어떻게 대비를 하는 것이 좋겠소?"

"교환이 진행될 설봉에 매복을 해두었으면 해요."

"매복?"

사군악의 의문이었다. 그에 우문혜미는 사군악을 한 번 보더니 계속
말을 이어 나갔다.

"그래요, 혹시 모르는 일이니 매복을 해뒀으면 좋겠어요. 그렇게 하

면 정파 측에서 무슨 수를 쓰더라도 쉽게 당하지는 않을 테니까요."

그녀의 말에 마중천자는 고개를 끄덕였다.

"으음… 그럴듯한 말이로군. 하면 어느 정도 매복을 했으면 좋겠소?"

"혹시 모르니만큼 최대한의 인원을 투입해야 한다고 생각해요. 대충 자파의 고수 70명씩이 좋을 듯싶은데요?"

"으음……."

"허험……."

"으으음……."

여기저기서 뜻 모를 탄식이 흘러나왔다. 하지만 우문혜미는 그 탄식들이 왜 나온 것인지 잘 알고 있었기에 급히 말을 이어 나갔다.

"물론 많은 숫자죠. 그로 인해 화산에 퍼져 있는 우리 쪽 무사들의 경비망에 구멍이 뚫릴 것이니까요. 하지만 정파 측에서 교환 작전 때 우리를 공격할 생각을 하고 있다면 그만한 대비는 해야 한다고 생각해요. 가만히 앉아서 당할 수는 없는 일이잖아요?"

"으음……."

마중천자는 신음을 터뜨리며 생각에 잠겼다. 그의 발언권이 가장 높았기에 그의 가부에 따라 일이 결정될 것이었다. 해서 수뇌들은 그런 그를 주시했다. 그리고 마중천자의 입이 열렸다.

"음… 본좌는 찬성하오. 혹시 정파에서 암수를 계획하고 있다면 우리도 그에 대비를 해야 하니 말이오. 본 교는 70명을 내놓겠소."

"그렇다면 우리 수라회도 70명을 내놓겠소."

"우리 만수문 역시 70명을……."

저마다 70명씩을 내놓겠다고 했고, 이렇게 해서 설봉에 5백여 명의 무사를 매복시키는 것으로 결정이 났다. 그로부터 반 시진 동안 수뇌들은 누구를 지휘자로 할 것인지, 매복의 방식은 어떻게 할 것인지 등등의 세부적인 사항을 의논했다. 그렇게 세부적인 사항까지 일단락되자 우문혜미는 화사한 웃음을 터뜨렸다.

"호호호, 교환 작전 때 정파 놈들이 충격 먹을 걸 생각하면… 호호호호, 자다가도 벌떡 일어날 것만 같아요."

"흐흐흐, 맞소이다. 장 진인과 1백 40명이 모두 죽었다는 것을 알면 그놈들의 표정이 어떻게 바뀔는지. 흐흐흐흐흐……."

그녀의 말에 동조하듯 혁련기가 음산한 웃음을 터뜨렸다. 그때 가만히 있던 만독문주 만독마황 제룡악이 입을 열었다.

"난 아직도 실감이 나지 않소. 그렇게 절대적인 무위라니… 단신으로 장 진인을 비롯한 일류고수 1백 40명을, 그 뒤엔 역시 일류고수들 5백 명을, 그 뒤 바로 대막의 공포인 천랑대를 2백이 넘게… 그의 무위는 흡사 왕년의 절대제황(絶對帝皇)을 보는 것만 같으니… 아무튼 본좌는 기쁘오이다. 우리 마도에 그런 전무후무한 고수가 있다는 사실이 말이오. 사문주, 감축드리오."

"하하하, 그저… 칭찬에 고마울 따름입니다."

사군악은 자신에게 포권을 취해 보이는 제룡악에게 미주 포권을 취해 보이며 호탕하게 웃었다. 사위 칭찬에 기분이 안 좋을 장인이 어디 있겠는가?

"호호호, 저 역시 감축드려요. 이제 마도는 그 아이로 인해 욱일승천(旭日昇天)하게 될 것이니까요. 호호호호."

우문혜미 역시 사군악에게 포권을 취했고 사군악 역시 웃으며 그녀에게 미주 포권을 취해 보였다.

쾅!

그때 마중천자가 탁자를 거세게 치며 일어났다. 제룡악의 말에서 뭔가를 생각해 낸 듯, 그의 얼굴은 일그러질 대로 일그러져 있었는데, 그는 그 일그러진 얼굴을 사군악에게로 돌리며 떨리는 목소리로 말했다. 그의 그런 모습으로 인해 장내엔 순식간에 차가운 공기만이 맴돌았다.

"사, 사 문주, 솔직히 말해 주시오."

"무슨… 일이십니까?"

"그 아이, 그 아이는 혹시 천무성맥이 아니오?"

난데없이 튀어나온 마중천자의 말, 소리없는 경악이 장내를 훑고 지나갔다. 모두의 입은 벌어져 있었고 그들의 시선은 사군악에게 집중되어 있었다. 그들이 시선을 받으며 사군악은 난감해졌다.

'밝혀야 하나? 아니면 숨겨야 하나?'

하지만 그의 고민은 짧았다. 정파에서 이미 알고 있고, 마의를 비롯이미 알고 있는 자들이 꽤 있었기 때문에 굳이 감출 필요는 없다는 생각이 들었기 때문이다. 또한, 그에게 물은 것이 마중천자였기에 그는 솔직히 말하기로 결심했다.

"으음… 그렇습니다."

수뇌들은 사군악의 말에 눈을 크게 부릅뜨고 그를 바라보았다. 그들의 눈엔 부러움과 시기가 가득 담겨 있었다. 하지만 마중천자는 달랐다. 그는 역정을 내며 외쳤다.

"아니, 그렇게 중요한 것을 왜 여태껏 말하지 않았소?"

"그게… 굳이 알릴 필요는 없다는 생각에……."

"아니! 사 문주는 그 사실을 즉시 알려야 했소. 그로 인해 우린 어쩌면 큰 낭패를 겪을 수도 있단 말이오!"

사군악은 마중천자의 말을 이해할 수가 없었다. 그런 그의 마음을 아는지 우문혜미가 대신 질문을 해주었다.

"낭패라니요?"

하지만 마중천자는 그녀의 말에 대답하지 않고 혼잣말처럼 중얼거렸다.

"절대제황… 절대제황… 내 진작에 알아봤어야 하는 것인데……."

"교주님! 왜 그러세요?"

우문혜미의 고함에 정신을 차렸는지 마중천자는 좌중을 한 번 훑어보며 자리에 털썩 주저앉았다.

"우문 궁주, 그 아이는 여태 몇 번의 전투를 치렀소?"

하지만 그의 입에선 전혀 쓸데없는 말이 튀어나왔다. 그러나 우문혜미는 뭔가 이유가 있음을 느끼고 즉시 대답했다.

"비무대회를 뺀다면… 장 진인 일행과 한 번……."

"그때 죽인 숫자는?"

"…정확히 1백 41명이요."

"으음… 계속하시오."

"흑죽림에서 두 번……."

"그때 죽인 숫자는?"

"대략… 7백여 명 가까이 될 거예요."

"계속하시오."

"그리고… 이건 확실치 않고 그저 추측하는 것인데, 화룡방과 절검문의 괴멸이 그 아이의 짓일 가능성이 있어요. 하지만 이건 어디까지나 추측이니……."

"그만! 죽은 숫자는?"

“예? 예. 그건… 대략 2백 명 정도예요. 하지만 그 아이가 한 짓이
아닐 가능성이 더 많……."

“됐소. 넉넉하게 잡는 것이 좋으니.”

“그리고… 아직까진 없어요. 도대체 왜 그러시는 거죠?”

하지만 마중천자는 우문혜미의 물음을 못 들었는지 독백처럼 중얼
거렸다.

“넉넉잡고 네 번의 전투, 그리고 1천 명 이상의 살인… 늦은 것인가?
아니면… 아직 희망이 있는 것인가? 사 문주!”

“예, 예?”

“솔직히, 그리고 정확히 대답해 주시오. 그 아이가 혹시 인성에 영향
을 끼치는 마공을 익힌 적이 있소?”

“예? 무슨 뜻이신지……."

“대답해 주시오. 그 아이가 인성에 영향을 끼치는 마공을 익힌 적이
있소?”

“없습니다. 전 그런 무공을… 가르친 적이 없습니다. 도대체 무슨
일인지요?”

하지만 이번에도 마중천자는 사군악의 질문을 무시하고 우문혜미에
게 재빨리 물었다.

“우문 궁주, 그 아이는 지금 어디에 있소?”

“지금쯤 화산의 끝자락에 도착했을 거예요.”

“그렇다면 급히 전서를 날려 그 아이를 이곳으로 되는대로 빨리 오
게 하도록 해주시오.”

“…알겠어요. 한데, 대체 무슨 일이기에 그러시는 거죠? 전 이해를
할 수가 없군요.”

마중천자는 장내를 한 번 둘러보았다. 모두의 시선이 자신에게 꽂혀 있음을 안 그는 숨을 한 번 내쉬며 천천히 마음을 다스렸다.

"모두… 절대제황을 아시오?"

그의 입에서 다시 이상한 말이 터져 나왔다. 하지만 무슨 이유가 있을 것이라 생각한 우문혜미는 고개를 끄덕이며 재빨리 대답했다.

"예, 알다마다요. 그분을 모르는 사람도 있나요?"

"그럼… 그 절대제황이 우리 천마신교의 사람이었다는 것도 알고 있소?"

"예?"

"그럴 수가……."

"절대제황이 마교의……."

마중천자는 장내의 소란을 무시하며 다시 말을 이어갔다.

"그는 본 교의 인물이었소."

"하, 하지만… 당시 천마신교의 교주는……."

우문혜미가 뭐라 반박을 하려 했지만 마중천자의 말이 그녀의 말을 막았다.

"그는 교주가 아니었소. 그리고 그리 높은 직책의 인물도 아니었소. 그저… 흔한 무사들 중 하나였을 뿐이오."

"어째서죠? 그의 무공은 무적인데 왜 그에 합당한 지위를 내리지 않았던 거죠?"

우문혜미의 의문은 당연한 것이었다. 5백 년 전 절대제황 위무쌍은 그야말로 무적이었다. 누구도 그의 일초를 받지 못했고, 그의 발 밑에 머리를 조아려야 했다. 그런 그가 마교에서 그저 흔한 무사들 중 하나였다니… 그녀의 물음에 마중천자는 한숨을 내쉬며 대답했다.

"후우… 그는 그다지 특출나지 않은 무사였소. 그저 평범한 무사였을 뿐이오."

그가 잠시 말을 끊었지만 누구도 입을 열지 않았다. 우문혜미조차도 입을 다문 채 마중천자의 입이 열리길 기다렸다. 다음에 나올 말이 중요한 것임을 느끼고 있었으므로.

"본 교는 5백 년 전 환사문의 침공을 받았소. 내가 알기로 거의 무너지기 직전까지 갔다고 하오. 하지만 그때 한 무사가 나타났지. 본 교의 평범한 무사 하나가……."

"그가… 절대제황이었군요?"

"그렇소. 그가 절대제황이었소. 그는 그때까진 무공을 익히는 걸 별로 좋아하지 않아 별 볼일 없는 무사였을 뿐이었소. 하지만 그런 그가 단신으로 환사문 문도 1천 명가량을 죽여 버렸소. 실로 만부막적이었지. 그로 인해 본 교는 살아남았지만 그 당시의 교주였던 21대 마중천자는 그런 절대제황을 그냥 내버려 두지 않았소. 그가 여태 무공을 숨기고 있었다고 오해하여 그를 본 교에서 내쫓아 버린 것이오."

"오해라고요? 그럼 그는 무공을 숨기지 않았단 말인가요?"

"그렇소. 50년 전에야 그 사실이 밝혀졌지. 그가 할 줄 아는 무공이라곤 삼류권장법 몇 가지밖에 없었다는 것 말이오."

"그, 그럴 수가?"

"어떻게 그런 일이?"

"그, 그럼 그 삼류권장법 몇 가지로 어둠의 자객들인 환사문 문도들을 1천 명 가까이나 죽였다고요?"

도저히 믿을 수 없다는 우문혜미의 물음이었다. 하지만 마중천자는 고개를 끄덕였다.

"그렇소. 나 역시 믿을 수 없는 일이지만 사실이오."

"그, 그럼 어, 어떻게 그렇게 강한 무위를 보일 수가 있었던 거죠?"

"그는… 단지 화가 났을 뿐이었다고 하오."

"다, 단지 화가 났을 뿐이라고요?"

"그렇소. 단지 화가 났다는 이유만으로 삼류무사에서 절정의 고수로 탈바꿈하고 만 것이오. 그리고 그게 내가 하고 싶은 말이오. 절대제황은 삼류무공 몇 가지로 무적이라고 불렸소. 누구도 그의 일초를 막을 수 없었고, 그의 앞을 막는 건 이유 여하를 막론하고 파괴되었소. 그런 그가 천무성맥이었다는 사실은 모두 알고 있을 것이오. 한데 그 아이가 천무성맥이라니… 또한 그 아이는 금붕문의 절세 무공들을 익힌 상태가 아니오? 또한 전설의 검강까지 말이오."

짝!

우문혜미는 뼈마디가 으스러질 정도로 거세게 박수를 치며 소리쳤다.

"마, 맞아요! 그러고 보니 그 아이는 싸울 때마다 이성을 잃고 미친 듯이 싸웠어요! 그때마다 상대는 모두 전멸하고 말았죠!"

"하면 무엇이 문제란 말입니까? 전 도무지 마중천자님의 말뜻을 모르겠습니다. 그 아이가 강하다는 건 우리에게 좋은 일이 아닙니까?"

사군악은 짜증스런 어투로 외쳤다. 그의 눈엔 마중천자가 위문이 강한 것에 못마땅해하는 것같이 보였으니까 말이다. 그런 사군악을 보며 마중천자는 서서히 본론으로 들어가기 시작했다.

"50년 전에 본 교는 한 가지 엄청난 사실을 밝혀내게 되었소. 그 당시 본 교의 학자들은 절대제황의 행로에 깊이 파고들었었는데 그때 한 가지 엄청난 사실이 밝혀진 것이오."

“그게 뭐였나요?”

“천무성의 뒤에 감춰져 있는 또 하나의 별이 있음을 말이오.”

쿠쿵!

모두의 심장이 내려앉는 소리가 들려왔다. 그것을 아는지 모르는지 마중천자는 계속 말을 이어갔다.

“천무성의 뒤에 감춰져 있는 별, 그 말은 천무성맥의 몸에 한 가지 기운이 더 존재한다는 말. 천무성의 뒤에 감춰져 있는 별의 이름이 뭔지 아시오?”

“……”

“학자들은 그 별을 ‘천살성(天殺星)’ 이라고 하더군.”

쿵!

다시 한 번 모두의 심장이 내려앉았다. 그리고 침묵이 흘렀다.

“하, 하면 그 아이의 몸에도……”

억겁의 침묵을 깨고 사군악이 떨리는 목소리로 물었다.

“그렇겠지. 그 아이가 천무성맥이라면 그 아이의 몸에도 그 천살의 기운이 숨겨져 있겠지.”

“그, 그래서 그 아이의 싸운 횟수와 죽인 숫자를… 물은 거군요?”

“그렇소. 천살의 기운은 분노가 몸을 지배할 때, 천무의 기운을 누르고 일어난다고 하오. 그 뒤는… 모두 알고 있으리라 생각하오. 그 아이가 어떻게 행동했는지 말이오.”

“모, 모두… 죽여 버렸지……”

유철휘의 떨리는 말이었다.

“하지만 더 큰 문제는 한 번씩 분노를 할 때마다, 천살이 한 번씩 깨어날 때마다 그 아이는 '마성'에 빠져든다는 것이오."

'마성'을 특히 강조하는 마중천자였다. 모두들 말이 없었다. 이 놀라운 사태에 뭐라 할 말을 잊은 것이다. 하지만 다음에 나오는 마중천자의 말에 모두는 숨을 죽일 수밖에 없었다.

"광마(狂魔)의 혈겁을 아시오?"

"서, 서, 서, 서, 서, 설마!"

우문혜미가 뭔가를 알아챈 듯 사정없이 떨리는 어투로 고함을 터뜨렸다. 그러자 마중천자는 우문혜미를 바라보며 천천히 고개를 끄덕였다.

"5백 년 전 환사문을 단신으로 멸망시킨 절대제황이 모습을 감춘 뒤 채 1년도 되지 않아 나타난 광마. 그는 환사문의 횡포에서 벗어나 다시 일어서고 있는 무림을 철저히 짓밟았소. 그 단 한 명의 손에 무림은 암흑 시대를 맞았지. 그것은 그가 스스로 모습을 감추기까지 10년 동안 계속되었소."

여기까지 말한 마중천자는 잠시 숨을 골랐다. 그리고 천천히 좌중을 둘러보았다. 모두의 얼굴엔 숨기려야 숨길 수가 없는 경악감이 드러나 있었다. 마중천자는 그들을 둘러보다 시선을 사군악에게 고정시켰다. 그리고 한 자 한 자 천천히 내뱉었다.

"…그렇소. 광마… 그가 바로 절대제황 위무쌍의 화신(化身)이오."

"……."

모두들 입을 쩍 벌린 채 아무런 말도 하지 못했다. 5백 년 전의 비사, 누구도 몰랐던 5백 년 전의 비사가 밝혀지는 순간이었다. 오랜 침묵을 깬 것은 우문혜미였다.

"그, 그, 그, 그, 그럼… 그는, 절대제황은 천살의 마성에 지배되어……."

"그렇소. 그는 천살의 마성에 지배되어 무림을 피로 물들이고 만 것이오. 내가 왜 이렇게 놀라고 있는지 이제 알겠소?"

전신에 소름이 돋는 것을 느끼며 우문혜미는 떨리는 목소리로 고개를 끄덕였다.

"아, 알 것… 같군요……."

하지만 마중천자의 말은 끝난 것이 아니었다. 그는 이제 시작이라는 듯 더욱 충격적인 말을 하기 시작했다.

"왕년의 광마, 아니, 절대제황은 천하를 피로 물들이며 단 세 가지 무공만을 사용했소. 아니, 그가 알고 있는 무공이라곤 그 세 가지밖에 없었다고 하오. 홍염장(紅焰掌), 분뢰수(分雷手), 흑마권(黑魔拳)이 그것이지."

"그런 사, 삼류무공들로 어떻게 그런 무위를?!"

유철휘가 터뜨린 고함이었다. 그의 말대로 홍염장이나 분뢰수, 흑마권은 마도를 걷는 무사라면 누구나 한 번쯤은 익혀본 적이 있는 가장 기초적인 무공들이었기 때문이다.

"…아마도 천무성, 아니, 천살성의 힘이겠지. 천살의 마성에 지배된 절대제황은 그 삼류무공들로 천하를 피로 씻었소. 한데 그 아이… 그 아이는… 금붕문의 무공에 전설이라는 검강을 익힌 상태요. 만약 그 아이가 천살의 마성에 빠지고 만다면 어떻게 되겠소?"

와르르릉! 쿠쿠쿵!

탄식과도 같은 마중천자의 말에 수뇌들은 벼락이 머리 속을 뒤흔드는 느낌을 받았다.

광마가 알고 있던 무공이라고는 단 세 가지밖에 없었다. 그것도 모두 삼류무공들이었다. 하지만 그런 삼류무공들로 그는 천하를 피로 물들였다. 누구도 그를 막지 못하고 쓰러져 갔다. 하지만 위문은 금붕문의 무공에 전설의 검강을 익힌 상태이다. 만약 그가 천살의 마성에 빠진다면? 그래서 미쳐 버린다면?

…무림은 사라지고 만다.

제2의 광마의 손에.

"꾸울걱!"

누군가 마른침을 삼키는 소리가 침묵에 잠겨 있는 장내에 울려 퍼졌다. 우문혜미였다. 그런 우문혜미를 보며 마중천자는 천천히 입을 열었다.

"모두들 내가 무엇을 우려하고 있는지 이제 알 것이오. 아직 그 아이는 마성에 빠지지 않았을 것이오. 그렇지 않소, 우문 궁주?"

"그, 그래요. 영아의 보고에 따르면… 아마 그럴 거예요."

조금은 불확실한 답변이었다. 하지만 마중천자는 우문혜미의 답변이 자신이 예상했던 것과 비슷했기에 그다지 깊이 생각해 보지 않고서 급히 다음 말을 내뱉었다.

"본좌는 지금 즉시 본교 총단에 전서를 날릴 것이오. 천살의 마성을 억제하는 방법을 알고 있는 학자가 있을지도 모르니. 여러분도 나름대로 수고를 해주어야 할 것이오. 자칫 잘못하면 제2의 광마가 탄생할 수도 있는 일이니 말이오."

그의 말에 모두들 고개를 끄덕이며 동조했다.

"그리고 사 문주, 사 문주는 그 아이가 돌아오거든 되도록 잘 보살펴 화를 내는 일이 없게 만들어주시오. 중대한 일이니 꼭 그렇게 해주기 바라오."

"알겠습니다. 그 아이가 돌아오면 화를 내지 않도록 각별히 신경 쓰겠습니다."

"그리고 또……."

마중천자는 계속해서 수뇌들에게 지시를 내렸고 수뇌들은 저마다 고개를 끄덕이며 자신이 맡은 바에 최선을 다할 것을 굳게 다짐했다.

*　　　*　　　*

한편, 그 시각 위문과 전옥영, 그리고 옥영의 등에 업힌 채 축 늘어져 있는 화수수는 노숙할 곳을 찾고 있었다. 수수가 깨어나면 살심이 일 것만 같아 위문은 그녀가 깨어나려 할 때마다 다시 그녀의 수혈을 짚어 잠들게 했다. 그들은 조금 전에 화산의 끝자락에 도착했다. 그리곤 부지런히 산길을 오르고 있었는데 점점 날이 어두워지자 쉴 곳이 필요했던 것이다.

"휴우… 아무래도 나무 위에서 노숙을 해야 할 것 같은데요?"

아무리 둘러보아도 민가는 보이지 않았기에 옥영은 체념한 목소리로 말했다. 그러자 위문 역시 고개를 끄덕였다.

"그렇게 해야 할 것 같구려. 하면 적당한 자리를 찾아봐 주겠소?"

"예, 알겠어요."

말을 마치자마자 옥영은 바닥에 수수를 내려놓곤 바람처럼 사라져버렸다. 그런 그녀의 모습을 보며 위문은 그대로 바닥에 주저앉았다. 그렇게 앉아 멍하니 하늘을 바라보았다. 하늘엔 무수히 많은 별들이 총총히 빛나고 있었다. 천천히 숨을 고르며 그는 느긋한 마음으로 하늘의 별들을 응시했다.

'후후…….'

가슴이 설레이는 것은 어쩔 수가 없었다. 내일이면 예청을 볼 수 있게 된다. 아니, 반드시 보게 될 것이다. 사군악에게 예청이 있는 곳을 듣는 즉시 예청에게로 달려갈 것이다. 그리고 그녀를 구할 것이다. 그녀를 못 본 지 두 달이 넘었다. 하지만 한시라도 그 얼굴을 잊은 적이 없었다. 그 아름다운 얼굴, 자신을 향해 웃어주던 그 화사한 미소, 그 고운 음성… 그 모든 것들을 내일이면 볼 수 있을 거라 생각하니 절로 미소가 머금어졌다.

쉬익.

그때 그의 귓가에 미세한 음향이 들려왔다. 바람 소리와 비슷했지만 그것이 바람 소리가 아님을 위문은 느끼고 있었다. 소리의 크기로 봐서는 가까운 곳일 것이다.

슈슈욱.

쉬익.

그때 다시 두 가지의 미세한 음향이 들려왔다. 좀 전의 것과 비슷할 정도로 미세한 소리들이었다. 하지만 위문은 느꼈다. 세 가지 음향이 모두 다른 사람이 낸 것임을. 또한 두 번째의 음향이 옥영의 기척과 비슷하다는 것을. 여기까지 생각한 그는 바닥에 엎어져 있는 수수를 한 번 내려다보곤 그대로 두어도 별 걱정은 없으리라 판단한 채, 몸을 일으켜 소리가 사라져 가는 방향으로 재빨리 몸을 날렸다.

휘이잉―

'도대체 뭐야?'

옥영은 재빠르게 나뭇가지를 밟고 앞으로 뛰어가며 속으로 욕설을 퍼부었다. 좀 굵고 튼튼한 나뭇가지를 찾기 위해 그녀는 나무 위를 돌아다니고 있었다. 그러다 갑자기 빛이 나는 무엇인가가 그녀를 공격해왔다. 예고도 없이 엄청난 살기를 머금은 채 말이다. 그녀는 가까스로 그 물체를 피했지만 그게 시작이었다. 계속해서 암기들이 그녀를 공격하기 시작했던 것이다. 어쩔 수 없이 그녀는 달아나는 수밖에 없었다. 거기 있다간 암기에 벌집이 될 판이었으므로. 그때 뒤에 하나의 기척이 느껴짐을 깨달았다. 그녀가 도망치자 그 기척은 그녀를 맹렬히 뒤쫓으며 암기를 뿌려댔다. 아무런 말도 없었다. 그저 그녀를 반드시 죽이겠다는 강한 의지만을 보내오고 있을 뿐이었다. 지금 이 순간에도 말이다.

물론 그녀는 위문에게 도움을 청할 기회가 있었다. 하지만 그녀는 그렇게 하지 않았다. 위문이 그녀를 짐으로 생각할까 봐 두려웠기에.

슈웅.

다시 암기들이 날아왔다. 그녀는 재빨리 신형을 왼쪽으로 틀어 그것들을 피해냈다. 그리고는 이대로 피하고 있을 수만은 없다는 생각에 급히 나무 뒤로 몸을 숨기고 기척을 감추었다. 그때 낭랑한 외침이 들려왔다.

"훗! 잔꾀를 부리는군. 그런다고 내가 모를 줄 아나?"

말이 끝남과 동시에 그녀가 숨어 있는 나무로 무수히 많은 암기들이 바람을 가르며 날아왔다.

슈슈슉.

기세가 만만치 않음을 느낀 옥영은 급히 신형을 위로 솟구쳤다.

퍼퍼펑.

암기들이 나무에 꽂히며 요란한 폭음을 내었다. 얼마나 강한 공격인지를 알게 하는 장면이었다.

'나도 당하지만은 않는다.'

허벅지가 따끔거렸다. 아마 모두 피하지는 못했나 보다. 그러자 오기가 생겨났고 옥영은 반격을 하기로 마음먹었다. 침착하게 주위를 살피자 그녀의 오른쪽 10장쯤 떨어진 나무 위에 기척이 느껴졌다.

슈슉.

그녀는 자신이 낼 수 있는 최고의 속도로 기척이 느껴진 곳으로 몸을 날렸다. 그리고 달려가며 허리의 채대를 풀어 두 손에 거머쥐었다.

"훗! 발악인가? 죽어랏!"

쉬이이잉!

무서운 파공성이 들리며 옥영에게로 솜털 같은 암기들이 하늘을 뒤덮을 듯 넓게 퍼진 상태로 짓쳐들었다. 이번엔 피하지 않았다. 옥영은 채대를 앞으로 뻗으며 힘차게 휘둘렀다.

퍼퍼퍼펑!

암기들과 채대가 부딪치며 요란한 폭음을 발했다.

"욱!"

"으윽!"

그와 동시에 두 가지 다른 신음이 들려왔다. 옥영은 전면의 나뭇가지 위를 바라보았다. 그곳엔 한 인영이 나무 기둥에 몸을 기대고 서 있었다. 옥영은 긴장을 늦추지 않으며 자신의 채대를 바라보았다. 채대엔 구멍이 흉하게 숭숭숭 뚫려 있었다. 그리고 솜털 같은 암기들도 무수히 많이 박혀 있었다.

'이, 이건 세모침(細毛針)! 그렇다면… 당문!'

암기를 알아본 옥영은 더욱 싸늘한 눈으로 전면을 응시했다. 이제 상대가 누군지 알았다. 그녀를 공격한 이유는 모르지만 좋은 이유는 아닐 것이다. 저쪽에선 싸우고 싶어하는 것 같으니 원하는 대로 해주어야겠지. 그녀는 전신의 모든 공력을 끌어올렸다. 그리고 그 공력을 오른손에 들린 채대에 집중시켰다. 그녀의 기세를 알았음일까? 상대도 그녀와 마찬가지로 전신의 공력을 끌어올렸다. 그리고 나오는 외침.

"흥! 시귀(屍鬼) 주제에 어디서 배운 건 있나 보지? 그렇다 해도 달라지는 것은 없다! 오늘 네놈은 내 손에 죽을 것이다!"

하지만 옥영은 그의 말을 듣고 있지 않았다. 몸을 최대한으로 긴장시키고 있었기에 상대의 말이 들리지 않은 것이다. 그녀는 말없이 더욱 힘주어 채대를 움켜쥐며 전방을 응시했다. 상대가 움직이면 그 즉시 몸을 날릴 채비를 하고서. 그때 상대의 커다란 외침이 터져 나왔다.

"죽어랏!"

슈우웅—

검은 물체 하나가 빠른 속도로 그녀에게 날아왔다. 어마어마한 힘이 실려 있다는 것을 날아오는 파공성을 통해 깨달은 옥영은 그것에 부딪치지 않고 살짝 몸을 회전시켜 피한 뒤 상대를 향해 빠른 속도로 날아갔다. 그때 상대의 득의에 찬 음성이 터져 나왔다.

"하하하! 걸렸다! 비폭뢰(飛暴雷)!"

퍼퍼펑!

등 뒤에서 갑자기 폭음이 들려왔다. 피했다고 생각했던 검은 물체, 그것이 허공에서 폭발해 버렸던 것이다. 무수히 많은 파편들이 그녀의 전신을 쇄도해 왔다.

쏴아아아!

'이판사판이다!'

옥영은 등 뒤의 공격을 무시하기로 했다. 그 대신 상대에게도 피해를 주기 위해 그녀는 상대에게 빠른 속도로 달려가 손에 들린 채대를 매섭게 휘둘렀다. 상대는 옥영이 비폭뢰를 피하지 않고 자신에게로 공격해 올 줄은 몰랐던지 당황한 표정이 역력했다.

슈아악!

채대가 허공을 가르고 상대는 급히 손을 들어 막았으나 그런다고 막아낼 공격이 아니었다.

퍼펑!

"아아악!"

상대는 강한 충격에 피를 토하며 나무 밑으로 떨어져 내렸다. 그와 동시에 옥영도 비명을 내질렀다.

"으으윽!"

등에 무수히 많은 파편들이 꽂히는 것을 느끼며 그녀는 나무 아래로 떨어져 내렸다.

"이런, 너무 늦었나?"

위문은 바닥에 엎어져 있는 두 인영에게로 다가가며 탄식을 터뜨렸다. 그는 첫 번째 음향을 따라갔었다. 두 번째 음향의 주인은 옥영이었고 세 번째 음향의 주인은 무슨 이유인지는 모르지만 옥영을 쫓고 있었으니, 세 번째 음향의 주인은 옥영이 잡아두고 있을 거란 생각에 가장 신비하다고 생각한 첫 번째 음향을 따라간 것이었다. 그는 한 인영이 여기서 북쪽으로 일각 거리에 있는 조그마한 관제묘 안으로 들어가는 것을 확인하고 다시 이곳으로 돌아왔다. 관제묘 안으로 들어갈 생각도 했지만 그보단 옥영의 안위가 걱정되었기 때문이다.

위문은 천천히 옥영에게로 걸어갔다. 다행히 그녀의 숨은 붙어 있었다.

'으음… 등판이 완전히 걸레가 됐군……'

그의 솔직한 감상이었다. 그는 빨리 응급조치를 취하지 않으면 옥영의 생명이 위태로워짐을 깨닫고 서둘러 그녀의 웃옷을 벗겨내었다. 곧 옥영의 상체는 모두 벗겨졌다. 옥영의 등판엔 수십 개의 검은 쇠붙이들이 박혀 있었다.

'금(金)의 힘을 이용하면……'

그는 금의 힘을 오른손에 집중시켰다. 그러자 옥영의 등판에 박혀 있는 쇳조각들이 천천히 몸 밖으로 빠져나오기 시작했다. 쇠의 끌어당기는 자력을 이용한 것이었다. 곧 옥영의 등판에서 쇳조각들이 모두 빠져나왔고 위문은 옥영의 등판에 두 손을 밀착시켰다. 그는 두 손으로 옥영의 등판을 문지르며 내공을 주입시켰다. 그는 내공만으로 외상을 치유할 수 있는 경지에 올라 있었다. 그리고 그것은 다른 사람에게도 쓸 수 있는 것이었다. 지금 그의 두 손은 천하의 어떤 명의보다도 더 뛰어난 힘을 가지고 있었다. 그렇게 일각 정도를 문질러 주자 옥영의 등판은 쇳조각들로 인해 생긴 흉터들이 남긴 했으나 더 이상 피가 흐르지 않았고 흉터들도 모두 아물어 있었다. 위문은 다시 옥영의 옷을 입히려 했다. 그때 그의 눈에 옥영의 허벅지가 들어왔다.

'…곤란하게 됐군……'

허벅지에도 피가 새어 나오고 있었다.

그는 한숨을 내쉬며 옥영의 하의마저 모두 벗겨내었다. 그리고 전과 마찬가지로 쇳조각들을 뽑아내고 두 손으로 문질러 주었다. 위문은 치료를 끝내고 옥영의 옷을 집어 들었다. 그리고 그녀에게 옷을 입히려 했다. 그런 그의 눈에 옥영의 새하얀 나신이 들어왔다. 치료를 하느라 깊이 생각하지 못했지만 아름다운 몸이었다. 약간의 충동이 느껴졌다. 나신의 여체, 이것을 보고 충동을 느끼지 않을 사내는 없을 테니까.

"후우……"

천천히 숨을 골랐다. 그리고 옷을 입히려 했다. 그때 냉랭한 코웃음 소리가 들려왔다.

"흥! 왜 그리, 윽! 쓸데없는 짓을 하는 거지? 네놈들에겐 그까짓 상처쯤은… 하루만 지나면 스스로 아물어 버릴 텐데?"

옥영과 같이 쓰러져 있던 자에게서 나온 말이었다. 그는 억지로 몸을 일으켜 나무에 등을 기대고 앉아 있었다.

위이이잉잉—

섬뜩한 소리가 장내를 휩쓸었다. 그리고 위문의 차가운 음성이 터져 나왔다.

"한마디만 더 하면 넌 죽는다!"

'헙!'

그 싸늘함에 상대는 헛바람을 삼키며 숨을 죽였다. 난생처음 느껴보는 공포가 그의 전신을 엄습해 왔다. 상대의 무시무시한 기도, 그것만으로도 그는 전의를 상실했다. 상대는 그의 몸이 성하다고 해도 어찌할 수 있는 자가 아니라는 것을 본능적으로 느꼈기 때문이었다. 위문은 천천히 옥영의 옷을 입혔다. 그리고 옷을 다 입히고 난 뒤 그녀의 맥을 짚어보았다. 다행히 정상이었다. 푹 쉬기만 하면 괜찮아질 것이었다. 위문은 옥영이 괜찮은 것을 확인한 뒤 몸을 돌려 나무에 기대고 있는 자에게로 다가갔다.

"왜 그녈 공격했지?"

싸늘한 물음이었다. 상대는 주춤했지만 코웃음을 치며 대답했다.

"흥! 몰라서 묻는 건가?"

천천히 주위의 공기가 식어갔다. 그리고 숨 막힐 듯한 압박감이 그의 전신에 짓쳐들었다.

"다시 한 번 묻지. 왜 그녈 공격했나?"

"네, 네놈들 시귀들에게 당한 진가촌 사람들이 내게 부탁을 해왔다."

"시귀?"

"흥! 잡아떼려는 건가?"

위문은 갈등을 느꼈다. 그냥 저자를 죽여 버리고 끝내 버릴지, 아니면 짜증스럽겠지만 오해를 풀고 일의 전모를 알아볼지 말이다. 그는 약간 생각한 끝에 전자로 할 것을 결정했다. 사서 일에 휘말리기는 싫었으니까. 더구나 옥영을 다치게 했으니 죽여도 양심의 가책 같은 것은 받지 않을 것이다. 그는 결심을 하고는 손을 들어 올렸다. 그리고 손에 기를 응집시켰다. 그의 마음을 알아차린 것일까? 상대는 차가운 냉소를 터뜨렸다.

"흥! 날 죽여서 끝난다고 생각하면 오산이야. 내가 죽으면 내 가문에선 나를 찾아 나설 것이다. 내 가문은 받은 것은 반드시 돌려주는 가문, 네놈들처럼 역겨운 시귀 놈들은 내 가문의 손에 죽고 말 것이다! 죽일 테면 죽여라!"

하지만 위문은 눈 하나 깜짝하지 않았다. 그는 손에 힘을 집중시키며 그대로 앞으로 쭈욱 내밀었다. 그와 동시에 그의 손에서 하얀 기류가 빠른 속도로 나무에 기대 있는 사람에게로 날아갔다. 이대로 둔다면 그자는 죽고 말 것이었다. 그때 위문의 등 뒤에서 다급한 외침이 들려왔다.

"멈, 멈춰주세요! 그를 죽이면 안 돼요!"

옥영의 목소리임을 깨달은 위문은 다급히 기류의 방향을 바꾸었다.

쿠콰쾅!

백색의 기류가 목표의 바로 옆 나무와 충돌했다. 그와 동시에 커다란 굉음이 들려왔고 그 나무는 그대로 산산조각이 나고 말았다. 무시무시한 위력이었다. 위문은 옥영에게로 다가가 그녀를 부축했다.

"괜찮소?"

"괜, 괜찮아요. 그보다… 소녀의 말을 들어주서서 감사해요."

"아니오, 무슨 이유가 있으리라 생각하오."

"그, 그는… 당문의 사람이에요. 그를 건드리면 당문은 당주님을 철천지원수로 대할 것이에요."

"이런… 괜한 걱정을 하고 있구려."

위문이 피식 웃으며 말하자 옥영은 얼굴을 붉히며 급히 말했다.

"무, 물론 당문이 당주님께 아무런 피해를 끼칠 수는 없겠죠. 하지만 그래도 당주님을 귀찮게 할 것이기에……."

"하하, 나를 잘 알고 있을 터인데도 그런 말을 하는 것을 보면 당문이 대단한가 보구려?"

약간의 장난기 섞인 말에 옥영은 급히 손을 내저으며 대답했다.

"아, 아니에요. 정말이에요. 그들의 피의 복수는 혀를 내두를 정도로 처절한 것이에요. 자신의 대에서 복수를 하지 못하면 다음 세대에게로 물려주고, 다음 세대도 복수를 하지 못하면 그 다음 세대로 물려주고, 설령 그 복수의 상대가 늙어 죽는다 해도 그자의 자손에게 피의 혈채를 받아낼 만큼 그들의 복수는 처절한 것이에요. 또한 혼인한 당문의 사내를 죽이기라도 하면 그 사내의 부인이 원수에게 접근해 그의 씨를 받아 그 아이로 피의 복수를 하게끔……."

"아아, 그만하면 됐소이다. 진저리가 쳐지는군."

위문은 옥영의 말을 끊으며 혀를 내둘렀다. 이미 살심은 사라진 지 오래이다. 물론 못 건드릴 상대도 아니었지만 자손에게 대를 물리면서까지 복수를 한다는 말에 조금 섬뜩해진 것은 사실이었으니까. 그때 그의 등 뒤에서 싸늘한 말이 터져 나왔다.

"흥! 그래도 시귀 주제에 들은 것은 있군. 하지만 이미 늦었다. 내가 네놈들의 존재를 확인한 이상 네놈들은 반드시 죽게 될 것이다."

그의 말에 위문은 등 뒤로 몸을 돌렸다. 그리곤 상대를 바라보며 맘을 바꾼 듯 나직이 말했다.

"아무래도 죽여 버리는 게 좋을 듯싶군."

"다, 당주님?"

옥영의 당황한 외침에 위문은 상대에게 싸늘히 웃어주면서 대답했다.

"그 당문이란 곳을 몰살시켜 버리면 간단한 일 아니겠소?"

"무, 무, 물론 당주님이시라면 가능하겠지만… 그렇게 된다면 정마전쟁이 발발할 가능성이 생기게 돼요. 부, 부디 화를 푸세요."

"정마전쟁?"

"예, 당문은 정파의 세력이에요. 그런데 금붕문의 내당당주이신 당주님께서 당문을 몰살시켜 버리시면 정파에서는 가만히 있지 않을 것이에요. 그러니 재고해 주세요."

그녀의 말에 위문은 곤란한 듯 고개를 갸웃거리며 말했다.

"허참, 그래도 대뜸 당신을 공격한 것이나, 나보고 시귀니 뭐니 한 것은 기분이 나쁜데?"

"오, 오해일 것이에요. 그러니……."

어떻게든 위문의 마음을 돌려야 했기에 옥영은 계속해서 위문을 설득했다. 그가 눈앞의 사람을 죽이면 큰일이 벌어질 것이기에.

'그, 금붕문 내당당주? 그, 그렇다면 시귀가 아니란 말?'

한편 위문과 옥영의 대화를 듣고 있던 그는 이제야 자신이 오해를 했음을 깨달았다.

"제길! 다 잡았다고 생각했더니 엉뚱한 사람을 붙잡고 있었군."

그는 짜증스럽게 외치며 억지로 몸을 일으켰다. 그리고는 위문과 옥영에게 포권을 취해 보이며 말했다.

"미안하오. 내가 오해를 했나 보오. 무턱대고 당신을 공격한 것이나 귀하에게 시귀라고 말한 점, 사과드리겠소."

"으음……."

상대가 오해임을 깨달았는지 이렇게 저자세로 나오자 위문은 더욱 손을 쓰기 힘들어졌다. 해서 그는 상대를 죽이려던 마음을 완전히 지워 버렸다. 그런 그의 마음을 깨달았는지 옥영은 반색을 하며 말했다.

"잘 생각하셨어요, 당주님."

그때 사내가 위문과 옥영에게 다가오며 입을 열었다. 그가 다가오면서 여태껏 어둠 속에 가려져 있던 그의 얼굴이 이제야 드러났는데 그의 얼굴은 사내인지 계집인지 분간이 가지 않을 정도로 아름다웠다.

"소생은 당문의 당… 무빈(武斌)이라 하오. 실례되지 않는다면 귀하의 존함을 알고 싶소이다."

그가 정중하게 포권을 취하며 물어왔기에 위문은 마지못해 대답을 해주었다.

"위문이라 하오. 오해가 풀렸다니 다행이군."

그가 말을 끝내자 옆에 있던 옥영도 포권을 취하며 자신을 밝혔다.

"본녀는 전옥영이라고 해요."

옥영이 자신의 이름을 밝히자 무빈은 놀라운 어투로 말했다.

"어쩐지 무공이 고강하다 했더니 우내사접 중 화접 전 소저였군요. 섣불리 오해하여 손을 쓴 점 깊이 사과드리겠소."

"아니요. 오해를 하셨다니 개의치 않겠어요. 그보다 시귀란 것이 뭐죠?"

하지만 무빈은 그녀의 말에 대답하지 않았다. 그는 옥영의 물음을 무시하고 시선을 위문에게로 돌리며 말했다.

"소생이 오해를 한 점은 사과드리겠소. 하지만 귀하의 말 중 귀하 혼자의 힘으로 당문을 몰살시킬 수 있다고 했는데 그 말을 취소하여 주기 바라오."

그는 자신의 가문에 자부심이 대단한 듯 위문의 말이 귀에 거슬렸던 것 같았다. 위문은 의아한 듯이 되물었다.

"취소?"

"그렇소. 본 문은 식솔 삼천에 일류고수가 천오백가량이나 되는 거대 문파요. 그런 본 문을 귀하 혼자의 힘으로 몰살시킬 수 있다고 생각하오? 사과해 주기 바라오."

"내가 못하겠다면 어쩌겠소?"

위문의 조소가 섞인 말에 무빈은 안색을 굳히며 싸늘히 말했다.

"본 문이 모욕을 받았기에 이대로 지나칠 수는 없소. 내가 귀하의 상대가 되지 않음을 잘 아오. 하나 내가 죽는 한이 있더라도 귀하의 사

과를 받아내고 말겠소. 또한, 내가 귀하의 사과를 받아내지 못하면 본
문의 다른 이들이 귀하의 사과를 받아낼 것이오."

그의 말이 끝나자 위문보다 먼저 옥영이 반응했다.

"흥! 귀하는 너무 무례하다고 생각하지 않나요?"

"뭐가 말이오?"

"다짜고짜 본녀를 공격한 데다 당주님과 본녀를 시귀라고 오해하여
모욕했어요. 하지만 당주님께서 아량을 베푸시어 귀하를 살려주었는
데 귀하는 도리어 당주님께 사과할 것을 종용하고 있으니 그게 무례가
아니고 뭔가요?"

"하하, 물론 그건 인정하오. 하지만 그것과 이것은 별개의 문제요.
내가 귀하와 소저를 오해한 것이 내 개인의 실수였다면 귀하의 말은
본 문 전체를 모욕한 것이니까 말이오."

무빈의 말에 위문은 한숨을 내쉬며 뒷짐을 졌다. 그리고 깊이 생각
하는 듯했다. 그런 그를 옥영과 무빈은 각기 다른 눈빛으로 바라보았
다. 옥영은 걱정의 눈으로, 무빈은 반드시 사과를 받아내야겠다는 굳
은 의지가 담긴 눈으로… 그때 위문의 입에서 독백과도 비슷한 말이
흘러나왔다.

"난감하군. 그냥 죽어 버리자니 여인이라 찜찜하고, 그렇다고 사과
를 하자니 자존심이 허락하지 않고… 으음……."

"헉!"

위문의 나직한 말에 무빈은 뒷걸음질을 치며 헛바람을 삼켰다. 상대
가 자신의 정체를 꿰뚫어 볼 줄은 꿈에도 몰랐던 것이다.

"여인? 당주님, 그럼 저… 자가 여인?"

"그럼 전 소저는 모르고 있었소?"

“예? 예… 전 그가 여인이라고는……”

그런 옥영의 말을 끊으며 당황한 빛이 역력한 무빈의 말이 터져 나왔다.

“어, 어떻게 알았… 죠?”

“…그야 간단하지. 사내에게선 그대와 같은 향기가 나지 않을 테니까.”

“난, 난…….”

무빈, 아니, 당숙빈(唐淑嬪)은 자신이 여인인 것이 알려진 게 꽤나 당황스러운 듯 말을 더듬으며 뒷걸음질을 쳤다. 그런 그녀의 모습을 보며 위문은 옥영에게 물었다.

“전 소저는 내가 어떻게 했으면 좋겠소?”

“…….”

옥영은 대답하지 못했다. 그녀 역시 숙빈이 여인이었다는 것에 놀라고 있던 참이므로. 대신 숙빈이 정신을 차렸는지 날카로운 어조로 말했다.

“내가 여인임을 알았다고 해도 달라지는 것은… 없어요. 귀하는 어서 당문을 혼자서 몰살시킬 수 있다고 한 말을 취소해 주세요.”

위문은 말을 하는 숙빈의 두 눈을 들여다보았다. 그녀의 눈엔 굳은 의지가 담겨 있었다. 그에 그는 한숨을 내쉬며 손을 휘둘렀다.

쉬익.

한줄기 바람이 그의 손에서 숙빈에게로 날아갔다.

푹.

“윽!”

그 바람은 정확히 숙빈의 오른쪽 허벅지를 맞추었고 숙빈은 자신의 오른쪽 다리가 마비됐음을 느꼈다.

"이, 이게 무슨 짓인가요?"

그녀의 날카로운 외침에 위문은 무안한 듯 헛기침을 터뜨리며 대답했다.

"헛험, 그대가 여인이라 죽이기도 뭣하고, 또한 사과를 하기는 싫고. 해서 이런 부득이한 조치를 취할 수밖에 없었소이다. 아마 두 시진 정도는 오른쪽 다리를 쓰지 못할 거요. 전 소저, 우린 이만 갑시다."

그의 말에 옥영은 위문의 생각을 알아차리고 서둘러 그에게로 다가갔다.

"걸을 수 있겠소?"

"…예."

"그럼… 갑시다."

그는 옥영과 숲 속으로 걸어 들어갔다. 그의 뒤로 악에 받친 여인의 고함 소리만이 들려왔다.

"거, 거기 서지 못해! 내가 이대로 물러설 줄 알아! 반드시 당신의 사과를 받아내고 말 거야! 반드시! 난, 난 이대로 포기하지 않아!"

숙빈의 말이 사실이란 것을 위문은 반 시진 뒤에 깨달을 수 있었다. 한 고목 위에서 쉬고 있던 그와 옥영, 그리고 수수에게로 무언가가 다가왔던 것이다. 그것이 사람임을 깨달은 옥영은 선잠에서 깨어나 소리쳤다.

"누, 누구냐?"

"……."

상대는 말이 없었다. 다만 그들의 앞에 불쑥 나타났을 뿐이다.

"헙!"

상대가 누구인지 안 옥영은 헛바람을 삼켰다.

"너, 너는… 좀 전 당문의 그… 여자?"

"으으… 내 이름은 당… 숙빈이라구."

그녀의 전신은 땀으로 덮여 있었는데 몹시 고통스러운 듯했다. 그 이유를 옥영은 금세 알아차릴 수 있었는데 숙빈이 한 손으로 오른쪽 다리를 쥐고 있음을 발견했기 때문이었다.

"너, 너! 그… 마비당한 다리를 이끌고 여기까지?"

"내가 포기하지 않는다고 했지?"

그녀의 독기 서린 말에 위문은 한 손으로 자신의 이마를 탁 쳤다.

'허허… 골치군…….'

그도 머리가 아팠지만 옥영은 더욱 머리가 아픈 듯 두 손으로 머리를 지근지근 누르며 신음처럼 내뱉었다.

"당… 숙빈이라면… 지독한 독종이라는… 그 철화(鐵花) 당숙빈?"

"흥! 자알… 알고… 있군."

자신이 철화임을 시인하는 말이었다. 옥영은 뒤로 한 걸음 물러나며 오만 인상을 찌푸린 채로 위문을 바라보았다.

"당주님… 아무래도 잘못 걸린 것 같은데요?"

"으음… 나도 그렇게 생각하오. 다리 하날 제압해 놓으면 포기할 줄 알았더니…….”

그런 그들의 모습을 보며 숙빈은 코웃음을 치며 차가운 말투로 내뱉었다.

"흥! 내가 온 이유는 알고 있겠지? 당신은 어서 혼자서 당문을 몰살시킬 수 있다고 한 말을, 으윽! 취소해… 주세요."

예전의 위문이었다면 두말하지 않고 자신의 말을 취소하며 사과했을 것이다. 하지만 위문은 그렇게 하지 않았다. 그는 숙빈의 말을 무시하며 혼잣말처럼 중얼거렸다.

"나머지 다리도 제압해 버릴까? 그럼 따라오지 못할 텐데… 아니, 그보단 그냥 죽여 버리는 게… 아니, 그래! 그게 좋겠군."

위문은 한 가지 생각이 떠오른 듯 만족스런 미소를 지었다. 그리고 숙빈을 보며 말했다.

"잘 보기 바라오. 이걸 본다면 그대의 생각이 바뀔 것이오."

위문은 자신이 밟고 있는 나뭇가지의 끝에 매달려 있는 나뭇잎 한 장을 오른손에 들었다. 그리고 그것을 숙빈의 앞으로 내밀었다.

"뭐, 뭘 보라는 거죠?"

숙빈이 그렇게 물었지만 위문은 대답 대신 진기를 끌어올렸다.

위이잉―

한 장의 나뭇잎에서 푸른 빛이 생성되어 점점 늘어나기 시작했다. 그 푸른 빛은 막대기 모양으로 반 자 가까이 늘어났다.

꾸울꺽.

그 귀기스런 모습에 숙빈은 마른침을 꿀꺽 삼켰다. 그녀도 그게 뭔지 잘 알고 있었다. 검강. 전설에나 나오는 무학인 검강이었던 것이다. 위문은 강기를 거두지 않은 채 숙빈을 바라보며 말했다.

"이제 내가 말을 취소하지 않는 이유를 알겠소?"

"……."

숙빈은 말없이 고개를 끄덕였다. 그녀는 무공에 미친 무공광이었다. 비록 옥영과의 싸움에서 서로 비겼다고는 하나 그것은 그녀가 약한 것이 아니라 옥영이 그녀만큼 강했기 때문이었다. 옥영의 무공이 우내사접 중 최고에다 마도의 여성 후기지수들 중 최고임을 미루어 짐작해 본다면 그녀와 동수를 이룬 숙빈의 실력을 대충 짐작할 수가 있을 것이다. 그러니만큼 숙빈은 무공에 대해 대단히 풍부한 지식을 가지고 있었다. 그런 그녀가 최고라고 생각하는 무학이 바로 검강이었다. '암기의 전설'이라는 '만천화우(滿天花雨)'도 있었지만 그보다 검강이 더 강함을 그녀는 잘 알고 있었던 것이다. 그런 검강을 눈앞의 사내는 연성했다. 당문에 '만천화우'의 절예가 실전된 이상 그의 검강을 막아낼 수 있는 자는 당문에 없을 것이다. 그녀의 아버지이자 당문의 가주인 천수여래(千手如來) 당비(唐比)조차도.

경악으로 굳어진 얼굴을 하고 있는 숙빈을 위문은 만족스럽게 바라보며 강기를 거두었다. 그리고 빙긋 웃으며 말했다.

"알았다니 됐소. 그럼 더 이상 귀찮게 하지 마시오. 다리의 점혈을 풀어줄 테니까."

그는 숙빈의 의사도 묻지 않고 손을 휘둘러 그녀의 오른쪽 다리의 점혈을 풀어주었다. 숙빈은 한동안 말없이 멍하니 그 자리에 서 있었다. 그러다 그녀는 크게 한숨을 내쉬며 허탈한 목소리로 말했다.

"휴우우… 알았어요. 당신은 능히 혼자의 힘으로 본 문을 몰살시킬 힘이 있어요."

털썩. 뿌각!

말을 하며 그녀는 그 자리에 주저앉았는데 그 힘을 이기지 못했는지 그녀가 앉은 나뭇가지가 비명을 내질렀다. 하지만 숙빈은 그것에 관심이 없는지 그저 주저앉아 위문을 올려다볼 뿐이었다. 그런 숙빈을 보며 위문은 짜증스러운 어투로 물었다.

"그럼 볼일도 끝났을 터인데 왜 가지 않고 있소?"

이런 말을 들었으면 그만 가볼 만도 하건만 숙빈은 자리에서 일어나지 않은 채 입을 열었다.

"혹시… 시귀란 것을 아시나요?"

전혀 뜬금없는 소리에다 좀 전과는 다른 지극히 여자다운 말투에 위문은 일순 당황해 뭐라 말을 하지 못했다. 그러자 숙빈은 다시 입을 열었다.

"시귀란, 세상에 존재해선 안 될 저주받은 마물이지요. 인간의 피를 먹고 사는 마물, 전 그런 시귀를 잡으러 왔어요. 그 시귀의 본거지가 이 근처 어딘가에 있다고 해서요. 제가 이 말을 하는 이유는 당신을 염려해서예요. 시귀의 가장 무서운 점은 시귀에 물린 인간 역시 시귀가 된다는 것. 그리고 시귀는 재빠르며 사악해요. 만약 시귀가 당신을 노리고 있다면, 당신은 조심해야 해요. 그의 이빨에 한 번 물리는 순간 당신 역시 인간의 피를 먹고 사는 시귀가 될 것이니까요. 당신 같은 고수가 실수로 시귀에게 물려 버린다면 세상은 큰 혼란에 빠지게 될 것, 그러니 조심하도록 하세요. 그럼."

숙빈 역시 세상을 걱정하는 정파의 사람이었기에 혹시 모를 불상사를 방지하기 위해 위문에게 이런 말을 한 것이었다. 정말 그가 시귀에게 물려 버린다면 세상은 시귀들의 천하가 될 것이므로. 말을 끝낸 숙빈은 몸을 일으켰다. 그리고 사라지려고 했다. 하지만 그런 그녀를 위문은 붙잡았다.

"잠깐, 거기 서시오."

"제게… 무슨 할 말이 있나요?"

위문은 잠시 생각에 빠지는 듯하더니 곧 고개를 끄덕였다.

"그렇소. 당신이 말한 대로 시귀가 그렇게 사악한 존재라면 그냥 두고 볼 수는 없는 일 같구려. 난 지금 그 시귀란 것을 잡으러 갈 생각인데 당신은 같이 가지 않겠소?"

"예? 그들이 있는 곳을 당신은 알고 있나요?"

숙빈의 놀란 물음에 위문은 고개를 끄덕였다.

"짐작 가는 곳이 있소이다. 어떻소? 나는 마도인이며 당신과는 상반되는 길을 걷고 있는 사람이오. 나와 동행할 자신이 있소?"

"그, 그건……."

숙빈이 우물쭈물하자 옥영이 '그러면 그렇지'란 듯 비웃음이 섞인 말투로 말했다.

"역시 고고하신 정파의 천상칠화 중 하나이라 당주님 같은 마도의 분과는 함께 다니지 못하겠다는 거군."

"흥! 누가 그렇대? 멋대로 생각하지 마. 난 그런 것엔 신경 쓰지 않으니까. 당신만 좋다면 그렇게 하도록 하죠."

옥영의 말에 대한 반발일까? 숙빈은 흔쾌히 고개를 끄덕였다. 그러자 위문은 고개를 끄덕이며 말했다.

"그러면 우선 밑으로 내려갑시다."

자신이 먼저 나무 밑으로 내려왔고 그 뒤를 이어 옥영이, 그리고 숙빈이 안간힘을 쓰며 내려왔다. 수수는 그냥 나무 위에 두기로 했다. 잠에 빠져 있으니 어디로 도망가지도 못할 것이니까. 다만 나무의 위치를 파악해 두기 위해 옥영이 나무의 밑 기둥에다 소도로 표시를 내었다. 나중에 수수를 찾기 편하도록. 위문은 식은땀을 흘리고 있는 옥영을 바라보았다. 그녀의 얼굴은 금방이라도 쓰러질 듯 창백했다. 위문은 한숨을 내쉬며 말했다.

"그럼 어디 등을 돌리고 앉아보시오."

“무, 무슨 말이죠?”

당황한 듯한 숙빈의 말을 무시하며 위문은 그녀에게로 다가가 억지로 그녀를 앉게 만들었다. 그리고 그녀의 등에 두 손을 밀착시켰다.

“조용히 하고 운기를 시작하시오.”

숙빈은 옥영의 채대에 맞아 내상을 입었다. 그런 몸으로 그녀는 이곳까지 다리를 이끌고 찾아왔던 것이다. 숙빈은 낯선 사내가 자신의 등에 두 손을 밀착시키자 부끄러움과 짜증이 뒤섞인 묘한 기분이 생겨났다. 하지만 곧 위문의 두 손에서 진기가 그녀의 몸으로 유입되었으므로 그녀는 더 생각하지 못하고 즉시 내공을 끌어올려 운기를 시작했다.

‘세, 세상에!’

그녀는 그저 운기를 하고 있을 뿐이건만 그녀의 내상은 빠른 속도로 치유되어 갔다. 그녀의 능력은 결코 아니었다. 그렇다면 그녀에게 진기를 불어넣어 주고 있는 사내의 힘이라는 것, 다시 한 번 사내의 능력에 혀를 내두르는 그녀였다. 그렇게 일각 정도가 지나자 숙빈의 내상은 씻은 듯이 회복되었다.

“저, 정말 대단하군요. 이렇게 씻은 듯이…….”

숙빈은 몸을 일으키며 감탄사를 터뜨렸다. 상대방의 몸에 진기를 불어넣어 상대의 내상을 치유할 수 있는 고수들은 많다. 하나 단 일 각의 시간 만에 이렇게 완치를 시키는 고수는 들어본 적도 없었다. 위문은 별것 아니라는 듯이 고개를 저으며 말했다.

“다 나았으면 갑시다.”

곧 위문과 옥영, 숙빈의 신형은 숲 속으로 사라져 버렸다.

*   *   *

"왜 아직 안 먹었어?"

이유유(李流流)는 어린아이가 투정을 부리듯 교태 섞인 코맹맹이 목소리로 그녀의 앞에 앉아 있는 사람을 보며 물었다.

"아미타불, 아미타불."

그녀의 물음에 무진은 다만 불호를 되뇔 뿐이었다. 그런 무진을 보며 유유는 그녀의 손에 목줄기를 붙잡힌 채 실성한 사람처럼 멍하니 서 있는 여자 아이를 무진의 앞으로 내밀며 다시 물었다.

"야, 왜 아직 안 먹은 거야?"

"아미타불, 아미타불."

무진은 충동을 견디기 어려운 듯 얼굴 근육을 미미하게 떨더니 이내 두 눈을 질끈 감으며 다시 불호를 되뇌었다. 유유는 사흘 전 애써서 이 음식을 잡아 왔었다. 한데 아직도 먹지 않았다니… 벌써 이번이 여섯 번째였다. 이 고집쟁이 영감탱이는 거의 한 달 간을 아무것도 먹지 않고 있는 것이다. 신경질이 난 유유는 얼굴 표정을 확 바꾸더니 짜증스럽게 고함을 질렀다.

"야, 이 영감탱이야! 너 그렇게 뻗대다간 굶어 죽고 말 거야. 두 눈을 뜨고 이것을 봐! 어서! 어서 이 먹음직스런 음식을 보라구!"

더욱 손에 들린 여자 아이를 무진의 눈앞으로 내밀어보는 유유였지만 무진은 눈을 뜨지 않고 여전히 불호만 읊을 뿐이었다. 무진이 오늘도 먹지 않을 것임을 안 유유는 코웃음을 치며 손에 잡힌 여자 아이의 몸을 돌려 그녀를 보게 했다. 그리고 요사하게 웃으며 말했다.

"호호호, 그래, 어디 누가 이기나 보자구. 네가 안 먹겠다면 내가 먹

는 수밖에. 안 그래도 미친년이 날 쫓아오는 바람에 땀 좀 뺐으니까 영
양 보충 좀 해야지. 호호호.”

유유는 사악하게 웃으며 여자 아이의 목덜미에 얼굴을 가져갔다. 아
니, 정확히 말하자면 그녀의 입을 가져갔다. 목덜미로 다가가는 그녀
의 입이 서서히 열리고 그 안에 섬뜩하리만치 뾰족하게 솟아 있는 한
쌍의 송곳니가 드러났다. 이쯤 되면 반항이라도 한 번 해볼 만하건만
여자 아이는 무엇에 홀린 듯 눈의 초점이 풀어져 있었다.

푹!

“쯔읍! 쯔읍!”

여자 아이의 피가 유유의 뱃속으로 들어가고 있다. 시간이 지날수록
여자 아이의 얼굴엔 핏기가 사라져 갔고 반대로 유유의 얼굴엔 화색이
돌기 시작했다.

번쩍! 부르르르…….

피가 빨리는 소리에 무진의 두 눈이 뜨여졌다. 그리고 그의 전신이
떨리기 시작했다. 목이 타는 듯한 갈증, 피에 대한 욕망, 굶주림, 붉은
피로 인한 멈춰지지 않는 흥분, 무진은 그 모든 것들과 싸워야만 했다.
그는 억지로 충혈된 두 눈을 다시 감았다. 그리고 마음속으로 불경을
낭독했다. 그의 두 손은 앞으로 튀어가려는 두 다리를 꽉 움켜잡고 있
었다.

‘참아야 한다. 참아야 한다. 넌 저들과 같이 되어서는 안 된다. 참아
야 한다.’

“크르르르…….”

그의 입에서 고통에 찬 신음이 흘러나왔다. 그러면서 그의 입이 열
리고 그 안에 자리해 있는 새하얀 치아가 드러났다.

…그의 치아도 유유의 치아와 마찬가지로 한 쌍의 송곳니가 날카롭게 솟아나 있었다.

마침내 피를 다 빨린 여자 아이는 숨을 거두었다. 유유는 그런 여자 아이의 시체를 저 멀리 팽개쳐 버렸다.

휘익! 쿠당!

구석에 여자 아이의 시신이 처박혔고 유유는 그 시체를 거들떠보지도 않고 무진에게로 다가갔다.

"아이, 맛있어. 호호호호, 역시 어린애가 제일 맛있단 말야. 호호호호."

그녀는 무진을 똑바로 바라보며 요사한 웃음을 터뜨렸다. 웃는 그녀의 입가엔 여자 아이의 피가 덕지덕지 묻어 있었다.

"아미타불, 아미타불."

"제발 그 '아미타불'이란 잡소리 좀 그만 해! 아주 짜증나 죽겠단 말야!"

유유는 갑자기 귀를 막고 방방 날뛰기 시작했다. 그런 그녀의 모습은 마치 투정 부리는 어린아이 같았다.

"아미타불, 아미타불."

하지만 무진은 피의 충동을 억제하기 위해 더욱 소리 높여 불호를 읊어댔다.

"까아악! 이 빌어먹을 영감탱이! 그때 그냥 죽여 버리는 건데! 그때 그냥 피 다 빨아 먹고 죽여 버리는 건데!"

이제는 삿대질까지 하며 악을 지르는 유유였다. 하지만 유유는 언제 그랬냐는 듯 다시 화사하게 웃으며 무진의 곁으로 다가가 그의 무릎 위에 앉았다. 그리고 그녀는 두 팔로 무진의 목을 끌어안으며 코맹맹이 목소리로 말했다.

"흥흥, 야~아~ 나 너무 미워하지 마아~ 내가 너한테 영생을 주었
잖아. 그리구 음… 널 안 죽였잖아. 그러니까 우리… 재미있게 살자,
응? 응?"

만약 한 달 전에 벌어진 일을 본 사람이라면 그녀의 말에 이렇게 소
리칠 것이다.

"정말 낯짝도 오지게 두꺼운 년이군!"

무진은 위문을 만나고 곧장 화산을 내려갔다. 그는 그 길로 소림으
로 돌아갈 생각이었다. 하지만 우연히 여기서 사람의 피를 빨아 먹고
있는 소녀를 보았다. 그 소녀가 유유였다. 무진은 그 광경을 보자마자
호통을 내지르며 유유에게 덤벼들었다. 사람이 사람의 피를 빨아 먹는
천인공노할 광경에 수양이 깊은 그도 참지를 못했던 것이다. 유유는
반항했지만 무진의 무공이 고강했기에 그에게 잡히고 말았다. 원래 무
진은 살계를 어겨 유유를 죽일 생각이었다. 하지만 유유는 그런 그에
게 울며 사정했다. 너무도 불쌍한 모습에 무슨 사연이 있음을 짐작한
무진은 그런 유유를 죽이지 못했다. 다만 그녀를 교화하기로 마음을
먹었을 뿐이다.

유유도 알고 보면 불쌍한 소녀였다. 그녀는 대부호의 가정에서 자라
나 열일곱까지 금지옥엽으로 키워져 왔다. 그런 세상 물정 모르던 그
녀에게 어느 날 한 사내가 찾아왔다. 그에게 유유는 무슨 마법이라도
걸린 듯 사랑에 빠졌다. 그는 밤마다 유유를 찾아왔으며 그녀와 행복
한 시간을 나누었다. 자신의 목에 섬뜩한 두 개의 구멍이 뚫려 있는 걸

깨달은 것은 그 사내를 만난 지 보름이 지난 뒤였다. 그리고 그 뒤로 그 사내는 그녀를 다시 찾아오지 않았다. 그녀는 시름시름 앓기 시작했으며 점점 핏기를 잃어갔다. 그리고 그녀는 음식을 삼키지 못했다. 먹자마자 토했으며 냄새도 맡지 못했다. 또한 빛도 볼 수가 없었다. 마음이 빛을 보면 죽는다고 외치고 있었다. 그때부터 유유는 변했다. 사랑했던 사내는 그녀를 버리고 떠났고 그녀의 가족은 그녀를 지하의 밀실에서 살게 했다. 그로부터 한 달 동안 아무것도 먹지 못한 유유는 죽어가기 시작했다. 만약 그때 쥐를 발견하지 못했다면, 그녀의 본능이 피를 먹으라고 충동질하지 않았다면 그녀는 그때 굶어 죽었을 것이다.

하지만 그녀는 쥐의 피를 빨아 먹고 살아났다. 단 한 번의 흡혈, 그 한 번의 흡혈로 그녀는 피의 달콤한 맛을 깨달았다. 그리고 자신이 살기 위해선 그 피를 먹어야만 한다는 것도 깨달았다.

처음엔 장원 안에 사육되고 있는 동물들의 피를 빨아 먹었다. 하지만 몇 달 후, 먹을 동물이 없어지자 그녀는 하인들의 피를 먹기 시작했다. 그때 그녀는 깨달았다. 인간의 피가 동물의 피보다 몇 배나 더 달콤하다는 것과 그녀의 몸에 엄청난 힘이 잠들어 있음을 말이다. 마치 그녀가 빨아 먹은 사람의 힘이 그녀의 몸속으로 옮겨 들어온 것만 같았다. 그 힘은 사람의 피를 빨아 먹으면 먹을수록 커져만 갔다. 그녀는 그 힘을 이용해 장원에 살고 있던 무사들의 피까지도 빨아 먹었다. 그리고 그녀의 부모도……

그렇게 먹을 것이 다 사라지자 그녀는 자신이 살고 있던 장원을 떠났다. 그리고 유랑 생활을 시작했다. 그게 1백 30년 전이었다.

그렇게 살다가 그녀는 무진에게 걸리는 바람에 한 달 가까이 아무것도 먹지 못하는 신세가 되고 말았다. 자신은 인간이 먹는 음식을 먹지

못하며 오직 피만을 먹을 수 있다고 무진에게 말해 보았지만 무진은
들은 척도 하지 않았다. 그는 그저 벽곡단이란 구역질나는 것을 내밀
며 식성을 바꾸면 된다고 말했을 뿐이다. 그녀는 인간을 유혹하는 힘
을 가지고 있었다. 아마도 시귀 고유의 능력인 것이리라. 하지만 그 유
혹도 무진에겐 통하지 않았다. 불심이 깊은 무진이었기에 미혼공 따위
는 통하지가 않았던 것이다. 무진은 한 달여를 유유를 교화시키기 위
해 노력했다. 그녀에게 인간다운 식사를 할 것을 종용했으며 그동안
죽인 인간들에게 불공을 드리라고 종용했다. 하지만 유유는 무진의 말
을 듣지 않았다. 오히려 잡힌 지 한 달 만에 그가 방심한 틈을 타 그의
손목을 물어버렸다. 무진은 당장 유유를 죽이려고 했으나 유유는 그런
그에게 요사하게 웃으며 말했었다.
　"호호호, 너도 이제 나같이 될 거야. 호호호호."
　그게 무슨 말이냐고 묻자 유유는 다시 요사하게 웃으며 말했었다.
　"호호호호, 이 빌어먹을 영감탱이야! 난 인간이 아닌 시귀라구! 인간
의 피를 먹고 사는 시귀란 말야! 그런데 나에게 벽곡단인지 뭔지를 먹
으라고? 흥흥, 너도 이제 그 잘난 벽곡단은 못 먹게 될걸? 넌 나한테 물
렸으니까. 호호호호. 나에게 물리면 두 가지뿐이라구. 피를 다 빨리고
죽거나, 나처럼 시귀가 되거나. 호호호호."
　무진은 유유의 말을 믿지 않았다. 시귀란 것도 그렇거니와 자신이
피를 먹고 살 거란 사실을 말이다. 하지만 사실이었다. 유유에게 물리
고 며칠이 지나자 더 이상 벽곡단을 입에 댈 수가 없었다. 먹는 족족
토했으며 냄새만 맡아도 구역질을 할 것만 같았다. 그리고 빛을 꺼리
게 되었다. 빛을 보면 머리가 아팠고, 피부에 빛이 닿기라도 하면 흉측
한 물집이 생기곤 했다. 그리고… 피가 그리워졌다. 목이 타는 듯한 갈

증을 느꼈고, 당장이라도 피를 마시고 싶은 충동을 느꼈다. 아직까진 잘 참고 있었다. 하지만 자신이 언제 유유처럼 될지 무진은 몰랐다. 점점 인내심이 바닥나고 있었으므로.

"그래… 오늘도 사람을 먹었느냐?"

무진은 자신의 무릎 위에 앉아 있는 유유의 목을 조르고 싶은 충동을 억제하며 물었다. 그는 유유를 죽이고 자신도 죽으려 했었다. 그래야만 인간의 희생이 없어질 것이니까 말이다. 하지만 그렇게 할 수는 없었다. 연민 때문이 아니라 힘에서 유유에게 밀리기 때문이었다. 시귀는 피를 빨아야만 힘을 쓸 수가 있다. 하지만 무진은 근 한 달여를 아무것도 먹지 않았으니… 매일같이 신선한 피를 빠는 유유의 상대가 될 수는 없었다. 또한, 유유는 쉽게 죽지 않는 존재였다. 자신의 손목을 물었을 때 살심이 일어 유유의 목을 부러뜨린 적이 있었지만 유유는 아무렇지도 않다는 듯이 부러진 목을 끼워 맞추고 싱글싱글 웃었었다. 그러면서 말했었다.

"야, 내가 연장자로서 한마디 할게. 너보단 시귀가 된 지 오래됐으니까 말야. 우린 쉽게 죽지 않아. 이깟 목이 부러지는 걸론 죽지 않는다구. 목이 잘리면 몰라도. 그리고 불에 타도 살고, 팔다리가 잘려도 갖다 붙이면 되고, 또 응… 뭐가 있지? 아! 또, 몸이 피떡이 돼도, 그러니까 절벽 같은 데서 떨어져도 한 며칠 있으면 괜찮아진다구. 전에 한 번 절벽에서 떨어진 적이 있어서 잘 알아. 우릴 죽일 수 있는 건 저 빌어먹을 햇빛과 목이 잘리는 것밖엔 없단 말야. 알겠어? 호호호호호."

그랬다. 햇볕에 타서 피부에 물집이 생기고 화상 자국이 나도 하루만 지나면 씻은 듯이 사라져 버렸었다. 그에 무진은 자신이 시귀란 것이 됐음을 실감했었다. 무진은 힘없이 손을 내렸고, 그와 동시에 유유의 코맹맹이 소리가 터져 나왔다.

"흥흥, 나 얼마나 힘들었는 줄 알아? 혼자 사는 과부 하날 배부르게 먹고 인간들 눈에 안 띄게 땅에 묻고 돌아오는데 웬 미친년이 날 따라오잖아? 아이~ 그 생각만 하면… 여기, 이 상처 보여? 보여? 흐웅, 그 미친년이 나한테 바늘을 던져서 생긴 거야. 피부가 검게 된 것을 보면 독이 발라져 있나 봐이잉~"

그녀의 말에 무진은 탄식을 터뜨렸다. 오늘도 한 생명이 사라진 것이다. 유유의 한 끼 식사로 말이다.

"후우… 그래… 그렇구나……."

유유는 무진의 품속으로 더욱 파고들며 만족에 겨운 목소리로 말했다.

"아~ 좋다. 너한테서는 너무 좋은 냄새가 나. 내가 널 죽이지 않는 이유는 이것 때문이야. 네 품은 너무 좋거든."

지금의 유유라면 무진을 쉽게 죽일 수가 있을 것이다. 하지만 그녀는 무진을 죽이지 않고 있었는데, 그것은 아직 남아 있는 약간의 두려움과 혼자 사는 데 쓸쓸함을 느껴서였다. 무진이 한 달을 굶었다고는 하나 그의 힘을 당해보았기에 약간 두려움이 남아 있었고, 그동안 혼자 살아서 적적했었는데 말동무가 생겨서 외롭지가 않았다. 또한, 반드시 무진에게 피를 먹이고 말겠다는 유치하기 짝이 없는 굳은 집념이 생겼기 때문이기도 했다. 그런 유유의 말을 들으며 무진은 고민에 빠졌다.

'이 아이는 정신이 분열되어 있다. 무엇이 옳은지 무엇이 그른지 전혀 판단을 하지 못하고 있다. 마치 갓난아이처럼… 자신이 살기 위해 인간의 피를 빼는 것을 당연하게 생각하고, 전혀 죄 의식을 느끼지 않는다. 그저 인간을 음식으로 대할 뿐. 한데 왜인가? 왜 이토록 이 아이에게서 연민을 느끼는 것인가? 불쌍함? 가련함? 알 수 없다… 알 수 없어… 인간의 입장에서 보자면 이 아이는 죽어 마땅한 마물일 것이다. 하지만 이 아이는 자신이 살기 위해 인간의 피를 먹을 뿐이다. 피를 먹어야 살 수 있으니까. 생존을 위해서… 죽여야 하건만, 인간을 위해서 죽여야 하건만… 그리고 나도 죽어야 하건만… 어이해 이토록 마음이 심란한가?

유유는 단지 생존을 위해 인간의 피를 먹을 뿐이다. 그게 무진의 마음에 걸리고 있는 것이다.

흠칫!

그가 고민에 잠겨 있을 때 유유가 갑자기 고개를 들며 재빨리 몸을 일으켰다.

"왜 그러느냐?"

무진의 물음에 유유는 손가락으로 입을 막아 보이며 조용히 하라는 시늉을 했다.

사사삭.

분명히 그녀의 귀에 들려왔다. 인간의 발자국 소리가.

"여기에 있어. 좀 나가보고 올게."

무진은 직감적으로 누군가가 찾아왔다는 것을 느꼈다. 그리고 유유가 그들을 상대하기 위해 나가려 한다는 것도. 하지만 자신은 피를 먹기 전까지는 기력이 소진된 늙은이일 뿐이기에 아무런 행동도 취할 수가 없었다.

유유는 천천히 밖으로 걸어나갔다. 어두운 밤하늘엔 만월이 걸려 있었다. 음기가 가장 강한 날, 시귀는 음의 기운을 가진 존재였기에 오늘 가장 큰 힘을 발휘할 수가 있을 것이다. 그녀는 어느 한쪽을 바라보며 소리쳤다.

"거기 숨어서 뭐 해?"

하지만 아무런 반응이 없었다. 그에 유유는 더욱 큰 소리로 외쳤다.

"야! 너희 둘! 계속 나무 위에 숨어 있을 거야?"

그러자 잠시 뒤 어둠 속에서 세 명의 사람이 모습을 드러내었다. 위문과 옥영, 그리고 숙빈이었다.

"어, 어라? 세, 세 명이잖아?"

유유는 일순 당황했다. 분명 기척은 둘뿐이었는데 나타난 사람은 셋이었으니까 말이다. 그녀는 자신이 기척을 느끼지 못한 사람, 세 명 중 유일한 남자에게 시선을 고정시켰다.

'뭐, 뭐야?'

불안한 생각이 엄습해 왔다. 그 사내에게선 아무런 기운이 느껴지지 않았다. 마치 존재하지 않는 사람처럼 말이다. 그녀의 오랜 경험으로 미루어보자면 저 사내는 그녀가 상상할 수 없을 정도의 고수이거나, 아니면 운 좋게 그녀의 안목에 걸리지 않은 평범한 서생인 것 같았다. 하지만 평범한 서생이 야밤에 이런 곳에 나타날 이유는 없었으므로 전자일 가능성이 농후했다. 정신이 분열되어 있다고는 하나 그녀의 본능은 생존에 관계된 것이라면 누구보다 정확하게 판단을 내릴 줄 알았다. 그리고 지금 그녀의 본능은 저 사내를 조심하라고 경고하고 있었다.

"저게 그 시귀란 요물이야?"

옥영이 당황하는 빛을 띠고 있는 유유를 가리키며 묻자 숙빈은 고개를 끄덕였다.

"내가 쫓았던 시귀는 여자였어. 아마도 저것인 것 같군."

숙빈의 목소리에 유유는 위문에 대한 두려움에서 깨어났다. 두 여자 중 하나가 조금 전까지 자신을 죽이려고 바늘을 엄청나게 쏟아 부었던 그 미친년임을 알아챘기 때문이다. 유유는 방방 뛰며 고래고래 고함을 질렀다.

"너, 넌 그 미친년! 그 미친년이잖아!"

유유가 아는 척을 하자 숙빈은 다시 고개를 끄덕이며 말했다.

"…맞는 것 같군."

숙빈의 말을 들었는지 못 들었는지 유유는 허리에 두 손을 올리고 마침 잘됐다는 표정을 지으며 외쳤다.

"흥흥, 안 그래도 네년한테 맞은 바늘 때문에 아팠었는데 잘됐어! 힘도 보충했으니 네년을 죽여 버릴 거야!"

위문에 대한 두려움보다 숙빈에게 바늘을 맞은 분노가 더 컸는지 유유는 앞뒤 가리지 않고 무작정 숙빈에게로 달려갔다.

슈우웅.

바람을 가르는 소리가 날 정도로 유유의 동작은 쾌속했다. 하지만 가만히 있을 위문이 아니었다.

위이잉. 서걱!

"까아아악!"

유유의 왼손이 어깨에서부터 싹둑 잘려 나갔다. 유유는 비명을 내지르며 피가 흐르고 있는 어깨를 움켜잡았다. 그리고 자신을 공격한 위문을 노려보았다.

"너, 너, 너, 넌! 뭐야!"

이제야 다시 사내에 대한 두려움이 생겨났다. 그리고 그 두려움은 이 한 번의 공격으로 인해 더욱 증폭되었다. 그녀의 팔은 웬만한 보검으로는 잘리지도 않는 아주 단단한 것이었는데, 저 사내는 단 한 번의 손짓으로 무 자르듯 잘라 버렸으니 말이다. 그러니 그녀의 목소리가 떨리는 것도 무리가 아니었다.

"글쎄… 널 죽이러 온 사람이라고 할까?"

위문의 무뚝뚝한 말에 유유는 소름이 돋는 것을 느꼈다. 그녀의 상상이 맞았음을 느꼈기 때문이었다. 또한, 오늘 그녀가 살아남기는 힘들다는 것을 직감적으로 느끼고 있었다.

그렇다면 방법은 한 가지뿐.

우선 그녀는 천천히 움직여 바닥에 떨어져 있는 자신의 잘린 팔을 다른 손으로 잡았다. 그리고 조심해서 팔을 어깨에 붙였다. 이때 정확히 붙여야 다시 팔을 쓸 수 있으므로 그녀는 신중하게 뼈와 뼈를, 근육과 근육을, 혈관과 혈관을 정확하게 맞추어 붙였다. 그리고 붙인 팔에 옷을 찢어 단단히 동여매었다. 그렇게 팔을 다 붙이고 나서 그녀는 천천히 팔을 움직여 보았다.

"악!"

통증이 느껴지긴 했으나 팔은 좀 전에 잘렸다고는 믿을 수 없을 정도로 원활하게 움직였다.

"세, 세상에!"

그 광경을 보는 옥영의 두 눈이 찢어질 정도로 크게 뜨여졌다. 도저히 자신이 본 것을 믿을 수가 없다는 표정이었다. 그도 그럴 것이 분명 팔이 잘렸는데 그 팔이 어깨에 붙자 다시 움직인 것이었으니, 오히려 놀라지 않는 게 이상한 일일지도 몰랐다.

"듣던 대로 지독한 족속이군."

숙빈은 어느 정도 알고 있었는지 그다지 놀란 표정을 짓지 않았다.

다만 더욱 차가운 눈초리로 유유를 쏘아보며 나지막이 말을 내뱉었을 뿐이었다. 그런 숙빈에게 옥영이 물었다.

"어떻게 저럴 수 있지?"

"내가 말했잖아, 저것들은 저주받은 마물이라고. 웬만한 상처는 하루도 안 돼서 다 아물어 버리고 팔다리가 잘려도 붙이면 그만이라고 하더군."

"세, 세상에! 그럼 저것을 죽일 방법은 있는 거야?"

"듣기로 목을 자르고 그 자른 머리를 박살 내버리면 죽는다고 했어."

"저, 정말 지독한 것들이구나……."

그렇게 그녀들이 나불거리는 동안 유유는 위문의 두 눈을 정면으로 응시하고 있었다. 점점 그녀의 두 눈이 요사스럽게 빛이 나기 시작했고 반대로 위문의 두 눈은 점점 흐릿해져 갔다. 하지만 그동안 옥영과 숙빈은 유유가 팔을 붙인 것에 대해 쓸데없는 말을 하고 있던 터라 그것을 눈치 채지는 못했다.

'됐어, 내 생각이 맞았어.'

저렇게 잘생기고 강한 사내라면 여자 친구나 애인이 반드시 한둘쯤은 있을 것이라 생각했다. 또한 그녀의 경험으로 미루어보자면 강한 사내일수록 자신이 사랑하는 여인에게는 약한 법이었다. 그리고 저렇게 강한 사내는 지독한 미혼공일수록 저항이 심해 빠져들지 않지만, 반대로 기초적인 미혼공엔 빠지기 쉽다는 것도 경험을 통해 알고 있었다. 해서 그녀는 가장 약한 축에 속하는 미혼공을 위문에게 쓰고 있었다. 그녀의 모습을 저 사내가 사랑하는 여인의 모습으로 보이게 하는 미혼공을… 여전히 미혼공을 쓰며 유유는 천천히 위문 쪽으로 걸어갔다.

걸어가는 그녀의 얼굴은 일그러져 있었다.

"훙훙… 아파… 아파… 아프단 말야… 난, 난… 당신은 왜 날 공격하는 거죠? 난… 난……."

너무도 슬픈 표정, 그리고 애절한 말투, 그런 유유의 눈을 본 순간 위문은 눈앞이 뿌옇게 변하는 것을 느꼈다. 유유의 모습이 점차 흐릿해지더니 점차 예청의 모습으로 변해갔다. 그리고 눈앞이 선명해졌을 때, 예청이 자신의 앞에 서 있음을 볼 수 있었다.

"위 대가… 아파요… 아파요… 날 죽이지 마세요… 날, 날 죽이지 마세요… 흑흑……."

"아청……."

그의 입에서 저도 모르게 말이 새어 나왔다. 유유는 그의 모습을 보며 그가 자신의 미혼공에 빠져들었음을 느끼고는 더욱 그에게 다가가며 슬픈 목소리로 말했다.

"흑흑… 날 왜 죽이려고 해요? 왜?"

"아, 아니, 난… 난… 아청… 내가 어찌……."

위문의 단 하나의 약점, 그것은 예청과 예설이었다. 그녀들을 생각하는 것만으로도 그의 마음은 풀어지곤 했는데 지금 예청이 그의 눈앞에 서 있음에야……. 예청은 한쪽 팔을 움켜쥔 채 흐느끼고 있었다. 그녀의 팔에선 피가 흘러내리고 있었으며 그녀의 얼굴은 고통으로 일그러져 있었다. 자신에게 다가오는 예청을 보며 위문은 마음속으로 분노를 터뜨렸다.

'왜 그렇게 아파하시오? 왜? 누가 그대를, 나의 그대를 아프게 했단 말이오?'

그 광경을 보며 숙빈과 옥영은 상황 판단이 안 돼 정신을 차리지 못하고 있었다. 위문이 갑자기 변한 이유를 알 수가 없었던 것이다. 다만 유유가 위문의 삼 장 앞으로 다가갔을 때, 어느 정도 상황 판단이 된 옥영이 급히 앞으로 달려가며 유유를 향해 소리를 질렀다.

"그만두지 못해!"

유유에게 달려가며 그녀는 허리의 채대를 풀어 거세게 휘둘렀다. 그녀는 유유가 위문에게 무슨 사술을 썼다고 여겼기에 그녀를 공격해 위문이 정신을 차리게 할 생각이었다.

휘이익!

그대로 둔다면 유유는 옥영의 채대에 격타당하고 말 것이었다. 하지만 그것은 성공하지 못했다.

퍼펑펑!

"꺄아악!"

위문이 날린 장력에 옥영은 강한 충격을 받고 피를 토하며 허공으로 튕겨 올랐다.

"가, 감히 나의 아청을! 나의 아청을! 네가 감히 내게서 아청을 또다시 뺏어가려고 한단 말이냐!"

이미 유유의 미혼공에 빠진 위문이었다. 해서 그의 눈엔 옥영이 예청을 죽이려는 괴한으로 보였고 그에 옥영을 공격한 것이었다.

슈슉.

한 번의 공격으론 모자라다고 생각했는지 위문은 재차 손을 쓰기 위해 허공에 떠 있는 옥영에게로 몸을 날리며 두 손을 앞으로 쭈욱 뻗었다. 그런 그에게로 하나의 검은 물체가 날아들었다. 그와 함께 터져 나오는 외침.

"당신, 미쳤어요?"

정신을 차린 숙빈이었다. 하지만 위문은 그녀의 말을 듣고 있지 않았다. 다만 자신에게 날아오는 물체에 장력을 날렸을 뿐이었다.

슈웅. 퍼펑!

검은 물체와 장력이 부딪치며 요란한 폭음을 발했다. 그와 동시에 수백 수천 조각으로 나누어진 쇳조각들이 위문의 전신을 짓쳐들었다. 숙빈이 던진 것은 비폭뢰였다. 하지만 옥영에게 중상을 입혔던 비폭뢰도 위문 앞에선 애들 장난감일 뿐이었다. 그는 가볍게 손을 휘둘러 쇳조각들을 모두 떨쳐 버렸다. 그리곤 자신에게 비폭뢰를 날린 숙빈에게 외쳤다.

"네놈, 네놈도 아청을 노리고 있느냐? 기다려라. 반드시 죽여주겠다!"

이미 이성을 상실한 위문이었다. 그는 땅에 떨어지고 있는 옥영에게로 쏜살같이 달려가며 태극무경상의 무공인 혼원장법의 최후 절초 멸절(滅絶)을 시전했다. 위문의 손이 앞으로 뻗어졌건만 아무런 소리도 없었다. 그저 무시무시하다고밖에는 설명할 수 없는 경기가 옥영에게로 짓쳐들었을 뿐이다.

"다, 당주님! 정신 차리세… 까아악!"

퍼퍼펑!

옥영의 마지막 발악과도 같은 외침은 채 이어지지 않았다. 위문의 장력은 그대로 옥영의 등판을 격타했고 그와 동시에 옥영의 육신은 수천 조각으로 터져 버리고 말았다.

후두두둑.

갈가리 찢겨진 옥영의 피육이 바닥으로 떨어져 내렸다. 하지만 위문은 그걸 보고 있지 않았다. 숙빈에게로 그의 몸은 날아가고 있었으니까.

'뭐지? 뭐야? 뭐가 어떻게 된 거야?'

순식간에 위문이 미쳐 버리고 옥영이 죽어버리자 숙빈은 정신을 차릴 수가 없었다. 자신에게로 무시무시한 기운을 지닌 위문이 짓쳐들고 있건만 너무 당황한 나머지 어떤 행동도 취하지 못했다. 다시 옥영을 터뜨려 버린 무시무시한 장력이 숙빈에게로 날아갔고 숙빈은 그걸 멍하니 지켜보고만 있었다.

퍼퍼펑!

숙빈은 비명도 지르지 못했다. 그녀의 몸은 옥영과 마찬가지로 수천 조각으로 터져 버렸고, 그렇게 생에 작별을 고했다. 그걸 보고 있는 유유는 소름이 다 끼칠 지경이었다. 자신에게 잘된 일이라고는 하나 저렇게 처참한 광경은 난생처음이었던 것이다. 사람이 산 채로 터져 버리다니 말이다. 둘을 죽여 버린 위문은 천천히 유유에게로 다가갔다. 그러면서 빙긋 웃었다.

"아청… 이제 그대를 해칠 것은 없소. 안심하시오, 안심해. 내가 이렇게 여기 있지 않소?"

유유는 자신이 강한 미혼공을 쓰지 않았음을 잘 알고 있었다. 그녀가 쓴 미혼공은 단지 그녀를 그가 사랑하는 여자로 보이게 하는 위력밖엔 없었다. 다만 그뿐, 어떤 강제성을 띠고 있는 것은 아니란 말이다. 그저 눈앞에 예청이 있다고 착각하게 할 따름인 것이다. 하지만 위문은…….

이로써 한 가지는 분명해졌다.

위문의 사랑은 '집착(執着)'이 되어버린 것이다.

＊　　　＊　　　＊

"태상을 뵈옵니다."

흑의사내는 전방의 태사의에 앉아 있는 중년 사내에게 부복하며 말했다. 태상이라 불린 중년 사내는 흡족한 미소를 머금으며 말했다.

"일어나게."

"감사합니다."

사내는 몸을 일으키며 감사의 말을 전했다. 태상은 너털웃음을 터뜨리며 말했다.

"허헛, 그렇게 예의를 차릴 필요는 없네. 그래, 일은 어떻게 됐는가?"

"다행히 성공했사옵니다. 지금 '그것'은 태상이 분부하신 대로 망산(邙山)으로 옮겨졌사옵니다."

성공했다는 말에 태상은 다시 너털웃음을 터뜨렸다.

"허허허, 난 그대들이 성공할 것이라 생각했네. 아니, 너무 쉬운 일을 그대들에게 맡긴 것이 아닌지 모르겠군."

"칭찬에 감사하옵니다."

"아니네, 난 사실을 말했을 뿐이지. 그래, 그럼 계속 수고해 주게나."

"존명."

흑의사내는 천천히 밖으로 걸어나갔다. 이제 장내엔 태상 혼자만이 남아 있었다.

'환상창수(幻像槍手)들에게 그까짓 금붕문의 놈들은 허수아비일 뿐이지. 이제 '교'에서 제대로만 해준다면 최후의 대비책도 마련이 된 셈이고, 더구나 창수단주의 충성심도 알게 된 셈. 검수단주나, 도수단주는 문주의 명 때문에 내게 허리를 굽히고 있는 반면에 창수단주는 진정으로 내게 충성을 다하고 있다. 그게 문주의 명 때문인지, 아니면 그의 자의인지는 모르지만… 이제 얼마 남지 않았다. 비록 마도에서 지레 겁을 먹고 예청을 구하러 감옥을 습격하지 않는 바람에 계획이 약간 틀어지긴 했으나 모든 것은 나의 뜻대로 될 것이다. 그리고 그때, 너희들은 알 것이다. 우리를 멸시한 대가가 어떤 것인지 말이다. 으드득!

…어느 허름한 장원에서 일어난 일이었다.

*   *   *

"아청……."

위문은 유유에게 점점 다가갔다. 그러면서 유유의 얼굴을 쓰다듬기 위해 손을 내밀었다. 위문의 광기와도 비슷한 집착에 유유는 소름이 돋았지만 이제 와서 미혼공을 풀 수는 없었으므로 한 가지 결심을 하기에 이르렀다.

'이렇게 된 이상 널 물어버려야겠어. 너만큼 강한 사람이랑 있으면 앞으로 편하게 살 수 있을 테니까.'

그렇게 결심을 한 유유는 위문이 다가오도록 더욱 손짓했다.

"이리 오세요. 어서……."

그녀의 금방이라도 쓰러질 듯한 연약한 모습에 위문은 더욱 걸음을 빨리해 다가갔다.

“아청⋯⋯.”

그의 손이 유유의 얼굴 바로 앞까지 다가갔다. 그리고 그는 손으로 유유의 뺨을 만지려고 했다. 그와 동시에 유유의 입이 천천히 벌어졌다. 위문의 오른손이 유유의 왼쪽 뺨을 만졌다. 위문의 따뜻한 손바닥의 감촉을 느끼며 유유는 전혀 어색하지 않은 동작으로 부드럽게 고개를 약간 왼쪽으로 돌렸다. 그러자 위문의 손목이 그녀의 입술에 부딪쳤다.

‘호호호, 성공이다.’

유유는 더욱 크게 입을 벌렸다. 그녀의 두 송곳니가 섬뜩한 빛을 발하고 그것은 위문의 손목으로 다가갔다. 이제 입을 다물기만 하면 위문은 그녀의 송곳니에 물리게 될 것이다. 그러면 그도 그녀와 같은 시귀가 될 것이다. 한데 그녀가 막 위문의 손목을 깨물려고 할 때 어디선가 귀를 찢어버릴 정도로 큰 고함이 터져 나왔다.

“아미타불!”

흠칫!

항마의 법력이 담겨 있는 불호 소리였다. 그에 위문은 흠칫하며 뒤로 물러났다. 순간적으로 그의 눈앞에 서 있던 예청이 온데간데없이 사라지고, 대신 시귀라는 여자가 보였다. 황급히 주위를 둘러보았다. 옥영도, 숙빈도 보이지가 않았다. 이곳에 있는 사람이라고는 그와 유유, 그리고 다 쓰러져 가는 관제묘 앞에 무릎을 꿇고 바닥에 앉아 있는 한 명의 노승밖에는 없었다.

“스, 스, 스, 스승⋯ 님?”

너무도 놀라 그는 자신이 말을 더듬고 있다는 사실도 못 느끼고 있었다. 관제묘 앞에 무릎을 꿇고 앉아 있는 노승은 바로 그의 스승인 무진이었던 것이다.

흠칫!

그 말에 위문보다 더 놀란 것은 무진이었다. 유유가 유혹하는 사내가 자신의 제자였던 아이라고는 생각도 못했었기 때문이다.

"무, 문아……."

무진 역시 말을 더듬으며 놀란 표정을 감추지 않은 채 신음처럼 입을 열었다.

"어, 어찌 스승님께서… 이곳에……?"

그때 멍하니 서 있는 위문의 뒤로 유유가 천천히 다가가고 있는 게 무진의 눈에 띄었다. 그에 무진은 다급히 외쳤다.

"문아, 뒤를 조심해라!"

슈숙!

그의 말이 끝나기 무섭게 유유가 위문에게로 덮쳐들었고 위문은 반사적으로 손을 뒤로 휘저었다. 순식간에 그의 손에서 푸른 강기가 생성되어 유유를 덮쳐 갔다.

서걱!

"까아악!"

방심한 틈을 타 위문을 물려던 유유는 그대로 허리가 잘려지고 말았다. 하지만 위문은 유유를 보고 있지 않았다. 자신의 오른손을 내려다보고 있었다. 그는 강기를 써야겠다는 생각을 하지 않았다. 그저 무의식적으로 손을 뒤로 휘둘렀을 뿐이다. 하지만 그의 손에선 강기가 생성되었고 유유를 두 토막으로 만들어 버렸다.

'이게 뭘 뜻하는 거지?'

의식과 무의식의 차이, '무공을 써야지' 생각하고 무공을 쓰는 것과 본능적으로 자신의 의지와 상관없이 몸이 알아서 무공을 쓰는 것의 차이. 그것이 천무성맥의 능력이란 것을 모르는 그로선 꽤나 의아스러운 일이었다. 하지만 그의 생각은 채 이어지지 않았다. 다시 무진의 고함이 터졌기 때문이었다.

"문아!"

슈욱!

허리가 잘려졌건만 유유의 상체는 재빨리 위문을 덮쳐들었다. 그가 멍하니 서 있는 틈을 이용한 것이었다. 하지만 무진의 고함에 정신이 든 위문은 자신의 정면으로 짓쳐들고 있는 유유의 모습을 보았고 재빨리 두 손을 앞으로 내밀었다.

퍼펑펑!

"까아악!"

유유의 몸은 산산조각이 나버렸다. 위문의 장력은 시귀인 그녀의 몸뚱이조차도 갈가리 터뜨릴 수 있을 정도의 힘이 있었으니까.

후두둑.

유유의 피육이 바닥에 떨어지는 것을 보며 위문은 신음처럼 중얼거렸다.

"어떻게… 몸이 반으로 잘렸건만… 죽지 않고……."

그가 그렇게 신음을 흘리며 서 있을 때, 무진은 유유를 위해 마음속으로 불경을 낭독했다.

'잘… 가거라… 부디 내세에서는 착한 아이로 태어나기를… 아미타불…….'

유유는 그렇게 어이없이 죽어버렸다. 1백 30년 간을 끈질기게 살아온 그녀였는데 오늘, 이렇게 허무하게 죽어버렸던 것이다.

"저, 저더러… 그, 그 말을 믿으라는 말입니까?"

"아미타불……."

"미, 믿을 수 없습니다. 어, 어떻게……."

말을 하며 위문은 천천히 무진에게로 다가갔다. 하지만 그의 동작은 곧 멈춰졌다. 무진이 그를 제지했기 때문이었다.

"더 이상 내게 다가오지 말거라. 난… 충동을 억제할 수 없을지도 모른다."

"스, 스승님……."

어떻게 이 사실을 믿을 수가 있단 말인가? 태어나자마자 산속에 버려진 자신을 주워 친자식처럼 키워준 그의 스승이, 세상 그 어떤 고승보다 더 자애롭고 온화한 그의 스승이, 그 누구보다 존경하는 그의 스승이… 시귀가 되다니…….

"아미타불… 모든 것은 이 늙은이의 업보일지니… 너는 너무 상심해 말거라."

무진의 말속에 담겨 있는 한탄을 느낀 위문은 더 이상 서 있을 수가 없었다.

털썩.

다리에 힘이 빠진 그는 그대로 바닥에 주저앉고 말았다. 왜일까? 왜 이렇게 슬픈 것일까? 왜 지금 그의 두 눈에선 눈물이 흐르는 것일까? 위문은 정에 굶주린 사람이다. 고행을 통해 얻는 불가의 수행, 그것은 자기 자신과의 싸움이다. 누구도 도와줄 수 없는 혼자만의 외로운 싸움인 것이다. 그런 수행을 위문은 21년 동안이나 해왔다. 태어나서 파계하기 전까지… 그런 그에게 무진은 유일하게 정을 준 사람이다. 그를 키워주고, 그에게 가르침을 주었으며, 부모의 따스한 정을 베풀어준 사람이다. 끝없는 고독을 느낄 때도, 외로움을 느낄 때도 언제나 무진은 그의 곁에 있어주었다. 그리고 그를 보살펴 주었다.

아마 그런 이유일 것이다. 예청과 예설의 사랑을 그리 쉽게 받아들인 것도… 외로웠기에, 소림에서 파문당해 그를 지켜줄 무진이란 존재가 사라졌기에 예청과 예설을 받아들였던 것일 것이다. 그녀들이 있다면 그는 외롭지 않을 것이므로, 그녀들과 있다면 끝없는 고독을 느끼지 않을 것이므로, 언제나 그의 곁에 같이 있어줄 것이므로…….

그가 정을 준 3명의 사람. 무진, 예청, 예설. 그들 중 하나는 자신의 품에서 죽었다. 영원히 함께 있고 싶었던 사람이 그의 품에서 죽었다. 그때 위문은 파문당했을 때보다도 더 큰 슬픔을 맛보았다. 하늘이 무너지는 슬픔을. 그러나 다른 한 사람이 남아 있었기에 정신을 차릴 수 있었다. 하나는 죽었지만 하나가 남아 있기에 그는 희망을 가지고 있었다. 그 한 사람, 그녀와 영원히 함께 살면 된다고, 그녀가 자신의 외로움을 채워주면 된다고, 자신의 곁에서 영원히 함께 있어줄 것이라고. 그래서일 것이다. 그래서 그는 이렇게 예청을 구하기 위해 필사적인 것일 것이다. 그의 외로움을 채워줄 유일한 존재가 바로 예청이었으므로.

하지만 아직 예청을 찾지 못했다. 그녀가 죽었는지 살았는지조차 모른다. 그가 정을 준 여인이, 그에게 정을 준 여인이 지금 어떤 상황에 처해 있는지 모른다. 그녀가 실종되고 나서부터 매일을 두려움 속에서 살아왔다. 혹시 그녀가 잘못되면 어쩌나 하고 가슴을 졸이며… 그런 그에게 오늘 또다시 절망감이 엄습해 들고 있다.

무진… 그의 스승… 그의 부모나 다름없는 존재…….

그런 그가 저주받은 마물이라는 시귀가 되었다. 더 이상 인간이 아니라, 타인의 피를 빨아 먹고 사는 시귀가 된 것이다. 부모가 괴물이 된 것을 지켜보는 자식의 마음이 이러할까, 가슴이 찢어질 것만 같은 괴로움이, 슬픔이 밀려들었다.

위문이 울고 있는 것을 무진은 보았다. 그 눈물의 의미를 너무도 잘 알고 있는 그였기에 그 역시 한줄기 눈물을 흘릴 수밖에 없었다. 무진은 자신의 눈물을 닦으며 입을 열었다.

"문아, 내 너에게 한 가지 부탁을 해도 되겠느냐?"

흠칫!

무진의 말에 위문은 놀란 표정을 감추지 않으며 무진을 바라보았다.

'설마? 설마?'

의혹이 가득 담긴 위문의 눈빛을 받으며 무진은 천천히 고개를 끄덕였다.

"저, 전… 전……."

그는 전신을 부르르 떨며 고개를 흔들었다. 도저히 그럴 수는 없다는 뜻이었다. 하지만 그런 그를 보며 무진은 굳은 의지가 담긴 목소리로 말했다.

"해야만 한다. 나 스스로는 할 수가 없으니… 네가 해야만 한다."

"제, 제가… 어찌……."

"난 이미 인간이 아닌 몸, 내가 살아 있다면 큰 화가 닥칠 것이니… 이건 내 처음이자 마지막 부탁이다. 문아, 해줄 수 있겠느냐?"

"스, 스승님……."

하지만 무진은 더 이상 입을 열지 않았다. 그저 두 눈을 감으며 조용히 가부좌를 틀고 앉았을 뿐이다. 언제라도 극락으로 갈 준비가 되어 있다는 뜻이었다. 이제 위문의 눈에선 굵직굵직한 물줄기가 흘러내리기 시작했다. 그도 무진의 마음을 안다. 무진이 살아 있다면 언젠가 피의 달콤함을 깨달을지도 모른다. 그리고 유유처럼 인간의 피를 마시게 될지도 모른다. 그런 치욕스런 삶을 사느니 무진은 죽음을 택할 것이다. 하나 무진은 스스로를 죽일 수 없다. 아니, 죽고 싶어도 죽을 수가 없다. 시귀의 끈질긴 생명력은 그를 악착같이 살릴 것이므로. 하지만 위문이라면 가능하다. 그라면 무진을 깨끗하게 극락으로 보낼 수가 있을 것이다. 그에 무진은 자신의 육체를 위문더러 죽이라고 부탁한 것이다.

위문은 고뇌하고 있다. 무진은 죽고 싶어한다. 시귀의 삶을 살게 될까 봐, 인간의 피를 마시게 될까 봐, 그로 인해 세상에 피해를 줄 것이 두려워 지금 그는 극락으로 가려고 한다. 그리고 자신을 극락으로 보내줄 사람으로 위문을 택했다. 하지만 무진은 시귀가 되었다고는 하나 위문의 스승이다. 그것은 변함없는 진실이다. 과연 위문이 무진을 죽일 수 있을까? 자신을 키워준 스승을 죽일 수 있을까? 시귀라는 이유만으로 인류를 배반할 수 있을까?

부르르르…….

시간이 지날수록 위문의 전신은 땀으로 덮여갔다. 그리고 그의 몸은 경련으로 떨리기 시작했다.

휘이이잉—

무진은 여전히 눈을 감은 채 가만히 앉아서 죽음을 기다리고 있다. 반대로 위문은 조금도 가만히 있지를 못하고 몸을 조금씩 떨며 고뇌하고 있다. 그의 두 눈은 핏발이 서 시뻘겋게 변한 지가 오래고, 얼굴은 일그러질 대로 일그러져 있었다. 입술은 경련으로 부들부들 떨리고 있었고, 두 손은 자신의 두 무릎을 피가 나도록 움켜잡은 채 떨리고 있다.

착각일까? 어느샌가 그의 두 눈썹은 피보다 더 짙은 붉은색을 띠기 시작했다. 아니, 착각이 아니었다. 천천히, 아주 천천히 짙은 검은색의 눈썹은 핏빛으로 변해가고 있었다. 변화, 단 한 번도 일어난 적이 없던 변화, 분노가 몸을 지배할 때에도 일어나지 않았던 변화가 지금 그에게 일어나고 있는 것이다. 변화는 그뿐만이 아니었다. 그의 머리 속에서도 변화가 일어나고 있었다. 마음 한구석에 천무성의 기운에 눌려 억제되어 있던 천살의 기운, 아니, 천살의 마성이 점차 골수로, 뇌의 중심부로 스며들기 시작했던 것이다. 누구보다 불법에 심취되어 있던 위문, 그래서 이미 깨어날 때가 훨씬 지났건만 천살의 마성은 깨어나지 못했었다. 자신의 마음속에 남아 있는 불법의 힘이 은연중 천살의 마성을 억눌러 왔기에. 하지만 그것은 점점 깨어지고 있었다. 상상할 수 없었던 스승의 변화에, 그런 스승을 죽여야 한다는 심적 고통에, 갈등에, 알 수 없는 분노에, 불법의 힘을 억누르고 천살의 마성은 깨어나 위문의 골수로 스며들고 있었다.

만약 그때 해가 뜨지 않았다면, 해가 뜨지 않았다면… 위문은 제2의 광마가 되고 말았을 것이다. 해가 뜨지 않았다면…….

"스, 스승님? 스승님! 스승니임~! 스승… 니이이이임… 으흐흐흑……."

무진의 육신은 녹아들어 가기 시작했다. 햇빛에 전신이 노출되자마자 빠른 속도로 무진의 몸은 녹기 시작했던 것이다.

푸스스슥! 프쉬쉬쉭!

역겨운 소리와 노란내가 사방에 퍼지며 무진은 그렇게 흔적도 없이 사라졌다. 아니, 녹아버렸다. 하지만 녹아가는 그의 얼굴엔 해탈한 고승의 그것 같은 자애로움이 한껏 담겨 있었다.

"스, 스승… 억!"

털썩!

너무 큰 충격에 위문은 그대로 정신을 잃고 말았다. 무림을 위해선 잘된 일이었다. 그로 인해 천살의 마성은 '완전히' 깨어나지는 못했으니까. 핏빛으로 변한 눈썹만이 그대로 남아 조금은 불길한 예감을 풍기고 있긴 하지만…….

제26장

교환 작전 I

교환 작전 Ⅰ

"드디어 내일입니다."

"그렇소이다. '결전'의 시간은 다가왔소."

화산파 장문인 화중문의 말에 청성파 장문인 조양수는 '결전'이란 단어를 강조하며 말했다. 그 굳은 어조에 모두들 전의를 불태웠다.

"종리 소저, 그래, 준비는 다 끝났소?"

해남파 장문인 양지강의 물음에 종리화는 힘차게 고개를 끄덕였다.

"그래요. 지금 4백 명의 인원은 설봉의 우측에 몸을 숨기고 있어요."

"아미타불, 그럼 나머지 1천 2백 명은 어디에 있소이까?"

혜불 성승의 물음에 종리화는 천천히 좌중을 한 번 훑어보고는 입을 열었다.

"지금 사파에서는 설봉의 좌측에 5백의 인원을 포진시킨 상태예요.

아마 그들은 그 인원으로 우리를 위협할 속셈일 거예요. 그에 저는 그들을 방심하게 하기 위해 4백의 인원만을 우측에 포진시켜 두었어요. 아마 지금쯤 그들은 우리 쪽 4백의 무사들을 발견했을 겁니다.”

“하면 4백의 인원은 미끼이고, 그 뒤에 숨어 있는 1천 2백의 고수들이 진짜?”

화중문의 말에 종리화는 고개를 끄덕였다.

“그래요. 그들은 우리가 4백의 인원만을 동원했다고 믿을 거예요. 그리고 자신하겠죠. 이번 교환 작전은 그들의 뜻대로 될 거라고 말이에요. 하지만!”

“하지만, 그들이 이겼다고 생각해 자신들의 힘을 모두 보일 때 우리는 뒤에 숨어 있는 1천 2백 명으로 그들을 공격한다. 이게 맞나?”

“호호, 예. 맞아요.”

화중문이 대신해서 말하자 종리화는 고개를 끄덕이며 미소를 지었다. 그녀는 이미 일이 성공한 것처럼 들떠 있었다.

‘호호, 우리가 일부러 4백의 인원을 눈에 띄게 했다는 것을 너희는 몰랐을걸? 화 장문인의 말대로야, 그들은 우리가 4백의 인원만을 동원했다 생각하고 자신들의 힘을 완전히 드러낼 거야. 그리고 자신하겠지. 자신들의 승리라고. 호호, 하지만 그때가 너희들의 최후가 될 거야. 그때 1천 2백의 고수들이 너희를 공격할 것이니까.’

그녀가 이런 생각에 빠져 있을 때 수뇌들 역시 저마다 이미 이기기라도 한 듯 들떠 웃음을 터뜨리고 있었다.

“하하, 이번에야말로 그놈들에게 본때를 보여줄 수가 있겠소.”

“하하하, 이를 말이오. 하하하하.”

“벌써부터 흥분이 되는군요, 하하하하.”

　그들이 그렇게 웃음을 터뜨릴 때, 역시 웃음을 터뜨리던 화중문은 갑자기 뭔가가 떠올랐는지 장내를 진정시키며 종리화에게 물었다.

　"가짜 예청은 준비되었느냐?"

　종리화는 고개를 끄덕이며 자신있게 말했다.

　"예, 완벽해요. 멀리서 본다면 누구도 그녀가 가짜라는 것을 눈치 챌 수 없을 거예요."

　진짜가 없으니 가짜를 만들 수밖에 없었기에 가짜를 만들기로 결정이 났다. 또한 이미 그에 대해선 완벽한 준비가 갖춰져 있었다. 아미파 사람들의 협조에 따라 예청의 얼굴을 인피면구로 만들 수 있었고, 그녀와 체격이 비슷한 사람도 이미 구해두었다. 그리고 며칠 전부터 예청의 습관이라던가 걸음걸이 등을 익히고 있는 상태였기에 종리화가 이렇듯 자신있게 대답한 것이었다.

　"그럼 다행이고. 한데 사파 측에서도 우리처럼 고수들을 숨겨놓았을 수도 있지 않겠느냐?"

　"그럴 수도 있어요. 하지만 그 가능성은 희박해요. 그들은 정말 뛰어난 고수들을 설봉에 매복시켜 놓은 상태예요. 무려 5백 명이나요. 그들은 철저하게 자신들을 숨기고 있기에 만약 그들 중 하나가 실수로 자신의 기척을 드러내지 않았다면 우린 그들을 발견할 수 없었을 거예요. 그만큼 그들은 고르고 고른 정예들이란 말이죠. 그러니 사파 측에선 우리가 그 5백 명의 존재를 모르고 있다고 생각할 거예요. 또, 만약 그들이 다른 매복을 해놓았다고 해도 2백에서 3백 정도밖에는 되지 않을 거예요. 그들이 동원할 수 있는 숫자는 많아봐야 8백 안팎이니까요."

　"하하하, 그럼 우린 걱정할 필요가 없겠군."

양지강의 말에 종리화는 웃으며 고개를 끄덕였다.

"호호호, 그래요. 우린 이미 이겨놓은 거나 마찬가지니까요."

다시 분위기가 화기애애해졌다. 하지만 뒤이어 나온 무당 장문인 소요자의 말에 모두들 긴장하기 시작했다.

"만약 교환 작전 때 그 위문이란 자가 나온다면 어떻게 되겠습니까?"

"……."

일순 장내는 쥐 죽은 듯이 조용해졌다. 종리화 역시 그 문제에 대해서는 생각해 보지 못했기에 큰 충격을 받은 듯 얼굴을 굳히며 재빨리 머리를 굴리기 시작했다.

'만약 위문이 교환 작전에 나온다면? 능히 고수 1백의 힘을 가지고 있는 그가 나온다면? 저들 중 누가 그를 상대할 수 있을까? 혜불 성승? 그는 소림의 제자였으니 혜불 성승이 막는다면… 아니야, 그는 기억을 잃었어. 그러니 혜불 성승이 자신과 무슨 관계인지 모르겠지. 그렇다면 합공은? 장문인들에겐 미안한 말이지만 일 대 일로 그와 싸워 이길 사람은 이곳에 없어. 그렇다면 합공뿐인데… 세 명이나 네 명 정도가 모이면 그를 상대할 수 있을 거야. 하지만 저 콧대 높은 분들이 합공을 하려고 할까? 자신의 자존심을 다 버리면서? 못하겠지. 일파의 우두머리가 치졸하게 합공을 한다는 건 상상도 못하겠지… 그럼, 어쩐다지? 어떻게 그를 제어하… 제어? 그래, 군이 그와 싸울 필요는 없어. 우리에겐 그를 제어할 예청이란 미끼가 있어. 비록 가짜이긴 하지만 그는 그걸 모르니 이용하기엔 충분하지. 호호, 그는 예청이라면 사족을 못 쓰니 가능할 거야.'

이렇게 결론을 내린 종리화는 만족스러운 미소를 지으며 천천히 수뇌들에게 자신의 생각을 알렸다. 수뇌들은 기뻐하며 한시름 놓은 표정을 지었고, 곧 세부적인 사항들을 의논하기 시작했다.

조자양은 정말 알 수가 없었다. 그의 동생이 왜 그토록 위험한 일에 자원을 했는지 말이다. 그래서 그는 지금 이렇게 동생이 묵고 있는 곳으로 달려가고 있는 것이었다.

드르륵. 탕.

문을 거칠게 열고 자양은 방 안으로 들어섰다. 그와 동시에 그의 얼굴은 경악으로 가득 차고 말았다. 그의 전면엔 선녀가 무색하다 싶을 정도의 미인이 동경을 보며 자신의 자태를 감상하고 있었던 것이다.

흠칫!

그 미녀는 침입자를 느꼈는지 재빨리 문 쪽으로 몸을 돌렸다. 하지만 방 안에 들어온 사내가 그녀의 오빠임을 알아보고는 이내 경계의 눈빛을 풀며 화사하게 웃었다.

"다, 다, 다, 당신은 누구요?"

너무나 아름다운 미인이 자신을 보며 싱긋이 웃자 자양은 가슴이 진탕됨을 느끼며 떨리는 목소리로 물었다. 그 당황하는 모습을 보며 조미는 속으로 웃음을 터뜨렸다.

'호호, 오빠도 날 못 알아볼 정도란 말이지?'

그게 만족스러웠던지 조미는 자양 쪽으로 천천히 걸어가며 입을 열었다.

"그런 공자는 누구시죠?"

"소, 소생은 조… 자양이라 하오. 다, 당신은 누군데… 내 동생의 방에……."

“호호, 소미를 말하시는 건가요?”

“그, 그렇소. 여기는 그 아이의 방인데…….”

바로 자신의 코앞까지 다가온 미녀 때문에 자양은 그만 말을 채 잇지 못했다. 그런 그의 모습이 재미있었던지 조미는 계속해서 자양을 놀리기로 맘을 먹었다.

“호호, 소미와 저는 아주 친한 사이예요. 그래서 오늘 소미를 만나기 위해 여기에 온 것이랍니다.”

말을 하며 조미는 천천히 오른손을 들어 올려 자양의 어깨에 올려놓았다.

“무, 무, 무, 무, 무슨 짓이오?”

얼굴을 붉히며 자양이 말하자 조미는 더욱 미색을 흘리며 유혹하는 음성으로 말했다.

“호호, 왜 겁이 나세요?”

“헙!”

그때 무언가를 느낀 자양은 헛바람을 삼키며 급히 뒤로 물러섰다. 그리곤 손가락으로 조미를 가리키며 외쳤다.

“다, 당신, 당신은 분명… 분명!”

“호호, 분명 뭐란 말이죠?”

생각날 듯 말 듯했다. 어디서 본 기억은 나는데 정확히 누군지는 기억이 나지 않고 있었다. 그러다 그는 급히 손바닥을 치며 외쳤다.

“새, 생각났소. 당신은 분명 의청, 아니, 예청, 사예청 소저가 아니오?”

“호호호, 눈치가 빠르시네요.”

다시 한 번 흡족해지는 조미였다. 그의 친오빠조차도 그녀를 사예청이라고 믿고 있으니 말이다.

"다, 당신은… 실종되었다고……?"

"호호, 전 여기 있는데요?"

흠칫!

자양은 다시 한 번 뒤로 한 발짝 물러났다. 갑자기 미녀의 목소리가 바뀌었던 것이다. 또한 그 목소리는 그의 동생의 목소리와 매우 비슷했다.

"너, 너……!"

손가락으로 자신을 가리키며 자양이 얼굴을 붉히자 조미는 자신의 정체가 드러났음을 느꼈다. 해서 투덜거리며 말했다.

"흥, 역시 이 목소리는 오랫동안 쓸 수가 없단 말이야. 벌써 이렇게 내 목소리로 바뀌다니."

"너, 너어어!"

자양의 얼굴이 시퍼렇게 변해갔다. 그만큼 충격을 먹은 것이다. 자신의 친동생인 줄도 모르고 색욕을 느꼈으니… 조미는 혀를 한 번 내밀더니 코웃음을 쳤다.

"흥! 속은 사람이 바보지 뭐."

"뭐, 뭐라고! 이걸 그냥!"

우당탕탕!

"까아악! 오빠, 조심해! 겨우 인피면구가 다 말랐단 말야!"

"도저히 용서할 수 없다! 감히 오빠를 놀리다니!"

슈슉! 슈슈슉!

"조심해! 내가 이 화장 하는 데 얼마나 걸렸는 줄 알기나 해?!"

남매는 한동안 툭탁거리며 술래잡기를 벌였다.

"그래, 그 아이는 아직 자고 있소?"

"휴우… 예. 아직 깨어나지 않고 있습니다."

사군악은 한숨을 내쉬며 탄식하듯 마중천자의 말에 대답했다. 뒤이어 마중천자 역시 탄식을 터뜨렸다.

"후우… 적미혈(赤眉血)이라니… 도대체 알 수가 없군. 우문 궁주, 그대는 알고 있소?"

"저 역시 다른 분들과 마찬가지로 들어본 적도 없어요. 사람의 눈썹이 갑자기 피처럼 붉은색으로 바뀌다니 말이에요."

잠시 장내에 침묵이 감돌았다. 누구 하나 적미혈에 대해서 알고 있는 이가 없었기 때문이다. 위문은 어제저녁 화산을 뒤지던 마도 측의 무사들에 의해 발견되었다. 그때 그는 잠들어 있는 상태였고 눈썹이 붉은색으로 바뀌어 있었다. 피처럼 붉은 눈썹, 사군악은 그걸 처음 봤을 때 눈썹에 피가 말라붙은 건 줄로만 알았다. 하지만 시녀들이 아무리 닦아내어도 눈썹의 색은 변하지 않았다. 그래서 유심히 관찰해 본 결과 눈썹의 색이 바뀌었음을 알게 되었다. 처음엔 대수롭지 않게 생각했었다. 하지만 위문이 쓰러져 있던 자리의 근처에 화접 전옥영의 물건과 인간의 피육으로 보이는 고기 조각들이 발견되었다는 보고를 받자 섬뜩한 기분이 들었었다. 혹시 위문이 옥영을 죽인 것이 아닌가 하고, 혹시 붉은 눈썹이 천살의 마성이 깨어난 표시가 아닌가 하고 말이다. 해서 수뇌들이 이렇게 모여 위문의 변화에 대해 상의하고 있는 것이었다. 바로 내일이 교환 작전일이건만 그 문제보단 위문의 변화가 이들에겐 더욱 중요한 문제인 듯 교환 작전에 대한 언급은 뒷전으로 미루어둔 채 말이다.

우문혜미는 아무도 말을 하지 않자 다시 입을 열었다.

"제가 알기로 수천 년 무림사에 무수히 많은 기인이사들이 나타났지만 그중 누구도 적미혈을 가진 이는 없었어요. 또한 그에 대한 언급도 단 한 구절도 전해져 내려오고 있지 않아요. 마중천자님의 말씀에 따르면 왕년의 광마, 아니, 절대제황조차도 적미혈은 아니었다고 했어요. 그러면 천살성이 깨어난 것은 아니란 말인데, 본 궁의 아이 중 하나인 영아의 물건들이 그 아이가 쓰러져 있던 곳의 근처에서 발견되었죠. 영아의 무공은 또래의 후기지수들 중에서는 탁월한 것, 그러니 영아를 죽일 수 있는 자는 그 아이 정도밖에는 없었을 거예요. 만약 그 아이가 영아를 죽였다고 가정하면 그 아이는 미친 것일 거예요. 미치지 않고서야 같은 편을 죽일 리는 없을 테니까 말이죠."

"그래서 당신의 결론은 뭐요? 그 아이가 미쳤다는 거요? 아니면 미치지 않았다는 거요?"

수라회주 유철휘의 약간 짜증스러운 물음에 우문혜미는 고개를 저으며 대답했다.

"알 수가 없어요. 하지만 그 아이가 깨어나면 알 수 있겠죠. 마성에 빠졌는지, 아니면 아직 괜찮은지 말이에요."

"으음……."

"흐음……."

우문혜미의 말이 맞기에 수뇌들은 그저 신음만 터뜨릴 따름이었다. 그녀의 말대로 위문이 깨어나면 알게 될 것이다. 그가 미쳤는지, 미치지 않았는지 말이다.

"휴우… 걱정이구려. 우문 궁주, 마의의 소재는 밝혀졌소?"

마중천자의 물음에 우문혜미는 고개를 저었다.

“아직 못 찾았어요. 어디에 틀어박혀 있는지······.”

마의는 천관이 열리기까지 기다리기가 따분하다며 화산을 내려가 아직 돌아오지 않은 상태였다. 그는 의학에 관한 해박한 지식을 가지고 있으니 어쩌면 적미혈에 대해 알고 있을지도 모른다는 생각에 그를 수배했던 것인데 아직 찾지 못하고 있었다.

“어쩌면 그는 알고 있을지도 모르니 더욱 총력을 기울여 마의를 찾아주시오.”

“알겠어요. 한데… 대산에서는 아직 연락이 없나요?”

마중천자가 마교의 총단이 있는 십만대산의 학자들에게 천살의 마성을 억제할 방법을 찾아내라는 천리신응을 보낸 것을 두고 묻는 말이었다. 마중천자는 고개를 설레 저었다.

“매[鷹]를 날린 게 불과 이틀 전이오. 지금쯤이면 대산에 도착했겠지만 얼마가 걸릴지는 모르겠소. 학자들이 천살의 마성을 억제할 방법을 모를 수도 있기 때문이오. 그러니 지금으로썬 마의가 최선책인 것이오.”

“그렇군요. 하지만… 대부분의 아이들이 설봉에 매복해 있는 상태이기에 많은 인원을 풀 수가 없어요. 그건 잘 아시리라 생각해요.”

“아, 그렇구려. 90명이 빠져나갔으니 그런 문제가 있겠구려. 그럼 남은 인원은 몇이오?”

“30명 정도가 마의를 찾고 있어요.”

그때 그들의 대화를 듣기만 하던 만독문주 제룡악이 짜증스럽단 어투로 말했다.

“이 문제는 그 아이가 깨어나면 알게 될 것이 아니겠소? 바로 내일이오. 교환 작전이 벌어지는 날이 바로 내일이란 말이오!”

그는 이 말로 교환 작전에 대한 일을 상의하자는 뜻을 내비쳤다. 하지만 우문혜미의 말에 그는 입을 다물 수밖에 없었다.

"그 문제는 이미 다 준비가 되어 있어요. 그들은 예청 하나를 돌려주는 대가로 장 진인과 1백 40명을 돌려받게 돼요. 그러니 별다른 대비를 하고 있지 않을 거예요. 그들이 너무 조용하기에 혹시나 암습을 할 생각이 아닌가 했지만 그렇지도 않은 것 같아요. 이미 말했던 것이지만 설봉엔 정파 측의 아이들이 4백 정도만 깔려 있으니까요. 겨우 4백밖에 깔리지가 않은 것이죠. 아마 그들은 그 인원으로 혹시 모를 사태에 대비할 속셈인 듯해요."

그녀가 여기까지 말했을 때 만수문주 혁련기가 퉁명스럽게 말했다.

"하지만 그들 4백 명이 최정예 고수들이라면?"

"호호, 뭐가 걱정이죠? 아무리 최정예 고수들이라고 해도 머릿수는 4백일 뿐이에요. 반면에 우린 이미 매복해 있는 5백여 명의 아이들과 장 진인과 1백 40명으로 분장하고 있는 아이들까지 있어요. 무려 6백 명이 넘는 인원이죠. 그들이 아무리 기습을 한다 해도 우리가 당할 일은 없을 거예요. 안심하셔도 좋아요."

"……."

혁련기도 제룡악도 말이 없었다. 그에 우문혜미는 다시 입을 열었다.

"그러니 우린 그 아이의 문제에 더욱 관심을 쏟아야 하는 것이에요. 만약 그 아이가 마성에 빠지지 않았다면, 어쩌면 교환 작전에 참가시킬 수도 있으니까요. 호호, 그 아이가 교환 작전에 참가만 한다면 정파 측에서 수천 명의 고수들을 매복시켜 놓았다고 해도 우린 겁날 게 없게 돼요. 그 아이는 그야말로 '무적'이니까요."

이제야 감을 잡은 제룡악과 혁련기였다. 또한 다른 이들도 왜 이렇게 위문의 문제를 상의하는지 알 수가 있었다.

스슥.

그때 희미한 기척이 느껴졌다. 그와 동시에 천장에서 전신을 흑의로 감싼 인물이 바닥으로 떨어져 내렸다. 모두가 경계의 빛을 띨 때, 마중천자가 그들을 제지했다.

“본 교의 아이요. 진정들 하시오.”

하며 그는 나타난 흑의 무사에게 물었다.

“무슨 일이냐?”

“그분이 깨어났다 합니다, 교주님.”

흠칫!

그와 동시에 사군악이 재빨리 몸을 일으켰다. 그리곤 마중천자를 한 번 쳐다보았다. 그와 눈이 마주친 마중천자는 한 번 고개를 끄덕여 보였고 그 순간 사군악의 모습은 장내에서 사라지고 말았다. 사군악이 사라진 것을 보며 마중천자는 다시 흑의 무사에게 물었다.

“상태는 어떠냐?”

“그저 사 문주님을 찾을 뿐이었습니다.”

“별다른 점은 없고?”

“없었습니다. 다만……”

“뭐냐?”

“조금 분위기가 달라진 것 같은 느낌을 받았습니다.”

일순 장내에 긴장감이 감돌기 시작했다. 어쩌면 우려했던 사태가 일어난 것일지도 모른다는 불안감 때문이었다.

“구체적으로 말해 보거라.”

"예, 화산을 떠나기 전의 분위기는 무공을 모르는 백면서생과도 같은 분위기였는데, 지금은 전신에 힘이 넘치는 것처럼 보였습니다. 은 연중에 기운을 발산하고 있었고, 눈에도 힘이 가득 들어 있었습니다. 흡사……."

"흡사… 뭐냐?"

"그게… 소인의 착각인지는 모르겠으나 흡사 전신(戰神)을 보는 것만 같았습니다."

"전신?"

"예, 그분에게서 전쟁터의 무사에게서나 볼 수 있었던 기운이 느껴졌습니다."

"으음… 알겠다. 이만 가보도록."

"존명."

스슥.

흑의 무사는 나타날 때와 마찬가지로 연기처럼 사라져 버렸다. 마중천자는 얼굴을 수뇌들 쪽으로 돌려 우문혜미에게 물었다.

"어떻게 생각하시오?"

"모르겠어요. 조금 불길한 예감이 드는데… 사 문주님께서 오시면 알게 되겠죠."

"…그렇군. 그럼 우린 여기서… 아! 잊고 있었군. 그래, 그 화수수란 아이도 같이 발견되었다 하지 않았소?"

이제야 이 말을 꺼내는 마중천자였다. 위문의 일이 너무도 중요했기에 다른 문제는 전혀 생각지도 못하고 있었는데, 한시름 놓게 되자 이제 수수에게까지 신경이 쓰여지기 시작했던 것이었다. 그것은 다른 이들도 마찬가지였는 듯 모두 뒤늦게 그걸 깨달았다는 표정을 지어 보였다. 하지만 우문혜미는 이미 그것에 대해서도 생각을 해놓은 것 같았다. 그녀는 망설임없이 입을 열었으니까.

"아, 그렇군요. 그 아이도 발견되었죠. 우린 그 아이가 이용 가치가 있다고 판단해 이리로 데리고 왔어요. 점혈 수법을 볼 때 금붕문의 독문 점혈법인 것으로 보아 아마도 위문, 그 아이가 그 계집을 납치했던 것으로 추측돼요. 예청을 구하기 위한 다른 방법을 나름대로 생각한 거겠죠. 제 생각에 그 계집은 우선 감금시켜 놓는 것이 좋을 듯해요. 내일 혹시 정파가 꿍수를 부려 일을 무산시켜 버린다면, 그때 그 계집을 내세워 화중문을 협박할 수도 있을 것이고요."

"하면 교환 장소에 데려가지 말자는 것이오?"

마중천자의 물음에 우문혜미는 고개를 끄덕였다.

"예, 전 그랬으면 해요. 그 계집은 내일 교환 작전이 틀어질 경우를 대비한 다른 패로 사용했으면 하거든요. 어차피 내일 일엔 별 쓸모가 없는 존재니까요."

그러자 다른 수뇌들은 그럴듯하다는 듯이 모두 고개를 끄덕였다. 마중천자는 결론을 내렸다.

"그럼 그렇게 하도록 하지."

그 뒤 수뇌들은 다시 교환 작전 문제로 돌아가 세부적인 사항들을 논의하기 시작했다.

*　　　*　　　*

위문은 이틀 만에 잠에서 깨어났다. 눈을 뜨자 약간의 혼란을 느꼈었다. 그의 기억으론 어느 허름한 관제묘 근처에 쓰러졌던 것 같았는데 그가 누워 있는 곳은 낯익은 그의 방이었으니 말이다.

'누군가 날 이곳으로 데려온 것인가?'

침대에서 벗어나 바닥에 내려서며 생각한 것이었다. 그리곤 자신의 생각이 맞는 것 같다고 느꼈다. 화산의 끝자락에 쓰러져 있었으니 근처를 살피던 무사에게 발견되었을 가능성이 높았기 때문이다. 그리고 낯익은 시녀가 방 안으로 들어오자 자신의 생각이 맞았음을 확신하게 되었다.

"어머나!"

시녀는 방 안에 들어오자마자 깜짝 놀라며 짤막한 비명을 내질렀다. 아직 깨어나지 않았을 거라는 생각에 편한 마음으로 들어온 것인데 이렇게 깨어나 있을 줄은 몰랐던 것이다.

"깨, 깨어나셨군요."

"오랜만이군, 아앵."

"예? 예! 그, 그렇네요."

위문의 목소리엔 전에 없던 위압감이 담겨 있었다. 그에 아앵은 저도 모르게 바짝 긴장해 사무적인 투로 대답했다.

"이곳은 어디냐?"

"예? 아, 여기는 공자님이 묵으셨던 바로 그 방이에요."

"그렇군. 그럼 어떻게 내가 여기 오게 되었지?"

"예, 그건 공자님을 찾아 화산을 뒤지던 무사들이 공자님을 발견하곤……."

"그만 됐다. 하면, 빙장 어른은 어디 계시느냐?"

"고, 공자님께서 깨어나셨으니 곧 이곳으로 오실 것입니다."

"알겠다. 그만 나가보거라."

“예.”

아앵은 서둘러 밖으로 나갔다. 그리곤 뒤도 돌아보지 않고 앞으로 달려갔다. 분위기가 몇 달 전하고는 영 딴판이었다. 몇 달 전만 해도 부드럽고 온화한 데다 시녀인 자신에게도 존대를 해주었었는데, 지금은 알게 모르게 위압감을 풍기고 섬뜩한 분위기가 풍겨져 나오고 있었다. 또한 하대를 하고 있었다. 그녀가 알기로 위문은 누구에게나 공대를 하는 지극히 공손한 사람이었는데 말이다.

'뭔가 잘못된 것 같아.'

그녀가 느낀 솔직한 감상이었다.

한편, 그렇게 시녀를 내보내고 위문은 침대에 걸터앉아 생각에 잠겼다.

'참… 빙장 어른 얼굴을 볼 면목이 없군. 자신있게 떠났건만 빈손으로 돌아오고 말았으니… 제길! 두 달 동안이나 헛수고를 하다니! 이런 멍청한 녀석. 화산을 떠나지 않았던들 시간 낭비는 하지 않았을 텐데, 또 스승님이 죽는 걸 지켜보지 않을 수 있었을 텐데. 휴우… 그렇게 고통스럽게 죽을 줄 알았다면 내가 죽어드리는 건데 좀 가슴에 걸리는군. 하지만 이미 지나간 일이니 그건 더 이상 생각하지 않기로 하자. 어차피 시귀가 되는 것보단 죽는 게 그분에겐 더 나은 일이었을 테니까. 시간이 얼마나 흘렀지? 뭐, 아무래도 상관없다. 이제 내게 남은 건 아청뿐이다. 아청, 그녀뿐이다. 날 방해하는 놈은 모조리 죽여 버릴 테다! 또한, 내게서 그녀를 빼앗아간 녀석들도. 하나도 남김없이 모조리 죽여 버리겠다! 으드드득!'

예청을 생각하자 피가 끓어오르기 시작했다. 그리고 분노와 흥분이 전신을 감싸고 돌기 시작했다. 마치 예청을 생각하기만 하면 알 수 없는 분노가 생겨나던 두 달 전의 그때로 돌아간 것만 같다. 한 가지 다른 점이라면 핏빛 눈썹이 더욱 짙은 빛을 발하고 있다는 것이었다.

＊　　　　＊　　　　＊

"호오, 그래? 그렇단 말이지?"

"예, 그렇습니다, 사부님."

종석탁(宗石卓)의 보고를 들은 조조(朝雕)는 뭔가 생각하는 듯 한동안 말없이 실내를 서성거렸다. 하지만 그도 모르겠는 듯 일각 정도를 생각하다가 곧 그만두고는 석탁에게 혹시나 하는 심정으로 물어보았다.

"넌 들어본 적이 있느냐?"

"…사부님께서도 모르시는 게 다 있군요."

하지만 돌아온 것은 약간 조소 섞인 말뿐이었다. 말을 하는 제자의 눈이 약간 빛나는 것을 보고 조조는 그만 섬뜩한 기분에 헛바람을 집어삼켰다. 그가 저렇게 가르치긴 했지만 이렇게 대놓고 비아냥거린 것은 처음 있는 일이었기 때문이다.

'이 녀석이 벌써 이렇게 컸던가?'

자신에게 조소를 던진 것이 불쾌하기도 했지만 한편으론 흐뭇하기도 했다. 벌써 자신과 맞먹을 정도로 대담해졌다는 생각이 들었기 때문이었다. 또한 저 정도 배포라면 다음 대의 '문'을 자신보다 더 잘 이끌어갈 거란 생각도 들었다. 해서 조조는 그런 석탁을 나무라는 말 대신 칭찬조의 말을 해주었다.

"하하, 맘에 드는군. 나도 내 사부에게 비아냥거릴 수 있기까지는

20년이 걸렸건만 너는 17년 만에 해냈으니 나보다 더 낫구나.”

“…칭찬으로 받아들이겠습니다.”

“하하하, 됐다. 그만 나가보거라.”

“예, 그럼.”

석탁은 천천히 방을 빠져나갔다. 그가 완전히 사라지자 조조는 얼굴에 가득 담겨 있던 미소를 순식간에 지워 버렸다. 그리곤 눈을 가늘게 뜨며 석탁이 사라진 자리를 응시했다.

‘위험하군. 벌써 나와 맞먹으려 하다니. 저 녀석 역시 나와 같은 종자인가? 나처럼 사부를 제거하고 이 자리에 앉을 속셈인가? 하지만… 쉽게는 안 될 것이다. 난 이 자리를 쉽게 내줄 생각이 없으니까. 네가 나보다 더 능력이 있다면 날 제거하고 이 자리에 앉을 수 있겠지만, 그렇지 못하다면 넌 내 손에 죽을 수밖에 없다. 그게 우리 ‘문’ 의 불문율이기도 하기에.’

조조가 문주인 이곳은 한 가지 불문율이 존재한다. 그건 다름이 아니라 누구라도 능력이 된다면 문주의 자리를 차지할 수가 있다는 것이다. 하지만 그 능력이란 것은 무공의 고하가 아니라 지모를 의미했다. 누가 더 뛰어난 계략을 짜내느냐, 누가 더 치밀한 계획을 꾸미느냐에 따라 문주가 바뀔 수도 있고 그렇지 않을 수도 있다. 조조는 15년 전 자신의 사부이자 문주였던 풍기범을 제거하고 문주의 자리에 올랐다. 그런 그이니만큼 자신의 제자의 도발이 그에겐 큰 의미가 되어 다가왔다. 하지만 그는 미리 석탁을 제거하여 불안의 씨앗을 없애고 싶은 생각은 눈곱만큼도 없었다. 오히려 석탁이 어떤 계략을 꾸밀지 은근히 기대가 되고 있었다. 만약 자신을 속인다면 석탁은 충분히 문주의 자리에 오를 자격이 있다. 또한 석탁으로 인해 다음 대의 ‘문’ 은 더욱 발전할 것이다. 하지만 석탁이 실패한다면 그는 과감히 석탁을 죽일 것이다. 쓸모없는 자는 살아 있을 자격이 없으므로.

'이제 처음 도발을 한 것이니 아직은 몇 년 여유가 있겠지. 그동안 널 지켜보마, 네가 어떤 계획을 짜낼지 말이다. 부디 날 능가하기를 빈다.'

그런 생각을 하며 조조는 호피로 만들어진 태사의로 가서 몸을 파묻었다. 푹신한 호피에 몸을 파묻자 절로 졸음이 왔다. 하지만 그에겐 생각해야 할 문제가 남아 있다. 해서 그는 머리를 흔들며 천천히 생각에 잠겼다.

'적미혈이라… 세상의 모든 지식을 담고 있다고 자부하는 나건만 도무지 알 수가 없구나… 왕년의 천무성맥인 절대제황도 적미혈은 아니었는데… 그로 인해 계획을 수정해야 하는 것은 아닐까? 그가 만약 예청의 생사를 도외시한다면 계획을 다시 짜야 한다. 하나, 보고에 따르면 그는 아직도 예청을 그리워하고 있음이 확실하다. 또한 마성에 빠진 것 같지는 않다고 하는데… 한 놈 때문에 이렇게 골치를 썩긴 난 생처음이군. 제거할 수만 있다면 제거하고 싶건만 이젠 쓸모도 없으니 죽일 수만 있다면… 하지만 힘들다. 그는 누구도 오르지 못했던 반박 귀진의 경지에 올랐다. 두 늙은이조차도 오르지 못한 경지이기에 그 능력이 얼마나 되는지 알 수가 없다. 그의 무력은 이미 증명이 되었지만 이목은 얼마나 되는지 확실하지가 않다. 그 늙은이가 데리고 있는 일급살수들이라 해도 장담하기는 어렵다. 만약 그들이 실패한다면 우리의 정체가 탄로날 수도 있으니… 내일, 내일이면 모든 것이 끝이 난다. 내일이면 우린 어둠에서 벗어나 밝은 데로 나갈 수가 있다.

…아마 그는 예청을 모른 체할 수 없을 것이다. 아니, 반드시 예청을

구하려고 할 것이다. 그러니 계획은 예정대로 진행한다. 내일, 정마의 교환 작전 때 모든 것을 끝내기로 말이다. 난 만반의 준비를 갖춰놓았다. 이제 필요한 건 늙은이들을 움직이는 것뿐이다.'

조조는 힘차게 태사의에서 일어섰다. 그리곤 자신의 방으로 돌아가며 내일 벌어질 일을 다시 한 번 꼼꼼히 생각하기 시작했다.

…어느 허름한 장원에서 얼어난 일이었다.

*　　　*　　　*

발걸음을 돌리며 사군악은 고개를 갸웃거렸다.

'뭔가가 변한 것은 확실한데… 그다지 위험해 보이지는 않는 것 같으니…….'

그는 방금 위문을 만나고 오는 길이었다. 확실히 그의 분위기는 많이 변해 있었다. 은연중에 위압감을 풍기고 있었고 전신에 기가 충만해져 있었다. 마치 반박귀진의 경지에 오르기 전인 삼화취정의 경지에 있을 때의 위문을 보는 것만 같았다. 다만 그 기도의 차원이 몇 단계 높아졌다는 것이 다른 점이라면 다른 점이었다. 또한, 핏빛 붉은 눈썹으로 인해 미공자 같던 위문의 얼굴은 강인한 무사의 모습으로 보여지고 있었다. 한마디로 말하자면 지금의 위문은 무도(武道)의 정상에 올라 있는 절대자의 모습과 같았던 것이다. 그게 사군악의 솔직한 생각이었다. 하지만 그건 나쁜 일이 아니었다. 오히려 잘된 일이라고 할 수 있었다. 위문이 절대자의 기도를 풍기고 있단 말은 다음 대의 금붕문은 위문으로 인해 절정의 전성기를 맞을 수 있다는 말과도 같은 것이었으니까 말이다. 더구나 그와 대화를 해본 결과 심성은 그대로임을 알 수가 있었다. 여전히 자신을 빙장 어른으로서 깍듯이 대접을 해주었고 약간의 호전성(好戰性)이 생긴 것 같았지만 그렇게 위험할 정도는 아니었다. 아니, 예전의 모습에 비한다면 오히려 지금이 더욱 사내답다고 여겨질 정도였다. 더구나 약간의 고집도 생겨 있었다. 그가 몇 번이나 물어보았지만 관제묘에서 무슨 일이 있었는지 한마디도 입을 열지 않았으니까. 사군악은 지금의 위문이 예전의 위문보다 더 만족스러웠다. 이제야 대장부다워졌다고나 할까. 갑자기 그렇게 변한 것이 약간은 맘에 걸리긴 하나 천살의 마성에 빠진 것 같지는 않아 보였으니까.

'조금 맘에 걸리긴 하나 예전의 모습보단 지금이 더 나은 게 사실이다.'

그런 생각을 하며 사군악은 수뇌들이 모여 있는 밀실로 발걸음을 서둘렀다.

다음날 오후 무렵, 화산의 운무곡(雲霧谷)엔 일단의 인영들이 모여들기 시작했다.

스슥. 스슥.

먼저 손에 한 자 정도 길이의 묵(墨)빛 창을 들고 있는 흑의사내들이 유령같이 모습을 드러냈다. 그들의 수는 모두 일천으로써 하나같이 혹독한 수련을 받은 자들인 듯 일사불란(一絲不亂)한 모습이었다. 그들이 나타나고 잠시 뒤, 이번엔 허리춤에 검을 차고 있는 흑의사내들이 역시 유령처럼 나타났다. 그들의 수 역시 일천으로써 미리 와 있는 흑의사내들과 다른 점이라곤 오직 무기가 다르다는 것밖엔 없었다. 그 정도로 먼저 와 있던 흑의사내들과 지금 도착한 흑의사내들은 닮아 있었다. 그것으로 보아 그들은 비슷한 수련을 쌓은 자들일 가능성이 컸다.

"검수대 일천이 다 온 것인가?"

창을 들고 있는 흑의인들 중 우두머리로 보이는 자가 역시 검을 들고 있는 흑의인들 중 우두머리로 보이는 자의 곁으로 다가가며 입을 열었다. 질문을 받은 흑의인은 고개를 끄덕이며 말했다.

"그래, 그런 자네도 일천이 다 온 것 같군."

"그렇네. 창수대 전원이 동원되었지."

"하면 도수대는 어떻게 되었는가?"

"그들은 만일의 사태를 대비해 '산'을 지키고 있는 것으로 알고 있네."

"으음, 그렇군. …그쪽에선 누굴 보낸다던가?"

비교적 아는 것이 많은 창수단주였기에 물은 것이었다. 또한, 오랜만에 만난 친우이기도 하기에 좀 더 대화를 즐기고 싶기도 했다.

"내가 알기로는… 이제 오는가 보군."

창수단주의 말에 검수단주는 고개를 끄덕였다. 그에게도 이곳으로 오고 있는 기척들이 느껴졌기 때문이다.

스스슥. 스스슥.

숲을 헤치고 새로운 얼굴들이 모습을 드러내었다. 창수대나 검수대는 모두 얼굴을 복면으로 가리고 있었는 데 비해 이번에 나타난 자들은 얼굴을 가리고 있지 않았다. 그들은 척 보기에도 뭔가 이상했다. 얼굴이 모두 새까만 데다 정상이 아닌 듯 눈에 초점이 잡혀 있질 않았다. 또한 뭔가 부자연스러운 듯한 기계적인 움직임을 보여주고 있었고, 그들의 몸에선 썩는 듯한 역한 냄새까지 풍겨지고 있었다.

“매번 느끼는 거지만 저놈들은 정을 붙이려고 해도 도저히 정이 가지 않는 얼굴들이군.”

검수단주는 비교적 솔직히 자신의 심정을 밝혔다. 아닌 게 아니라 누구라도 정을 붙이기는 힘든 모습들이었기에 그가 그런 말을 하는 것도 무리는 아니었다. 한데 그의 말에 기분이 나빠진 사람이 있는 듯 그의 말이 끝나기 무섭게 새로 나타난 자들의 사이에서 냉랭한 음성이 터져 나왔다.

“쳇! 그런 제놈들은 보기 좋은 줄 아나?”

말을 하며 한 사내가 괴인들 틈에서 빠져나왔는데 그의 몰골은 다른 괴인들과 비슷했다. 다만 한 가지 다른 것이라면 다른 괴인들은 신지를 잃은 듯 눈에 초점이 잡혀 있지 않은 상태인 것에 비해 그의 눈에는 또렷한 초점이 잡혀 있었다. 또한 그의 뒤를 바짝 따라 나오는 사십구 인의 인물들 역시 눈에 초점이 잡혀 있는 모습이었다. 그들의 모습에 창수단주는 약간 인상을 찡그리며 놀랍다는 듯이 말했다.

“이런, 정말 다 왔군. 설마 했었는데 강시 오백에 그들을 조종하는 활강시(活殭屍) 오십이 다 오다니 말이야.”

“훙, 중대사인만큼 이 정도는 돼야 하니까. 그런 너희들도 3개단 중 2개가 모두 온 것으로 보이는데, 그렇지 않나?”

하지만 그의 물음에 창수단주와 검수단주는 대답하지 않았다. 다만 강시들을 보며 얼굴을 찡그릴 뿐이었다. 그들이 자신을 무시하는 듯하자 고루강시 오백과 활강시 마흔아홉을 거느리고 있는 귀혼단주(鬼魂團主)는 얼굴을 무섭게 일그러뜨리며 두 단주를 노려보았다.

“이제 보니 날 무시하고 있는 것 같군.”

검수단주는 지나가는 듯한 말투로 입을 열었다.

“난 시체하곤 말을 하지 않아.”

“뭣이라?!”

귀혼단주의 시꺼먼 얼굴이 더욱 시꺼매졌다. 또한 그의 전신에서 무시무시한 기운이 흘러나오기 시작했다. 하지만 창수단주나 검수단주는 눈 하나 깜빡이지 않으며 귀혼단주를 외면해 버렸다. 검수단주의 말대로 귀혼단주는 한 번 죽었던 몸이다. 하지만 그는 스스로 살아 있다고 믿고 있었다. 다른 강시들처럼 신지를 잃지 않고 스스로 생각할 수 있는, 말 그대로 활강시였으니까 말이다. 하지만 한 번 죽은 것은 사실이기에 창수단주의 말이 틀린 것은 아니었다. 귀혼단주와 그의 뒤에 서 있는 사십구 인의 활강시들이 흉험한 기세를 뿜어냈고 그들은 두 단주를 잡아먹기라도 하려는 듯이 노려보았다. 하지만 두 단주는 그들이 두렵지 않은 듯 뒷짐을 진 채 먼 산만 바라보고 있었다.

그렇게 일촉즉발(一觸卽發)의 긴장감이 장내의 공기를 차갑게 식혀 갔다. 그때, 그들 두 세력의 중앙으로 두 명의 사내가 나타났다. 바로 조조와 그의 제자인 종석탁이었다. 창수단주와 검수단주, 귀혼단주는 조조가 나타나자 의례적으로 그에게 다가가 부복하며 말했다.

“태상을 뵈오이다.”

“일어들 나게.”

조조는 나직한 저음으로 입을 열었고 곧 세 단주는 몸을 일으켰다.

“정확한 인원을 말해 주게나.”

세 단주를 한 번씩 둘러보며 그렇게 말하자 가장 왼쪽에 있던 창수단주가 먼저 입을 열었다.

“환상창수단(幻像槍手團) 일천이 모두 도착했습니다.”

그의 뒤를 이어 검수단주가 입을 열었다.

"환상검수단(幻像劍手團) 일천이 모두 왔습니다."

마지막으로 귀혼단주가 입을 열었다.

"귀혼단 전원이 왔소이다."

그들의 보고에 조조는 만족스러운 미소를 머금으며 웃음을 터뜨렸다.

"하하, 자네들의 말을 들으니 든든하구만. 석탁아."

그는 석탁을 손짓하며 한켠으로 물러섰다. 그러자 석탁은 세 단주의 앞으로 다가가며 말했다.

"지금부터 제가 하는 말을 잘 들어주시기 바랍니다. 우선 창수단주께서는 창수단 인원을 절반으로 나누어 각각 설봉의 평원, 즉 교환 작전이 벌어지게 될 장소의 북서와 남서쪽 1백 장 밖에 그 인원을 매복해 주시기 바랍니다. 물론 정파나 마도 측에 들키지 말아야 할 것입니다. 그리고 검수단주께서는 역시 검수단 인원을 절반으로 나누어 평원의 북동과 남동쪽의 1백 장 밖에 매복시켜 주시기 바랍니다. 역시 들키지 말아야 할 것입니다. 귀혼단주께서는 서쪽, 그러니까 마도 측의 고수들이 매복해 있는 곳의 뒤편 50장 떨어진 곳에 귀혼단 전원을 매복시켜 주시기 바랍니다. 그리고 신호가 떨어지면 여러분은 일제히 정과 마를 공격하시면 됩니다. 마지막으로… 모든 것은 미리 언질을 받은 대로 하시라는 것입니다."

마지막 말을 하는 석탁의 눈이 순간적으로 반짝였다. 그러자 그 눈빛의 의미를 눈치 챈 세 단주는 고개를 끄덕이며 석탁의 마지막 말을 되뇌였다. 하지만 조조는 석탁의 뒤에 서 있었던지라 석탁의 눈이 빛나는 것을 눈치 채지는 못했다. 석탁은 말을 끝내고 몸을 돌려 조조를 바라보았다. 그러자 조조는 한 번 고개를 끄덕여 보였고 석탁은 다시 세 단주를 바라보며 말했다.

"지금부터 세 시진 후에 교환 작전은 시작됩니다. 여기서 설봉까지
는 적어도 한 식경은 넘게 걸리니 여러분들은 수하들을 이끌고 지금
즉시 출발하도록 하십시오."

그의 말이 끝나자 세 단주는 몸을 움직이려고 했다. 하지만 그때 검
수단주의 입이 열렸기에 그들은 그 자리에 멈춰 설 수밖에 없었다.

"한 가지 의문이 있는데……."

석탁은 약간 움찔하더니 되물었다.

"뭡니까?"

"저희 문주께서 이번 일에 동의하신 것이 확실합니까?"

어찌 들으면 불신감이 서려 있다고 느낄 정도로 차가운 물음이었다.
검수단주의 물음의 속뜻을 석탁은 잘 알고 있었다. 하지만 아직까진
조조의 비위를 맞추어야 했기에 짐짓 화를 내는 척하며 외쳤다.

"하면 귀하는 우리를 믿지 못한다는 것이오?"

그는 말을 하며 자연스럽게 오른쪽 눈을 한 번 깜빡였다. 누구도 의
심하지 않을 자연스러운 동작이었는 데다 조조는 여전히 석탁의 뒤에
있었기에 그걸 보지는 못하였다. 석탁의 행동으로 검수단주는 만족스
러운 대답을 얻었다. 또한 석탁의 행동은 창수단주와 귀혼단주에게도
만족스러운 대답이 되었다. 하지만 대답을 얻었다고 그냥 지나친다면
조조가 의심할 것이기에 검수단주는 고개를 내저으며 아무 일도 아니
라는 듯이 내뱉었다.

"난 그저 확인하고 싶었을 뿐이오."

"이……!"

석탁이 막 뭐라 하려 할 때, 그의 어깨를 조조가 잡으며 그를 말렸

다. 그리곤 석탁에게 타이르듯 입을 열었다.

"후후, 어차피 우린 목적을 위해 맺어진 동맹 관계일 뿐이니 믿지 못하는 것도 무리는 아니지."

"하지만 우리가 여태 얼마나 많은 노력을……."

"아아, 괜찮다. 사실 저들은 내 부하들이 아니다. 다만 그들의 주인이 내게 협력하라 하여 협력하고 있는 것뿐, 못 믿을 만도 한 일이지."

그렇게 석탁을 달래놓고 조조는 세 단주에게로 시선을 돌렸다.

"그대들의 문주와 교주께선 이번 계획에 동의하셨네. 됐는가?"

"됐습니다. 그럼."

검수단주가 먼저 몸을 돌렸고 그 뒤를 이어 창수단주와 귀혼단주가 몸을 돌렸다. 그로부터 잠시 뒤 환상창수단과 환상검수단은 나타날 때와 마찬가지로 연기처럼 사라져 버렸다. 그리고 귀혼단도 서서히 숲 속으로 사라져 갔다. 이제 장내엔 조조와 석탁만이 남게 되었다. 석탁은 조조를 보며 볼멘소리로 투덜거렸다.

"저들은 우리의 은혜를 너무 모르는 것 같습니다."

아직 어리니 흥분을 주체하지 못하는가 보다라고 생각한 조조는 그런 석탁의 어깨를 두드리며 부드럽게 말했다.

"그 정도쯤은 감수한 일이 아니냐? 우린 저들의 힘이 필요했고, 저들은 우리의 정보망이 필요했다. 그렇게 저들과 우린 필요에 의해 모였을 뿐이니 신뢰라든가 우정 같은 것은 바랄 수가 없는 일이다. 우리 역시 저들을 이용할 뿐이 아니냐?"

"그렇긴 합니다만……."

"아아, 더 이상 깊게 생각하지 말거라. 넌 이제부터 한 가지만 생각하면 돼. 조금 있으면 우린 밝은 곳으로 나가게 될 거라는 사실을 말이다. 알겠느냐?"

"…예, 스승님."

"그건 그렇고, 그 '친구' 는 어떻게 됐느냐?"

"예, 그도 자신의 수하들을 이끌고 이미 설봉의 남쪽에 숨어 있는 줄로 압니다."

"흐음, 그래? 그럼, 우리도 가서 슬슬 준비를 하자꾸나."

조조와 석탁은 경공을 전개해 그 자리를 벗어났다.

제27장

교환 작전 Ⅱ

교환 작전 Ⅱ

세상을 다 아는 듯한 탈속한 용모와 그에 어울리는 멋들어진 수염에 고아한 기품을 흘리고 있는 노인, 세상사에 찌들린 꾀죄죄한 몰골에 몇 가닥 남지 않은 염소 수염을 달고 있고 사이한 기품을 흘리고 있는 노인. 아무리 조화를 이루려 해도 이루어지지 않는 극과 극의 두 노인이 지금 술상을 마주 보고 앉아 있다. 한데 그들이 앉아 있는 이곳의 배경의 아름다움 때문인지 전혀 어울리지 않는 그들은 지금 이 순간 묘한 조화를 이루고 있었다. 아마도 숲은 모든 부조화를 조화롭게 만드는 힘을 가지고 있는 듯하다.

"휴우… 생각하면 할수록 정말 애석한 일이야."

학자풍의 노인이 술을 들이키며 탄식을 쏟아내었다. 그러자 염소 수염의 노인은 키득거리며 즐거운 미소를 흘렸다.

"큭큭큭. 왜, 이제야 배가 아프냐?"

염소 수염 노인의 말이 그의 정곡을 찌른 듯 학자풍의 노인은 헛기침을 터뜨리며 볼멘소리를 해댔다.

"헛험, 그걸 말이라고 하는가? 내 진즉에 한번 소림을 방문할 것을… 쯧쯧쯧……."

"큭큭큭, 이미 늦었지롱~ 그 아이는 벌써 우리 마도의 든든한 기둥이 되었으니까. 케헤헤헤."

염소 수염의 노인은 뭐가 그리도 재미있는지 연신 웃음을 터뜨리기에 바빴다. 그게 배알이 꼬인 듯 학자풍의 노인은 크게 헛기침을 하며 질책하듯이 입을 열었다.

"크허어엄, 억지로 빼앗은 주제에 말이 많구나."

"뭣이?"

염소 수염 노인의 눈꼬리가 치켜 올라가는 것을 뒤로하고 학자풍의 노인은 계속 말을 이어갔다.

"험험, 그게 아니면은? 내 듣자 하니 금붕문준가 하는 작자가 그 아이를 들고 튀었, 험험, 억지로 데리고 갔다고 하던데 내 말이 틀렸는가?"

"당연히 틀렸지!"

염소 수염 노인은 흥분한 듯 날씨가 쌀쌀하건만 소매를 걷어붙이더니 언성을 높이기 시작했다.

"금붕문주가 그 아이를 데려간 것은 사실이지만, 그 아이가 천무성맥임을 알아서는 아니었어. 단지 금붕문주의 딸내미가 그 아이를 좋아했기에 데리고 갔던 거야. 알겠냐, 이 늙은이야?"

"험험, 하지만 그가 억지로 데리고 간 것은 사실이지 않은가?"

억지를 부리는 학자풍의 노인을 보며 염소 수염의 노인은 코웃음을 치며 말했다.

"헹! 어차피 갈 데가 없는 아이였으니 먼저 줍는 놈이 임자지 뭐."

"뭣이라?"

"내 말이 틀렸냐? 그리고 금붕문주가 그 아이를 살리기 위해 얼마나 고생했는 줄 알기나 하냐? 그는 그 아이가 천무성맥인 것도 몰랐단 말이다. 단지 자신의 딸내미가 그 아이를 좋아한다는 이유만으로 그 아이의 몸에 영약을 들이붓고 내공을 불어넣고 별의별 노력을 다했다고. 뭘 알면서 씨부려야지."

노골적인 야유에 학자풍 노인의 안색이 약간 불그스름해졌다.

"허허엄, 자네가 그걸 어찌 아는가? 금붕문주란 작자가 이전부터 알고 있었을지도 모르는데 말이야."

딴에는 비꼰다고 비꼰 것이었지만 염소 수염 노인은 기다렸다는 듯이 내뱉었다.

"헹헹! 그가 네놈들처럼 겉 다르고 속 다른 줄 아냐?"

움찔!

찔리는 것이 있는 학자풍의 노인은 뭐라 입을 열지 못했다. 그 모습을 보며 염소 수염 노인은 다시 입을 열었다.

"그는 정말 몰랐어. 내가 천무성맥이라고 하니까 입이 찢어져서는 일각 동안이나 침을 질질 흘렸다구."

"험험험, 어쨌든 그가 제 맘대로 그 아이를 데려간 것은 잘못한 일이다."

계속 억지를 부리는 학자풍의 노인이었다. 보다 못한 염소 수염의 노인은 날카롭게 쐐기를 박는 말을 해주었다.

"헹! 눈앞에 보물을 두고도 알지 못하고 스스로 그 복을 패대기쳐 버린 녀석들이 말이 많아요, 말이."

"……."

이 대목에선 할 말이 없는 학자풍의 노인이었다. 염소 수염 노인의 말대로 그 복덩이를 스스로 버린 것은 정파의 인간들이었으니까. 그게 짜증이 난 듯 학자풍의 노인은 술잔으로 술상을 탕! 치며 짜증스러운 어투로 내뱉었다.

"빌어머… 끄응, 소림에는 저 잘났다고 설쳐 대는 수많은 중들이 있건만 어찌 그 아이가 천무성맥임을 몰라보았단 말인가?"

"크크크, 우리로선 아주, 아아주우우우 잘된 일이지. 케헤헤헤."

다시 배알이 뒤틀린 학자풍의 노인은 뭔가 생각해 낸 듯 약간 미심쩍은 눈으로 염소 수염의 노인을 응시하며 툭 쏘듯 말했다.

"혹시 자네가 일부러 그 아이의 기억을 지운 것은 아닌가?"

"뭐야?"

그의 예상대로 염소 수염의 노인은 웃음기를 싹 지운 채로 으르렁거렸고, 그게 만족스러웠던지 학자풍의 노인은 미소를 삼키며 말을 이어 갔다.

"아무리 봐도 수상해. 너무 절묘하지 않은가 이 말이야. 딸이 좋아한 까닭에 구해준 아이가 천무성맥이었다? 이건 그렇다 치더라도, 게다가 금상첨화로 기억까지 잃은 상태였다? 흠흠, 여어엉~ 수상쩍단 말씀이야."

턱까지 문지르며 수상하다는 눈빛으로 자신을 쳐다보는 노인을 보며 염소 수염의 노인은 버럭 고함을 내질렀다.

"이놈이 보자 보자 하니까 못하는 소리가 없구나. 내가 네놈처럼 치졸한 놈으로 보이냐?"

하지만 학자풍의 노인은 눈 하나 깜짝하지 않으며 말했다.

"험험, 사실 말이야 바른 말이지, 마의(魔醫)가 치졸한 것은 세상이 다 아는 사실이 아닌가? 죽어가는 사람을 봐도 치료해 줄 생각은 않고 묻는다는 말이 '자넨 마도인인가?' 라니, 더구나 마도인이 아니라고 하면 눈앞에서 죽어도 치료를 안 해주지 않는가 이 말이야. 내 말이 틀렸는가?"

"그런 네놈은? 네놈도 따지지 않느냐?"

마의가 삿대질을 하며 으르렁거렸지만 학자풍의 노인은 고개를 살래살래 흔들며 말했다.

"나는 자네만큼은 아니지. 난 그래도 박정하게 사람을 내치지는 않거든. 또, 내 손에 살아난 마도인도 제법 되고 말이야. 험험."

"홍! 잘나셨소. 정말 신의(神醫)께서는 저어엉말로 잘나셨소이다. 이 마의는 치졸해서 마도 사람이 아니면 치료해 주지 않는다오. 그래, 만족하오?"

"험험, 그런대로."

능구렁이같이 받아넘기는 신의를 보며 마의는 다시 코웃음을 쳤다.

"행! 이젠 완전히 늙은 여우가 됐구만."

"자넨 정말 그 아이에게 아무 짓도 안 했는가?"

다시 본론으로 돌아와 그렇게 묻자 마의는 얼굴을 약간 붉게 물들이며 고래고래 악을 질렀다.

"안 했다니까! 내가 무슨 짓을 했으면 내 성을 갈겠다, 내 성을!"

"험험, 그럼 됐고……."

자신의 성까지 갈겠다는 데야 할 말이 있을 리가 없다. 해서 신의는 얼른 화제를 바꾸었다.

“설마… 그 아이를 가지고 무림을 제패할 생각은 아니겠지?”

“그래, 내 신신당부를 받아두었어. 금붕문주는 그저 자신의 세력이 마도 제일이 되는 것으로 만족한다고 했으니까.”

하지만 신의는 약간 미심쩍어했다.

“그를 믿을 수 있을까?”

“아, 그는 너희들처럼 겉 다르고 속 다른 속물이 아니라니까!”

다시 버럭 소리를 지르는 마의였다.

“험험, 그럼 그렇게 믿는 수밖에.”

“그리고 그 아이가 아무리 천무성맥이라 해도 인간인 이상 한계가 있다구. 어떻게 혼자의 힘으로 무림을 제패할 수 있겠냐?”

마의의 말에 신의도 수긍하는 듯 고개를 끄덕이며 말했다.

“하긴… 저주의 천살성이 나타나지 않는 이상 혼자로는 무리겠지.”

“그래, 천살성이라면 능히 혼자서도 천하를 피로 물들일 수 있겠지. 휴우… 지금도 그 생각만 하면 아찔하구만. 그 광마 말이야.”

“그러게, 그가 스스로 모습을 감추지 않았다면 아마도 무림은 5백 년 전에 사라졌을 테지.”

“그랬겠지만 자네의 말엔 틀린 부분이 있구만. 누군가 마음만 먹었다면 무림은 8백 년 전에 멸망했을 수도 있었으니까.”

“그게 무슨 말이지?”

마의의 난데없는 말에 신의는 강한 궁금증을 드러냈다. 그 모습에 의아해진 것은 마의였다. 신의도 알고 있을 것이라 생각했는데 모르는 것 같으니 말이다.

“어라? 그럼 자넨 모르고 있었단 말이야?”

“…8백 년 전이라… 그땐 태극자의 시대였던 것으로 알고 있는데…

자네가 말한 사람이 그 태극자란 말인가?”

마의는 대답 대신 고개를 끄덕이는 것으로써 긍정을 표했다. 그러자 신의는 말도 안 된다는 투로 내뱉었다.

“그가 아무리 강했다고는 하나 자네가 말한 그 정도는 아니었어. 자네, 혹시 뭘 잘못 먹은 것은 아닌가?”

신의의 비난조의 말에 마의는 코웃음을 치며 얼른 입을 열었다.

“흥! 뭘 모르면 잠자코 있기나 할 것이지 어디서 아는 척이야? 자네가 알고 있는 태극자는 진정한 그의 능력에 비하면 절반도 되지 않는 껍데기일 뿐이라구.”

“도대체 무슨 소리를 하는 것인지 모르겠군. 하면 태극자에게 다른 모습이라도 있었단 말인가?”

“당연하지. 만약 그가 마음만 먹었다면 무림을 멸망시키는 건 일도 아니었을 거야.”

“좀 자세히 설명해 보게. 난생처음 듣는 말이라 이해가 되지 않는군.”

“그럼 말해 주지. 태극자는…….”

잠시 뜸을 들이는 마의였다. 그러면서 그는 신의를 보았는데 역시 그의 생각대로 조바심에 얼굴을 일그러뜨리고 있었다. 그 모습에 속으로 고소를 머금으며 마의는 천천히 입을 열었다.

“그는… 광마와 마찬가지로 천살성을 타고난 사람이었어.”

“…….”

마의의 말에 신의는 입을 쩌억 벌린 채 다물지를 못하고 있었다. 그만큼 마의의 말은 충격적이었던 것이다.

“저, 정말인가?”

"그래, 내 선조들의 지식에 따르면 그는 분명한 천살성이었어."

"말도 안 되는 소리! 그는 당당한 정인군자였다. 어디에도 마성을 느낄 만한 점은……."

신의의 말은 끊기고 말았다. 마의가 그의 말을 자르며 쏘아붙였기 때문이다.

"모르면 가만하나 있으라니까. 넌 천살성에 대해 얼마나 알고 있냐?"

"그야 마성에 빠지면 인성을 상실해……."

"하면 마성에 빠지기 전에는?"

"그……."

뭐라 말하려 했지만 할 말이 없었기에 신의는 입을 다물 수밖에 없었다.

"마성에 빠지면 광마가 되지. 하지만 마성에 빠지지 않는다면?"

"이 싸가, 흐어험, 그러지 말고 속 시원히 말 좀 해주게."

"케케, 그럼 잘 들으라구. 마성에 빠지지 않은 천살성은 그저 재질이 조금 뛰어난 기재에 불과해. 그 이상은 아닌 것이지. 오히려 평범하다고나 할까?"

"하나 태극자의 무공은 절세의 것이었다. 듣고 보니 더 그가 천살성이 아닌 것 같군. 대체 지금 뭘 말하고 싶은 것인가?"

"헹! 말 끊지 말고 끝까지 들어봐. 마성에 빠지기 전에는 평범하다. 하지만 마성에 빠지면 광마가 된다. 그렇다면 그 사이에는?"

"그 사이에는… 뭐란 말인가? 이 빌어머… 젠장할! 제발 부탁이니 좀 속 시원히 말해 보게나."

애가 타는 신의의 마음을 이제야 깨달은 것인지, 아니면 더 놀려먹

다간 칼부림 날 것이라 판단했는지 마의는 바로 본론을 꺼냈다.

"헹, 잘 들으라구. 태극자는 반만 마성에 빠졌던 거야."

"반만?"

"그래. 완전히 마성에 빠진 것도 아니고, 어느 정도만 미쳐 버렸다는 말이지."

"그래서?"

"그래서는, 생각을 해봐. 천살성이 무섭다고는 하나 마성에 빠지게 되면 인성을 상실해 버리잖아. 그럼 야수와 다를 게 뭐야? 파괴만 할 줄 알 뿐, 생각은 전혀 할 수 없는 그런 존재가 되어버리고 만다는 거지. 안 그러냐?"

"그, 그렇긴 하지."

"하지만 반만 미쳐 버린다면 어떨까? 스스로 생각도 할 수 있으면서 그 저주스런 힘까지 쓸 수 있다면 어떻게 될까?"

"자, 자네의 말은……?"

"그래, 태극자는 바로 그런 상태였어. 완전히 마성에 빠진 것도 아닌 어정쩡한 상태였단 말이지."

신의는 이제야 마의가 8백 년 전에 무림이 멸망했을 수도 있었다는 말을 이해할 수 있었다. 사실 완전히 미쳐 버린 것보다 반쯤 미치는 게 더 무서운 것이었다. '5백 년 전 단신으로 천하를 피로 물들였던 광마가 생각을 할 줄 안다? 만일 그랬다면 어떻게 됐을까?' 그렇게 생각하자 신의는 전신에 소름이 돋는 것을 느꼈다.

"저, 정말 자네의 말이 맞다면 가장 무서운 인물은 바로 태극자였구만."

"이제야 이해를 한 모양이군. 무림으로선 정말 다행스러운 일이었지. 그가 그 저주의 힘을 좋은 데 사용했으니 말이야."

"환사문의 궤멸?"

"그래, 그는 그 힘을 가지고 환사문을 멸망시키고 스스로 은거를 해 버렸어. 그 이유는 알겠지?"

"아마도… 마성에 빠지는 것이 두려웠겠지. 그래서 자신이 세상을 피로 물들일 수도 있다고 생각해……."

"그래, 그는 정말 위대한 사람이었어. 세상을 구하고, 세상을 위해 스스로 은거할 결심을 했으니 말이야."

"반만 미친 천살성이라… 그것에 제대로 된 명칭은 있는가?"

어쩐지 어감이 좋지 않았기에 왠지 더 멋있는 말이 있을 것이라는 생각에 그렇게 물은 것이었다. 그에 마의는 얼른 고개를 끄덕이며 대답했다.

"멋있는 명칭이 존재하지. 정말 멋있는 명칭이."

"뜸 들이지 말고 얼른 말해 보게."

"자네는 아는지 모르지만 태극자는 강호를 활보할 당시 눈썹을 기르고 있지 않았어. 잡배들이 그를 부르는 호칭이 민 눈썹이었으니까 말이야."

"민 눈썹? 멋있는 것과는 거리가 먼 것 같은데……."

"이놈아! 잡배들이 부르는 호칭이라고 했잖아!"

말이 끊긴 것이 짜증이 나는지 버럭 소리를 지르는 마의였지만 신의는 개의치 않으며 어서 말이나 하라고 재촉했다.

"험험, 그가 눈썹을 밀고 다녔던 이유는 다른 게 아니라 그의 눈썹이 너무 특이했기 때문이었어. 그래서 그는 다른 사람들의 눈에 띄지 않기 위해 눈썹을 밀고 다녔던 거지. …반만 미친 천살성, 그걸 다른 말로 '적미혈(赤眉血)'이라고 한다네."

"자네도 가겠나?"
"예."
짧고 단호하게 위문은 자신의 의사를 표명했다. 붉은 눈썹이 더욱 짙은 색을 발해 그의 굳은 의지를 보여주고 있었다.
"명심하게. 자네는 우리 최후의 패라고 할 수 있네. 그러니 내가 일러준 대로 기척을 숨긴 채 있다가 우리 쪽이 위험에 빠지면 그때 움직이기 바라네. 그게 청아를 무사히 돌려받을 수 있는 최선의 방법임을 명심하게나."
"…알겠습니다."
말은 그렇게 했지만 과연 위문이 자신의 말에 따를지 사군악은 자신할 수가 없었다. 지금 위문의 두 눈은 뜨겁게 불타오르고 있었기에……

"흐음… 꽤 멋진 표현이구만. 적미혈이라……."
"꽤가 아니라 아주 멋진 표현이라구. '핏빛 붉은 눈썹', 운치있게 느껴지잖아?"
"허험, 그렇다고 해두지. 한데 왠지 불길한 예감이 드는 것 같은 명칭이기도 하구만."
마의는 신의의 말에 고개를 끄덕였다. 사실 불길한 뜻도 있긴 했으니까.
"그래, 불길하기도 하지. 언제 터질지 모르는 활화산과도 같은 상태니까."

“…그렇겠지. 반만 미쳤다는 것은 나머지 반도 미칠 가능성이 있단 말이니까.”

“그래, 그래서 태극자가 은거를 한 것이고.”

“현세엔… 천살성을 타고난 사람은 없겠지?”

조금 불안한 듯한 신의의 음성이었다. 그런 신의의 모습을 보며 마의는 고개를 끄덕이며 그의 말에 동조했다.

“아마도… 천무성맥은 달마와 절대제황, 두 번 출현했고, 천살성맥은 태극자와 광마, 역시 두 번 출현했지. 달마는 지금부터 수천 년 전에 출현했고, 태극자는 8백 년 전에 출현했어. 둘은 동시대에 태어나지 않았지. 그 다음 천무성맥인 절대제황은 5백 년 전에 출현했고, 광마는 절대제황이 사라지고 난 뒤 바로 출현했지. 둘은 동시대에 태어났다고 봐도 과언이 아니야. 역사는 순환하는 법이니 지금부터 몇 백 년 뒤에나 천살성이 나타나겠지. 달마가 나타나고 무수히 많은 세월이 흐른 뒤에야 태극자가 나타났던 것처럼… 그렇지 않은가?”

“험험, 자네가 했던 말 중 가장 듣기 좋은 소리구만.”

신의는 칭찬하는 것이 어색한지 헛기침을 터뜨리며 몸을 일으켰다.

“그만 갈 때가 된 것 같구만. 오랜만에 만났다고 수다를 너무 떤 것 같아.”

그 말에 동조하며 마의도 몸을 일으켰다.

“그건 그렇군. 슬슬 움직일 때가 됐지. 자넨 어디로 갈 건가?”

“아마도… 그곳으로 가봐야겠지. 그런 자넨?”

“그럼… 있다 다시 만나겠구만.”

“아마도… 그땐 적이 되어 있겠지.”

“험험, 그럼 미리 결정을 해두자구. 나는 마도 녀석들을 치료할 생각이야. 자넨 정파 녀석들을 치료할 생각이겠지?"

"그래야지. 미우나 고우나 난 그들에 속해 있으니 말이야."

"그렇다면… 우리 내기를 하자."

난데없는 제의에 신의는 어리둥절해하며 되물었다.

"내기?"

"그래. 누가 더 많이 살리나 말이야."

"하지만 싸우지 않을 가능성이 더 많지 않은가? 듣자 하니 평화적으로 해결될 것 같던데……."

"혹시 모르잖아? 서로 싸울 수도 있으니까. 만약 싸우게 되면 누가 더 많이 치료하는지 내기를 하자구."

신의는 신중히 생각에 잠겼다. 이 내기는 인간의 목숨을 가지고 하는 것이므로 도의적이지 못했다. 하지만 마의와 그가 경쟁 상대인 것은 분명한 사실이다. 또한, 사내로 태어나 호승심이 없다면 그건 거짓말일 것이다.

"좋아. 만약 그런 일이 벌어지게 된다면 누가 많이 치료하는지 내기 하도록 하지."

"크크, 좋아. 그럼 내기는 성립이 된 거다. 지는 사람이 이기는 사람의 부탁을 한 가지 들어주는 것으로. 동의하냐?"

신의는 고개를 힘차게 끄덕이는 것으로써 대답을 대신했다.

곧 그들은 각자 다른 방향으로 사라져 갔다.

＊　　　＊　　　＊

설봉(雪峰)의 정상엔 반경 1백 장 정도의 넓은 평원이 자리 잡고 있었다. 유시(오후 5시)가 되자 동쪽에서 일단의 무리들이 평원으로 올라오기 시작했다. 선두엔 구대문파와 오대세가의 수뇌들이 기세 등등하게 걸어오고 있었고, 그 뒤로 10여 명의 인물들이 한눈에 봐도 고급으로 보이는 쌍두마차를 호위하는 형태로 걸어오고 있었다.

그리고 그들의 반대쪽에선 역시 선두에 칠패천의 수뇌들이 구파와 오세가의 수뇌들과 마찬가지로 기세등등하게 걸어오고 있었고, 그 뒤에 10여 명의 인물들이 초췌한 빛을 띠고 있는 1백 40여 명을 포위하는 형태로 걸어오고 있었다. 그렇게 두 세력은 평원의 동과 서에 20장 정도 떨어진 채 마주 보고 섰다.

'젠장!'

마도의 모습을 보며 화중문은 속으로 욕설을 내뱉었다. 그와 마중천자가 합의한 사항 중 하나가 수행 무사를 10명으로 하자는 것이었다. 딴에는 그렇게 하면 1백 40명을 10명이 제대로 감시할 수 없을 거란 생각에서였는데 그게 완전히 틀렸음을 알아보았기 때문이다. 1백 40명은 서로 쇠사슬로 연결된 채 포박되어 있었고 내공이라도 폐쇄된 듯 초췌한 빛을 띠고 있었다. 그걸로 미루어보아 저들을 빼내는 것은 쉽지가 않을 것 같았다. 화중문은 천천히 몇 발짝 앞으로 걸어나갔고, 그와 동시에 마중천자도 몇 발짝 앞으로 걸어나갔다.

"시간을 정확하게 지키셨군요."

먼저 입을 연 것은 화중문이었다. 그는 그 말을 시작으로 마중천자와 몇 마디 대화를 나누려 했으나 곧 이어 나온 마중천자의 말은 그의 기대를 무산시키는 것이었다.

"서론은 생략하도록 합시다. 보다시피 우린 저들을 모두 데리고 왔소. 그러니 그쪽에서도 예청을 보여주는 것이 도리라고 생각되는데?"

그는 말을 하며 수뇌들의 뒤에 있는 쌍두마차로 시선을 돌렸는데 그 의미를 눈치 챈 화중문은 고개를 끄덕이며 말했다.

"그게 도리인 것 같군요."

화중문은 몸을 돌려 마차의 옆을 지키고 있던 무사에게 신호를 보냈다. 그러자 그 무사는 마차의 문을 열었고 마차에서 세 명의 여인들이 밖으로 나왔다. 가운데엔 약간 초췌한 빛을 띠고 있지만 눈부시게 아름다운 여인이 서 있었고, 그 여인을 호위하듯 양 옆에 두 여인이 그 여인의 팔을 잡고 있었다. 가운데 서 있는 여인이 예청이었고, 양 옆의 여인들은 뇌화 종리화와 백화 남궁소소였다. 예청의 얼굴이 보임과 동시에 사군악은 얼른 자신의 뒤에 서 있는 무사의 팔을 꽉 움켜잡았다. 그 무사의 팔은 심하게 떨리고 있었고, 당장이라도 앞으로 튀어나갈 것처럼 전신의 기세를 돋우고 있었다.

[내 말을 잊었는가? 부디 자중하게.]

사군악의 전음에 어느 정도 진정이 되었는지 10명의 무사 중 하나로 위장해 있는 위문은 천천히 숨을 고르며 침착해지려고 노력했다.

[절대 청아를 무사히 돌려받기 전까지는 경거망동하지 말게나. 부탁이네.]

[…알겠습니다.]

위문은 전신에 힘을 풀며 다시 한 번 심호흡을 했다. 그사이 예청과 두 여인은 정파 수뇌들의 바로 뒤까지 걸어갔고 그 자리에 멈춰 섰다. 그러자 그녀들의 뒤에 10명의 무사들이 포진했고 수뇌들도 약간 둥그스름하게 섬으로써 예청을 완전히 포위하는 형태를 만들었다.

"보다시피 저 아이는 건강한 상태입니다."

화중문의 말에 마중천자는 고개를 끄덕였다. 자신이 보기에도 약간 힘이 없어 보이나 전체적으론 별 이상이 없는 것 같았기에.

"그럼 교환을 시작하도록 하지."

마중천자는 그렇게 말하며 뒤쪽에 눈짓을 해 보였다. 그러자 1백 40명을 포위하고 있던 10명의 무사들이 몇 발짝 뒤로 물러나며 1백 40명에게서 떨어졌다.

"예청을 돌려주면 우린 저들을 여기에 놔두고 가겠소."

예청만 돌려받으면 저들을 이곳에 두고 자신들은 그만 가보겠다는 거였다. 하지만 그 제안에 쉽게 응해서는 안 된다고 화중문은 생각했다.

"그 말을 어찌 믿는단 말입니까? 혹 예청을 돌려받는 즉시 저들을 죽일 수도 있는 일이지 않소이까?"

충분히 일리있는 말이었으나 마중천자는 코웃음을 치며 대답했다.

"우리가 왜 그런 고생을 사서 하겠소? 저들은 우리에게 아무런 의미가 없는 자들이오. 그대들에겐 중요할지 모르나 우린 저들보다 예청의 안전이 더 중요하단 말이지. 또한 저들을 죽이면 내일부터 시작되는 천관이 제대로 열리지 않을 것임을 알고 있소. 알겠지만 우린 이번에 승리를 확신하고 있소. 한데, 왜 우리가 저들을 죽여 3백 년 만의 기회를 놓치려 하겠소?"

정말 논리적인 말에 화중문은 일순 말문이 막혔으나 고개를 저으며 말했다.

"하지만 꼭 그렇게 된다는 보장도 없으니 그쪽에서 다른 수를 쓸지도 모르는 일이라고 생각하오. 그러니 당신들이 먼저 우리에게 저들을 넘겨주시오. 그럼 우린 예청을 고이 돌려주겠소이다."

어찌 보면 억지에 가까운 말에 마중천자는 웃음을 터뜨렸다.

"하하하하, 내가 그대들을 어떻게 믿는단 말인가? 저들을 돌려받은 뒤에 예청을 넘겨주지 않을 수도 있는데? 더구나 예청은 혼자이니 그대들이 다시 데리고 가기도 쉬운 일이지. 그렇지 않소?"

"우린 말한 것은 반드시 지키는 사람들이외다. 그러니 그쪽에서 먼저 저들을 넘겨주시오."

이렇게 화중문이 억지를 부리는 가장 큰 이유는 예청이 진짜가 아닌 가짜이기 때문이었다. 그러니 그녀를 먼저 돌려주면 가짜인 것이 발각될 위험이 컸다. 사군악은 예청의 양부이니 그녀를 잘 알고 있을 것이다. 만에 하나 1백 40명을 돌려받기 전에 예청이 가짜라는 게 밝혀진다면 1백 40명의 목숨이 위태로워질 가능성이 컸다. 그러니 어떻게든 먼저 저들을 돌려받아야 하는 것이다. 그것은 마중천자도 마찬가지였다. 1백 40명은 모두 가짜들, 지금은 멀리 떨어져 있어 식별이 되지 않지만 가까이 가면 발각될 위험이 컸다. 만약 저들을 먼저 돌려줬는데 예청을 돌려받기 전에 저들이 가짜임이 밝혀진다면 예청의 목숨이 위태로울 수가 있었다. 그러니 그로선 어떻게든 예청을 먼저 돌려받아야 하는 것이다.

그때 화중문의 말이 끝나자마자 무얼 봤는지 공동파의 임시 대표 자리를 맡고 있는 기정선(祁正仙) 진인이 앞으로 튀어나오며 마중천자를 향해 물었다.

"왜 저들 중에 본 파의 장문인께선 보이지가 않는 것이오?"

그의 음성은 고조되어 있었다. 아닌 게 아니라 1백 40명 중 어디에도 장 진인의 모습은 보이지가 않고 있었기에 기 진인의 의문은 당연한 것이었다. 기 진인의 물음에 화중문은 지은 죄가 있어 약간 움찔하는 기색을 보였고 마중천자는 침묵으로 일관했다.

"왜 말을 하지 못하는 것이오?"

다시 기 진인은 더욱 언성을 높이며 물었고, 마중천자는 기 진인을 쏘아보며 귀찮다는 듯이 툭 내뱉었다.

"그는 죽었소."

당연히 기 진인은 펄펄 날뛰며 악을 질렀다.

"뭣이라! 장문인이 돌아가셨다고?! 네놈들, 네놈들이 감히 그분을!"

여차하면 마중천자에게 달려들 기세였기에 무당 장문인 소요자와 전진 장문인 유 진인이 급히 튀어나와 기 진인의 양팔을 잡았다.

"참으시게."

소요자가 기 진인을 타이르려 했으나 기 진인은 눈물을 쏟아내며 울부짖었다.

"이것 놓으십시오! 저, 저 간악한 자들이 장문인을… 크흐흑, 어이해 이런 일이……."

기 진인이 울부짖는 것을 보며 우문혜미는 급히 마중천자에게 전음을 날렸다.

[아무래도 두 번째 계책을 쓰는 것이 좋을 듯해요.]

마중천자는 고개를 한 번 끄덕이는 것으로 우문혜미의 생각에 동조했다. 저들이 이대로 협상을 결렬시키기라도 한다면 예청의 생사는 불투명해지기 때문이었다. 예청이 죽으면 위문은 분노하게 될 것이다. 그렇게 되면 천살의 마성에 지배당할 위험이 컸다. 아직은 안전하다고는 하나 언제 마성에 빠질지는 아무도 모르는 일이었다. 오늘 이 자리에 위문을 데리고 나온 것은 어디까지나 위문이 악착같이 따라가겠고 우겨서였을 뿐이었다. 물론 혹시 모를 불상사에 대비하기 위해서이기도 했지만. 결코 먼저 싸움을 일으켜 그 선봉장으로 써먹을 목적은 아니었다. 어디까지나 위문은 어쩔 수 없는 절박한 상황에 처했을 때에야 써먹을 마지막 패였으니까 말이다.

마중천자는 이번 일을 되도록 무력을 쓰지 않고 되도록 말로써 마무리 지어야 했기에, 조금이라도 위험을 줄이기 위해 두 번째 계책을 쓰기로 마음을 굳혔다.

"협상을 계속할 마음이 있소?"

화중문을 똑바로 응시하며 묻자 화중문은 잠시 생각에 잠겼다. 마중천자의 말엔 1백 40명을 아직도 구하고 싶냐는 속뜻이 포함되어 있었다. 또한 화중문은 그걸 거절할 입장이 되지 못하였다. 1백 40명의 목숨도 귀중했지만 지은 죄가 있기 때문이기도 했다.

[잠시만 참으시오. 곧 복수하게 해드릴 테니.]

화중문은 기 진인에게 전음을 날려 그를 진정시켰다. 그리곤 마중천자를 바라보며 말했다.

"물론이오. 하지만 우리의 의견은 일치되지 않고 있군요."

잠시 마중천자는 골몰히 생각하는 척했다. 그러다 크게 인심 쓴다는 어투로 입을 열었다.

"좋아. 내 한발 양보해 그대들을 한번 믿어보지. 우리가 먼저 저들을 돌려주겠소. 그 뒤 그대들은 예청을 우리에게 돌려주시오."

"하하하, 좋소이다."

화중문은 대소를 터뜨리며 속으로 비웃음을 날렸다.

'그러니 너희들이 우리에게 밀리는 것이다. 힘만 알 뿐, 머리를 굴리지 못하니까 말이다.'

그러면서 그는 뒤에 얌전히 서 있는 종리화에게 전음을 날렸다.

[1백 40명이 우리에게 오는 즉시 실행하도록.]

종리화는 그 말을 기다렸다는 듯이 오른손을 뒤로 돌려 한 번 주먹을 쥐어 보였다. 그 모습은 어둠에 몸을 숨기고 있는 한 사내에게 발견되었고 그 사내는 언제라도 튀어 나갈 수 있을 정도로 몸을 긴장시키며 같이 숨어 있는 수하들에게 신호를 보냈다. 한편 마중천자도 전음을 날렸다.

[너는 저들 쪽으로 가는 즉시 예청의 곁으로 다가가라. 그리고 신호가 떨어지면 수단 방법을 가리지 말고 그녀를 지켜라. 너희 1백 40명 전원의 목숨을 바쳐서라도!]

그리고 그는 뒤에 서 있는 우문혜미에게도 전음을 날렸다.

[우문 궁주, 시작할 때가 됐소.]

우문혜미는 그 말을 기다렸다는 듯이 전음을 듣자마자 뒤쪽 어둠 속에 숨어 있는 한 사내에게 신호를 보냈다. 그러자 그 사내는 몸을 긴장시키며 같이 숨어 있는 수하들에게 신호를 보냈다. 마중천자가 뒤쪽으로 눈짓을 하자 우문혜미가 가장 선두에 서 있는 사람 모두에게 들으라는 듯이 큰 소리로 말했다.

"자, 당신들은 이제 자유예요. 우리가 길을 열어줄 테니 당신은 당신들의 동료들 쪽으로 걸어가세요."

그러면서 수뇌들은 한쪽으로 비켜서 길을 열어주었고 가장 선두에 서 있던 사내는 천천히 앞으로 걸어가기 시작했다. 그가 걸어가자 그와 쇠사슬에 연결되어 있던 뒤의 사내도 움직였고, 그렇게 1백 40명은 천천히 정파 쪽으로 걸어갔다.

'뭐지? 뭔가… 위화감이 드는 것 같은데……'

자신들에게 다가오는 1백 40명을 보며 종리화는 묘한 위화감을 느꼈다. 지극히 힘이 없는 발걸음, 고초를 겪은 것이 분명한 초췌한 얼굴,

봉두난발(蓬頭亂髮)의 머리카락, 꾀죄죄한 옷차림, 현재 처지에 어울리는 모습이요 행동들이었다. 전혀 이상할 것이 없는 것 같은데 묘한 위화감이 드는 것은 무엇 때문일까? 다시 한 번 저들을 찬찬히 살펴보았지만 전혀 이상한 점을 발견할 수는 없었다. 하지만 예감을 무시할 수는 없었기에 그녀는 머리를 싸매며 이 위화감의 정체는 뭘지 고민하기 시작했다.

그 와중에도 1백 40명은 정파 쪽으로 다가가고 있었고 선두에 서 있는 사내는 화중문의 바로 앞까지 다가갔다. 그 사내의 어깨를 두드려 주며 화중문은 친근한 어조로 말했다.

"고생이 많았네. 이제 안전하다네."

하며 그는 뒤에 서 있는 한 무사에게 손짓을 해 보였고 그 무사는 화중문의 부름을 받자 앞으로 걸어와 선두에 서 있는 사내에게 말했다.

"저를 따라오시지요."

그 사내를 따라 1백 40명은 수뇌들의 왼쪽 뒤편으로 걸어갔다. 한데 그들이 모두 수뇌들의 뒤편까지 다다랐을 때, 그들은 긴장이 풀린 탓인지 그 자리에 모두 주저앉고 말았다.

"휴우……."

"으음……."

저마다 신음을 터뜨리며 주저앉아 팔다리를 문지르는 모습을 보며 그들을 이끌고 가던 무사는 화중문에게 도움의 눈빛을 보내었다.

"쉬게 하게나. 고초를 겪었으니 피곤할 테지. 우선 저들을 묶고 있는 쇠사슬이나 풀어주도록 하게."

그렇게 하여 1백 40명은 그 자리에 앉아 쉬게 되었다. 그리고 그들이 쉬고 있는 자리는 예청이 서 있는 곳과 불과 10장 밖에 떨어지지 않은 아주 가까운 지점이었다. 1백 40명이 완전히 수뇌들의 뒤쪽으로 몸을 숨기자 마중천자는 당연히 해야 할 말을 꺼냈다.

"우리는 약속을 지켰으니 이제 그대들이 약속을 지켜야 할 때라고 생각되는데?"

어서 예청을 보내라는 것이었다. 하지만 화중문은 목적을 달성했기에 유들유들한 음성으로 대답했다.

"하하, 나도 그러고 싶소. 한데 그전에 우리는 한 가지 청산할 게 있다고 생각하오."

"뭣이! 약속을 어기겠다는 것인가?"

예상대로 되지 않기를 바랬지만 불행하게도 일은 예상대로 되어가고 있었다. 마중천자는 위문의 눈치를 한 번 슬쩍 본 후 가증스럽다는 눈빛으로 화중문을 노려보며 으르렁거렸다.

"하하, 아니오. 다만 그전에 한 가지 짚고 넘어갈 게 있어서 말이오."

"그게 뭔가?"

"다른 게 아니라 흑죽림에서 있었던 일 말이오."

시간을 끄는 것은 마중천자로서도 바라는 일이었기에 그는 모르겠다는 듯 의문을 터뜨렸다.

"흑죽림?"

"그렇소. 그대들의 비열한 짓을 벌써 잊은 건 아니겠지?"

"호오, 그것~ 아마 5백 명이나 되는 고수들이 단 한 명을 제거하기 위해 움직인 것을 말하는 것인가 보군."

움찔.

찔리는 것이 있기에 약간 움찔거렸지만 화중문은 지지 않고 되받아

쳤다.

"흥! 당신들은 그걸 노린 것이 아니었소? 그래서 그자의 뒤에 5백 명의 그림자들을 숨겨놓았을 테니까."

'호오, 일이 그렇게 되는 거군. 대막의 무사들을 우리 쪽의 무사들로 착각하고 있다니 말이야.'

종리화는 급히 마중천자에게 전음을 날렸다.

[저들은 아직 그 아이의 무서움을 모르고 있어요. 그러니 굳이 밝힐 필요는 없다고 생각해요.]

마중천자도 그렇게 생각하고 있었기에 한 번 고개를 끄덕이며 말했다.

"우린 그저 그 아이를 보호하려는 뜻에서였을 뿐이오. 한데 당신들이 공격할 줄은 몰랐지. 아마도 잘못은 그쪽에 있다고 생각하는데?"

"그럴지도 모르지. 하나 당신들은 그들을 모두 죽여서는 안 되는 것이었소. 아량이라는 것이 있거늘 어떻게 단 한 명도 살려두지 않았단 말이오?"

"하하, 우습군. 그럼 제 목숨을 잃을 판에 적의 목숨까지 일일이 신경 써야 한단 말인가?"

"내 말이 그런 뜻이 아님을 잘 알 텐데. 어떻게 부상자가 하나도 없을 수 있냔 말이오. 집단의 싸움엔 기세라는 것이 있소. 그게 무너지면 그 집단은 패하는 것이오. 그리고 그렇게 될 경우 승자 쪽은 패한 쪽을 더 이상 핍박하지 않는 것이 불문율이오. 한데 단 한 명의 생존자도 없다니, 그 말은 당신들이 백기를 든 사람들까지 모조리 죽였다는 뜻밖에 더 되오?"

마중천자는 귀찮다는 듯이 툭 내뱉었다.

“그래서 어쩌자는 것인가?”

그러자 화중문은 기다렸다는 듯이 싸늘하게 내뱉었다.

“우린 받은 것을 그대로 돌려주기로 맘을 먹었소!”

슈슈슈슉!

그가 손을 들자 그들의 뒤편에서 수백의 인영들이 바람같이 나타났다. 모두 혁혁한 안광을 뿜어내고 있는 것으로 보아 고수들인 것 같았다. 나타난 인물들은 4백 가까이나 되었다. 그들은 싸늘한 눈빛을 하고 수뇌들의 바로 뒤편에 우뚝 섰다. 그 모습을 보며 마중천자는 흘깃 앉아 쉬고 있는 1백 40명을 바라보았다. 다행히 화중문과 대화를 하며 시간을 끈 탓에 모두 쇠사슬을 푼 뒤였다.

‘훗훗, 가소로운 것들!’

마중천자는 싸늘히 웃었다. 이렇게 된 이상 어디 갈 데까지 한번 가 보자라는 독한 마음이 생겨났다.

“후후, 역시 치졸하기 이를 데 없군. 그대들을 믿은 내가 한심스럽다.”

하지만 화중문은 안색 하나 변하지 않으며 유들유들한 음성으로 대답했다.

“하하하, 내가 아까 말하지 않았소. 받은 만큼 돌려줄 것이라고. 당신들이 먼저 우리를 유인하여 5백의 고수들을 몰살시켰으니 그에 우리도 이런 계책을 생각해 낸 것이오.”

이쯤 되면 화가 날 만도 하건만 마중천자는 여전히 싸늘히 웃으며 말했다.

“훗훗, 과연 뜻대로 될까?”

그때, 종리화가 찢어지는 듯한 비명을 내질렀다.

“안 돼! 저들을 막아욧!”

그 위화감의 정체, 머리를 쥐어짜 낸 끝에 그녀는 그 위화감의 정체를 알 수가 있었다. 그건 다름 아닌 1백 40명의 눈빛이었다. 오랜 고초를 받았으니 당연히 눈빛은 힘을 잃고 있어야 한다. 그리고 그들은 모두 눈에 힘이 들어가 있지 않았다. 어찌 보면 전혀 문제될 것이 없는 것 같다. 하지만 자세히 생각해 보면 한 가지 의문점이 생긴다.

왜 저들은 우리에게 오는 그 순간에도 눈빛이 흐릿한 것일까? 대체 왜?

바로 그것이었다. 그들은 당연히 눈에 생기를 보여야 했다. 이제 그들을 핍박하던 마도의 손에서 벗어나 그들을 보호해 줄 사람들에게로 가고 있으니 당연히 희망의 빛을 보여야 하는 것이다. ‘난 이제 살았다’ 는 희망이 가득 담긴 눈빛을 말이다. 하지만 그들은 아무런 희망의 눈빛을 띠고 있지 않았다. 여전히 힘이 없는, 어찌 보면 인위적이라 할 만큼 생기를 잃은 눈빛을 하고 있었다. 그것을 파악한 종리화는 저들이 가짜란 확신을 했고 그래서 그렇게 악을 지른 것이었다. 하지만 그와 동시에 마중천자의 외침이 터짐으로써 그녀의 말은 아무런 효과를 거두지 못했다.

“하하하, 이미 늦었다!”

그의 말이 끝나기 무섭게 바닥에 늘어져 있던 1백 40명은 믿지 못할 번개 같은 동작으로 예청을 향해 짓쳐들었다.

슈슈슉. 슈슈슈슉.

설마 그들이 움직일 줄 몰랐던 정파의 사람들은 방비를 제대로 할 수 없었고 그 틈에 1백 40명은 완전히 예청을 둘러쌀 수 있었다. 순식간에 일어난 일이었다. 하지만 그 순간 예청을 잡고 있던 남궁소소는 즉시 제압되었지만 종리화는 미리 방비를 한 까닭에 그 자리를 벗어날 수 있었다. 갑작스레 벌어진 일에 아직 정파의 수뇌들이 적응을 하지 못하고 있을 때, 다시 마중천자의 외침이 터져 나왔다.

"하하, 모두 나와라!"

그러자 그들의 뒤에서 5백 명의 고수들이 모습을 드러냈다. 하나같이 안광이 빛나고 있는 고수들이었다.

"저들, 저들을 포위해라!"

다급히 내지른 화중문의 외침이 어느 정도 효과를 본 듯 우왕좌왕하던 4백의 고수들은 즉시 예청을 둘러싸고 있는 1백 40명을 포위했다. 그렇게 세 개의 원이 형성되었다. 정 가운데엔 예청이 있고 그녀를 1백 40명의 고수들이 에워싸고 있고, 다시 그 1백 40명을 4백의 고수들이 포위하고 있는 원이 말이다. 그 광경을 보며 마중천자는 손을 한 번 들었다. 그리곤 앞장서서 앞으로 걸어가기 시작했다. 그가 앞으로 걸어가자 그 뒤를 따라 수뇌들과 5백 10명의 무사들 역시 걷기 시작했다. 마중천자는 정파의 수뇌들의 3장 앞까지 다가가서야 걸음을 멈췄고 다른 이들도 걸음을 멈췄다.

"어떻게 생각하시오?"

득의양양한 어투로 화중문에게 묻자 화중문은 이를 뿌드득 갈며 반문했다.

"으음… 진짜 장 진인과 1백 40명은 어떻게 됐소?"

"아~ 그들 말인가? 그들은 아마도 이 세상에 없을 것이오."

"으드드득!"

"뿌득! 쁘득!"

정파의 수뇌들의 이가 갈리는 소리가 터져 나왔다. 그만큼 분노를 느끼고 있는 것이다.

"모두… 죽었다는 뜻이오?"

화중문이 울분을 씹으며 재차 묻자 마중천자는 이제 다 말해 줘도 되겠다는 생각에 고개를 끄덕이며 말했다.

"그렇지. 그들은 그대들이 예청과 예설을 빼돌리라고 보낸 그날 모두 죽었소."

"으으음……."

"으음……."

완벽히 당했기에 정파의 수뇌들은 한동안 신음을 그칠 줄 몰랐다. 그건 종리화조차 마찬가지였다.

'그들이 모두 죽었다니… 하면 저들은 처음부터 이럴 목적으로… 하지만 도대체 이해할 수가 없어. 대체 저 자신만만함은 어디에서 비롯되는 거지? 마치 이건 예청만 돌려받으면 우리와 한판 붙어도 전혀 꿀릴 게 없다는 태도잖아? 지금 우리 정파의 힘은 최고조에 이른 상태, 저들의 힘으론 우리와 대적하는 것이 힘들 텐데…….'

그녀의 생각은 채 이어지지 않았다. 다시 마중천자의 입이 열렸기 때문이었다.

"내 제안 하나 하지. 저들을 우리 쪽으로 오게 길을 만들어준다면 우린 이대로 조용히 떠나겠소. 그대들의 손끝 하나 건드리지 않고 말이오. 어떻소?"

"흥, 지금 그걸 말이라고 하는 거요?"

화중문은 코웃음을 쳤지만 마중천자는 그런 화중문을 진중하게 쳐다보며 말했다.

"난 당신들을 위해서 하는 말이오. 하면 이대로 우리와 한번 붙어보시겠소?"

그때 종리화는 급히 화중문에게 전음을 날렸다.

[저들은 예청이 가짜란 것을 몰라요. 그러니 전투가 벌어지게 되면 그녀를 보호하기 위해 힘을 분산시킬 거예요. 그럼 우리에게 더 유리해질 테니 그녀가 가짜란 사실은 아직 밝히지 않는 것이 좋겠어요.]

화중문의 내심을 정확하게 짜른 전음이었다. 화중문은 마중천자의 저 오만함이 아니꼬워 예청이 가짜란 사실을 말해 그를 당황하게 할 생각을 했으므로. 화중문은 예청이 가짜란 말을 하는 대신 이제 저들에게 자신들의 힘을 보여줘야 할 때라고 생각해 마중천자를 쏘아보며 입을 열었다.

"그것 좋지. 우리 역시 바라던 바요."

말을 하는 그의 손이 올라가고 그와 동시에 우렁찬 함성이 장내를 뒤덮었다.

"와아아아!"

다다다닥.

이번에 나타난 인물들은 모두 1천 2백 명가량으로써 모두들 큰 함성을 지르며 사방을 포위하고 나섰다. 그들은 설봉에 있는 사람들 전체를 포위하는 형태로 섰기에 그 포위 안에는 마도 측의 고수들도 전원 포함되어 있었다. 그 때문에 전세는 다시 역전되고 말았다. 화중문은 득의양양한 미소를 흘리며 마중천자를 바라보았다.

"후후, 한번 붙어보겠냐고 했던 것 같은데?"

마중천자의 얼굴이 굳어진 것은 두말할 나위가 없는 것이었다. 모든 것이 뜻대로 되고 있었는데 난데없이 저렇게 수많은 고수들이 나타나다니 말이다. 그가 말을 하지 못하자 화중문은 다시 입을 열었다.

"왜, 겁이 나신 건가? 좀 전의 기세는 다 어디로 가고?"

자신을 도발하려는 말이라는 것을 잘 안다. 하지만 화가 나는 것 또한 사실이었다. 그런 그의 귀에 우문혜미의 전음이 들려왔다.

[저들은 우리를 도발하려고 하고 있어요. 게다가 상황을 보아하니 저들은 처음부터 교환 따위보단 우리를 공격할 속셈이었는 듯해요.]

[그래서 어쩌자는 것이오?]

[수적으로 우리가 불리한 데다 오늘 정면 대결을 벌이게 되면 내일부터 벌어지는 천관이 제대로 열릴 가능성이 적어져요. 그건 저들이 바라는 것이죠. 천관이 벌어지면 영웅제일좌는 그 아이에게로 돌아갈 가능성이 높다는 걸 알고 있을 테니까요. 그러니 예청만을 도주시키는 방향으로 일을 진행시켜야 한다고 생각해요.]

[으음… 그게 좋겠군. 하면 어떤 방법으로!]

마중천자의 전음은 채 이어지지 않았다. 그리고 이제는 저들과 싸울 수밖에 없음을 직감했다. 일이 이상하게 꼬이고, 눈앞에 있는 예청이 아직 그의 품으로 돌아오지 못하자 짜증이 난 위문이 행동을 개시한 것이다.

쐐애액.

허공으로 솟구친 위문의 신형은 재빨리 예청 쪽으로 날아갔다. 하지만 그걸 가만히 보고만 있을 정파 측이 아니었기에 위문이 날아가는 방향의 정면에 있던 곤륜파 장문인 운학 도장은 마주 뛰어오르며 흑의 복면인에게 전력을 다한 일장을 날렸다. 운학 도장의 예상대로라면 저 흑의 복면인은 피를 토하며 쓰러져야 했지만 위문은 재빨리 손을 휘저었고 퍼퍼펑! 하는 요란한 소리와 함께 바닥으로 떨어져 내린 것은 다름 아닌 운학 도장이었다. 그렇게 운학 도장은 위문을 막지 못했고 뒤를 이어 1백 40명을 포위하고 있는 무사들 중 위문과 예청의 사이에 있던 다섯 명의 무사들이 그를 막기 위해 뛰어올랐지만 그들은 위문의 손짓 한 번에 몸이 두 토막으로 나누어지며 생에 작별을 고했다. 그렇게 무사히 위문은 예청의 곁으로 떨어져 내릴 수 있었고 그와 동시에 화중문의 고함이 터져 나왔다.

"저 사파의 마두들을 모두 정의의 이름으로 처단하라!"

"우와아아!"

설봉 위에 있는 모든 정파의 무사들이 함성을 내지르며 마도 측을 공격하기 위해 달려들었고 그에 마중천자는 크나큰 고함을 내질렀다.

"오늘 여기서 우리 마도의 저력을 보여줘라! 절대로 물러서서는 안 된다!"

"와아아!"

약간 작은 함성이긴 하나 그 굳은 의지만큼은 정파의 함성에 뒤지지 않았다. 마도 측의 무사들 역시 공격해 오는 정파의 무사들에 대항할 준비를 갖췄다.

"이놈들! 그동안 당한 것을 모조리 갚아주마!"

화중문은 고함을 내지르며 마도의 수뇌들 쪽으로 달려갔고 그를 막고 나선 것은 수라회주 유철휘였다.

"누가 할 소릴!"

챙챙!

그렇게 화중문과 유철휘의 검이 부딪치는 것을 시작으로 설봉에 선 3백 년 만에 처음으로 대규모의 정마대전이 벌어졌다.

"아청, 하하하, 아청."

위문은 예청을 부여안고 미친 듯이 기쁨의 웃음을 터뜨렸다. 이게 몇 달 만인가? 마치 수십 년을 보지 못한 것만 같았다. 이 얼굴, 이 얼굴을 드디어 보게 되다니 정말 꿈만 같았다. 주위에선 여전히 피가 튀고 병장기가 부딪치는 소리가 들려오고 있었지만 그 모든 것들은 그와 아무런 상관이 없는 것이었다. 그의 품 안에 예청이 있다는 것만이 지금 그에겐 더없이 중요한 것이었다.

'놓치지 않겠다. 더 이상 당신을 놓치진 않겠소. 영원히, 영원히 나와 함께 있어주시오.'

더욱 으스러지게 예청을 껴안는 위문이었다.

"으흑."

너무 세게 껴안은 탓일까? 예청은 단말마의 신음을 터뜨렸다. 그제야 자신의 실책을 깨닫고 위문은 급히 그녀를 안고 있던 팔을 풀었다. 그리고 걱정스런 표정으로 예청을 바라보며 말했다.

"미, 미안하오. 내 잠시 흥분하여… 괜찮소?"

"괘, 괜찮아요……."

예청은 억지로 아픔을 이기 듯 떨리는 음성으로 말했다. 위문은 그런 예청이 안쓰러워 그녀의 얼굴에 손을 갖다 대려고 했다. 예청은 약간 움찔하며 그의 손길을 거부하려 했으나 설마 들킬까 하는 심정에 순순히 위문의 손을 받아들였다.

…생기가 느껴지지 않았다. 예청의 얼굴에선 온기가 없었다. 그게 인피면구 때문임을 알 리가 없는 위문은 무서운 분노를 일으켰다.

'얼마나 고초를 겪었으면!!'

"창백하구려……."

예청의 얼굴을 쓰다듬으며 그는 서글픈 음성으로 말했다. 그와 동시에 그의 가슴 저 밑바닥에선 서서히 분노가 실체화되어 피어 오르기 시작했다. 고초를 겪은 것이 분명한 예청, 얼마나 힘들었을까? 얼마나 고생했을까? 얼마나 외로웠을까? 얼! 마! 나! 저들을 '증오' 했을까? 그런 위문의 마음을 아는 듯 모르는 듯 예청은 말없이 슬픈 표정을 지어 보였다. 그녀로선 위문이 슬퍼하니까 그에 동조하기 위해 슬픈 표정을 지은 것이었다. 그것이 그녀가 할 수 있는 최선의 행동이었으므로. 딴에는 애써서 그런 표정을 지은 것이었지만 그로 인해 위문의 분노는 서서히 표면으로 드러나기 시작했다. 예청의 그 슬픈 표정으로 인해 자신의 짐작이 맞았음을 느꼈기 때문이었다. 그런 위문을 보며 예청은 서서히 오른손을 들어 올렸다. 그리고 그 손을 위문의 얼굴 쪽으로 가져갔다. 그가 그녀에게 했듯이 그녀도 그의 얼굴을 만져 보고 싶었던 것이다. 위문은 재빨리 얼굴을 가리고 있던 복면을 벗어 던졌다.

"흡!"

예청은 크게 놀란 듯 헛바람을 집어삼켰다. 그러나 곧 자신의 실수를 깨닫고는 천천히 위문의 뺨에 손을 가져갔다.

'이렇게 멋있을 줄이야……'

그녀는 위문의 얼굴을 알고 있었다. 그래서 그의 얼굴을 다시 본다 해도 놀라지 않을 자신이 있었다. 하지만 그건 그녀의 착각이었음을 지금 느끼고 있었다. 머리를 깎은 모습일 때는 그저 '아름답다' 였으나, 머리를 기른 데다 강렬한 핏빛 눈썹으로 인해 뭐라 형용할 수 없을 만큼 멋있는 분위기를 풍기고 있었다. 위문의 뺨은 따뜻했다. 절로 미소가 지어지는 것은 왜일까? 예청은 저도 모르게 얼굴에 미소를 머금었다.

"아름다워요……"

그녀의 입에선 주인의 의지와 상관없이 그런 탄성이 새어 나왔다. 위문은 싱긋 웃으며 자신의 뺨을 만지고 있는 예청의 손을 거머쥐었다.

"정말 다행이오… 정말… 그대를 이렇게 다시 볼 수 있다니……."

분노가 누그러들기 시작했다. 예청의 저 미소 앞에선 그저 사랑을 갈구하는 한 명의 사내가 되고 마는 위문이었다. 그가 지금 냉철하게 앞을 볼 수 있다면 알 것이다. 예청의 얼굴색과 목의 색이 미약하긴 하지만 약간 다르다는 것을, 그리고 그녀의 목소리 역시 크게 차이가 난다는 것을. 하지만 눈이 멀어버린 그였기에 그걸 볼 수는 없었다. 그저 예청이 자신의 눈앞에 있다고만 생각할 뿐이었다.

"으아악!"

후두둑.

그때 한 무사가 피를 내뿜으며 허공으로 날아올랐다. 그리고 그 무사의 몸에서 뿜어져 나온 피가 예청에게로 쏟아져 내렸다. 예청은 반사적으로 몸을 움츠렸지만 이미 늦은 뒤라 그녀는 얼굴과 상의에 핏물을 고스란히 맞고 말았다.

"이익!"

그 모습에 분노를 느낀 위문은 이를 꽉 다물며 바로 옆에 있는 무사에게 일장을 날렸다.

슈욱! 퍼펑!

"크악!"

그 무사는 그대로 전신이 터지며 죽고 말았다. 하지만 위문은 그런 것에 신경 쓰지 않으며 예청의 얼굴에 묻은 피를 닦아내고는 부드러운 어투로 말했다.

"아청, 여길 피해야겠소."

그리곤 예청의 대답을 듣지도 않고 그대로 그녀의 옆구리를 껴안은 채 하늘로 날아오르려고 했다. 그때, 어디선가 그를 제지하는 음성이 터져 나왔다.

"사위, 멈추게!"

그 음성이 사군악의 것임을 안 위문은 그대로 멈춰 섰고 곧 사군악이 그들에게로 달려왔다. 그는 전신에 핏물을 뒤집어쓴 상태였는데 그로 보아 이미 수차례 악전고투를 치른 것 같았다.

"청아는 괜찮은가?"

"예, 다행스럽게도 무사합니다."

말을 하며 그는 예청을 돌아보았고 예청은 눈앞의 저 사내가 사군악임을 짐작하고는 서둘러 그에게로 예를 표했다.

"아버님⋯⋯."

지금 사군악의 마음은 다급한 상태였기에 위문과 마찬가지로 예청의 이상한 점을 발견하지 못했다. 그는 그저 다행스럽다는 어투로 입을 열었다.

"무사해서 다행이구나."

그러면서 그는 위문에게 서둘러 말했다.

"사위, 청아는 내가 보살필 테니 자네는 어서 우리 쪽의 힘이 되어주도록 하게. 보다시피 저대로 간다면 우린 몰살당하게 될 것이야. 어서."

그의 음성엔 다급함이 묻어 있었는데 아닌 게 아니라 지금 정과 마의 싸움은 일방적인 전투가 되고 있었다. 수적으로 크게 불리했던 데다 정파의 고수들이 모두 일류고수의 반열에 드는 실력을 가지고 있는 무사들이었기에, 마도의 고수들은 모든 힘을 다해 분발하고 있긴 하지만 계속해서 수세에 몰리는 형편이었다. 아마도 마도의 고수들이 조직적으로 싸우지 않았다면 그들은 벌써 모두 차디찬 시체가 되고 말았을 것이었다. 그럴 정도로 지금의 상황은 마도에게 불리했다. 사군악의 다급한 말에 위문도 정신을 차리고 주위를 둘러보았고, 사군악의 말이 사실임을 눈으로 확인할 수 있었다.

저들이다! 자신과 예청을 갈라놓은 장본인들이 바로 저들이다!

'네놈들이 감히!'

주먹을 불끈 쥐며 위문은 사군악을 바라보았다. 그라면 지켜줄 것이다. 그라면 예청을 지켜줄 것이다. 자신의 수양딸이 아니던가? 더구나 예청을 자신만큼 아끼고 있지 않은가?

"그럼, 부탁드리겠습니다."

말을 끝내자마자 그는 서둘러 전장으로 몸을 날렸다. 그 모습에 예청은 위문이 자신의 동료들을 죽이기 위해 간다는 것을 깨닫고 서둘러 그를 불러 자신의 곁에 있어달라고 말하려 했지만, 그녀보다 사군악의 동작이 한발 빨랐다. 그녀의 아혈은 빠른 속도로 제압되었고 위문은 아무런 제지 없이 싸움에 끼어들 수 있었다. 예청은 뜻밖의 사태에 흠칫하며 사군악에게로 고개를 돌렸다. 그 뒤 그녀는 더욱 놀랄 수밖에 없었는데, 그것은 사군악이 그녀를 무섭게 쏘아보고 있었기 때문이었다. 그녀는 뭐라 말을 하려 했으나 아혈을 제압당했기에 입을 열 수가 없었다. 그런 그녀의 귀에 사군악의 싸늘한 음성이 들려왔다.

"경거망동하지 마라. 네가 가짜란 것을 알고 있다. 지금은 서 아이의 힘이 필요하니 발설하지는 않겠지만, 조금이라도 허튼수작 부리면 그 즉시 갈가리 찢어 죽여 버리겠다!"

처음 봤을 땐 알 수가 없었다. 하지만 다시 보자 약간의 이상한 점을 발견할 수 있었는데 그건 다름이 아니라 그녀의 눈빛이 진짜 예청의 눈빛과는 다르다는 것이었다. 그에 의심을 품고 자세히 얼굴을 살펴보았는데 아니나 다를까, 얼굴과 목의 피부색이 약간이긴 하지만 다른 빛을 띠고 있었다. 그건 얼굴에 인피면구를 씌웠다는 뜻, 그래서 사군악은 예청이 가짜란 것을 확신할 수 있었다. 하지만 그걸 위문에게 말하면 그가 어떻게 나올지 몰랐으므로 사군악은 위문에겐 그 사실을 말하지 않았다. 지금은 그의 힘이 절대적으로 필요한 상황이었으니까.

사군악의 위협에 예청은 놀란 눈빛을 감추지 않으며 두려운 듯이 사군악을 바라보았다. 그 모습을 통해 사군악은 이 계집이 가짜란 것을 더욱 확신할 수 있었고 더욱 싸늘한 눈으로 그녀를 바라보며 그녀의 몸을 옆구리에 끼고 허공으로 솟아올랐다. 그리고 싸움의 영향권 밖으로 몸을 날렸다.

맨손일 때도 무적이지만 검을 든 위문은 가히 일인전투군단(一人戰鬪軍團)이라 할 수 있을 정도로 무시무시한 힘을 발휘한다. 그리고 지금 위문의 손엔 흔한 장검이 하나 들려 있었다. 하지만 그의 손에 들린 장검은 더 이상 흔한 장검이 아니었다. 푸른빛을 내뿜는 전설의 검이 되었으니까.

슈우웅~ 서걱!

"으아아악!"

최초의 희생자는 승포를 입은 소림의 무승이었다. 그는 무언가 푸른빛이 번뜩인다고 느낀 순간 허리가 잘리며 생에 작별을 고했고, 그것을 시작으로 악마의 도살이 시작되었다.

슈우웅~ 슈우웅~

서걱. 서걱.

소름 끼치는 푸른빛이 한 번 허공을 가를 때마다 서너 명의 무사들이 비명도 지르지 못한 채 쓰러졌다. 그 누구도, 그 무엇도, 그 푸른빛을 막을 수는 없었다. 그저 멍하니 죽음을 기다릴 뿐이었다. 그렇게 전세는 순식간에 역전되고 말았다. 승세가 완전히 정파 쪽으로 기울었던 싸움이 단 한 명의 가세로 인해 뒤집어지고 만 것이다. 1백여 명 정도가 푸른빛을 휘두르는 악마에게 쓰러질 때까지 정파 측에선 그 어떤 대비도 생각해 내지 못했다. 도저히 눈으로 보지 못했다면, 아니, 보고 있어도 믿지 못할 사실이 그들의 눈앞에서 벌어지고 있었기 때문이었다. 그의 몸이 움직일 때마다 그의 손에 들린 푸른빛의 기다란 검은 허공을 갈랐고, 그 검의 사정권 안에 들어 있던 정파 측의 고수들은 비명도 지르지 못한 채 몸이 토막 나며 쓰러지고 있었다.

도대체 누구란 말인가? 그 정체가 뭐란 말인가? 세상 어디에 저런 절대적인 고수가 존재하고 있었단 말인가? 그는 도대체 인간이긴 한 것인가?

별의별 의문이 다 들었고, 그 의문이 커져 감에 따라 저 존재에 대한 두려움은 커져만 갔다. 또한 그와 정비례로 싸울 의욕은 사그라들었다. 아예 멍하니 입을 턱 벌린 채 죽음을 기다리는 무사들도 있었을 지경이니 더 말할 필요가 없을 것이다. 하지만 푸른빛의 검을 휘두르는 악마의 손에 죽어가는 정파의 무사들의 수가 늘어나고, 마도의 무사들이 살판이 난 듯이 정파의 무사들을 압박해 들어가기 시작하자 정파의 수뇌들은 더 이상 넋을 잃고 있을 수만은 없었다.

"으허어엉! 모두 침착해라! 숫자는 우리가 절대적으로 우세하다! 겁먹지 말고 정파인으로서의 기개를 보여라!"

사자후와 함께 터뜨린 화중문의 고함에 정파의 무사들은 그제야 위문에게 공격을 가하기 시작했다. 너무 놀라서, 황당해서, 두려워서 그저 멍하니 죽음을 기다렸었는데 화중문의 외침으로 인해 정신이 번쩍 들었던 것이다. 하지만 큰 용기를 가지고 위문에게 덤벼들어 간 무사들은 곧 절망감을 맛보아야 했다. 자신들이 아는 가장 강한 초식을, 젖먹던 힘까지 끌어올린 내공으로 펼쳤건만 상대의 옷자락 하나 건들지 못했고, 오히려 그런 그들에게 날아온 것은 예의 푸른 빛줄기였다.

퍼펑! 퍼퍼펑!

혼신의 힘을 다해 호신강기를 펼치고 방어를 해보는 그들이었지만 푸른빛은 무정하게 호신강기를 파괴하고 그 안에 존재하는 인간을 토막 내어버렸다.

'이건 그 무엇으로도 막을 수가 없다.'

자신들의 생이 끝나는 것을 느끼며 마지막으로 떠올린 생각이었다. 그런 그들을 베어버린 위문은 다른 먹이를 찾아 몸을 날렸다.

휘익~ 슈웅~

서걱.

하나를 토막 벨 때마다, 시체를 늘릴 때마다 묘한 쾌감이 전신을 지배했다. 그리고 막연한 듯한 분노가 전신을 지배하는 것을 느꼈다. 하지만 자신이 무얼 하고 있는지는 분명하게 자각할 수 있었다. 또한, 지극히 이성적으로 생각할 수도 있었다. 만약 그가 미친 듯이 싸우기만 했다면 벌써 몸에 몇몇의 상처를 입었을 것이다. 하나 그는 이성적으로 생각하는 것이 가능했기에 자신에게 날아오는 공격들을 모두 피할 수 있었고, 공력의 소모도 최대한으로 줄여가며 싸울 수 있었다.

지금의 그는 그 누구도 막을 수 없는 완벽한 전투의 신인 것이다!

냉철한 사고를 하며 엄청난 힘을 적절히 분배하여 싸울 줄 아는 자, 정말 소름 끼칠 정도로 절대적인 존재였다.

그리고 이것이 사상 최강의 힘이라 불리는 '적미혈'의 실체였다.

"저 모습을 봐라. 아름답지 않느냐?"

사군악은 동조를 구하듯 예청의 얼굴을 억지로 돌려 위문의 모습을 보게 했다. 아닌 게 아니라 위문의 모습은 한 폭의 환상적인 그림과도 같았다. 사마를 척멸하는 천신의 모습, 지금 위문의 모습이 바로 그러했으니까. 또한, 노을이 지고 있는 붉은빛 하늘의 배경 탓에 그의 모습은 더 더욱 환상적으로 보이고 있었다.

하지만 그 천신이 죽이고 있는 것이 그녀의 동료들임에야… 예청은 그 광경을 보기 싫은 듯 진저리를 치며 두 눈을 꼬옥 감아버렸다. 마치 두 눈을 감으면 그녀가 본 것들이 사라지기라도 하는 듯이 말이다.

"크악!"

"으아악!"

하나 두 눈을 감자 그녀의 귓가로 처절한 비명들이 들려왔다. 낯익은 음성들, 바로 그녀의 동료들의 비명이었다. 그리고 그 속엔 사군악의 차가운 말도 섞여 있었다.

"눈을 떠라! 그리고 똑똑히 봐둬라! 너희들이 어떤 자를 건드렸는가를 말이다!"

그러며 사군악은 예청의 턱을 거칠게 잡아당겼다. 예청은 반사적으로 눈을 떴고 다시 그녀는 살육의 현장을 보게 되었다.

"저 녀석이 있는 이상 우리 마(魔)에게 패배란 없다."

분노가 끓어올랐다. 그녀의 동료들이, 친구들이 죽어가고 있건만 그녀는 아무런 힘이 되어주질 못하고 있었다. 그저 이렇게 서서 구경만 할 수밖에 없는 것이다.

휘휙!

예청은 바람 소리가 날 정도로 고개를 거칠게 돌려 사군악을 증오가 이글거리는 눈으로 무섭게 노려보았다. 만약 눈빛으로 사람을 죽일 수 있다면 그녀의 눈빛에 죽고 말았을 정도로 그녀의 눈은 증오로 가득 차 있었다.

"으으……."

뭐라 욕이라도 퍼부어주고 싶었지만 아혈을 제압당한 그녀의 입은 뜻대로 움직여 주지 않았다. 그에 사군악은 선심을 쓴다는 듯 그녀의 아혈을 풀어주었다.

"무슨 할 말이 있는 것 같은데, 어디 해보아라."

아혈이 풀리자마자 예청은 차갑게 쏘아붙였다.

"비열한 인간! 순진한 한 사람을 피에 미친 마인으로 만들어놓다니! 반드시 천벌을 받을 거야! 천벌을!"

이미 자신의 정체는 들켜 버렸다. 그러니 더 이상 예청으로 행세할 필요는 없다는 생각에 그녀는 본래 자신의 목소리로 말했다. 그녀의 말에 사군악은 '이제 막 나가는군' 이란 생각을 하며 희미하게 웃었다. 그리고 짧게 반문했다.

"그게 무슨 소리지?"

"몰라서 물어!? 저 순진한 사람이 기억을 잃은 것을 이용해 그를 저렇게 만들어놓은 게 당신이잖아! 안 그래!?"

그녀는 위문이 법문이었던 시절을 안다. 법문은 언제나 온화하며 따스한 사람이었다. 그리고 새와 대화를 할 정도로 자연을 닮은 사람이었다. 그런 그가 저런 마인이 되었다는 것을 그녀는 그의 자의라고 믿을 수는 없었다. 누군가가 그가 기억을 잃었다는 것을 이용해 그의 성격을 바꾸어 버린 것이라 믿었다. 그리고 그 누군가는 그녀를 잡고 있는 이 사군악이란 작자일 것이라고 확신하고 있었다. 그녀의 말에 사군악은 싸늘히 웃으며 고개를 끄덕여 보였다.

"후훗, 그럴지도 모르지. 하지만 이것 한 가지만은 명심해 둬라. 그에게 무공을 가르친 것은 우리일지 모르나, 그를 분노시킨 것은 다름 아닌 너희 정파의 비열한 짓거리였다는 것을 말이다."

사군악의 싸늘한 말에 예청은 일순 입을 열지 못했다. 하지만 그녀는 곧 코웃음을 치며 입을 열었다.

"흥! 천만에! 우린 그……."

막 말을 하려다 그녀는 그녀가 말하려는 사실이 일급 비밀이란 사실을 깨닫고는 급히 입을 다물었다. 자신들이 비열한 짓을 하지 않았음을 말하려다 보니 그 비밀을 발설할 뻔했던 것이다. 그녀가 무슨 말을 하려다 급히 입을 다물자 사군악은 그녀가 뭔가 숨기고 있는 것이 있음을 느꼈다. 그에 그는 예청의 어깨를 거칠게 움켜잡으며 물었다.

"우린, 뭐지? 다음에 하려던 말이 뭐였지?"

"으윽! 아, 아무것도……."

고통을 억누르며 그녀는 부인했지만 사군악은 더욱 거칠게 그녀의 어깨를 부서져라 움켜잡으며 말했다.

"다음에 하려던 말이 뭐였냐니까!"

"으윽!"

예청은 신음을 삼키며 고개를 세차게 흔들었다. 절대 입을 열지 않겠다는 무언의 표시였다. 그에 사군악은 더 거친 고문을 할까 하다가 어떤 생각이 떠오른 듯 나직한 목소리로 중얼거리기 시작했다.

"'천만에' 라고? 하면 너희들이 비열한 짓을 하지 않았단 얘기냐?"

"으윽, 으으… 모, 몰… 라……."

하지만 사군악은 그녀의 말을 듣고 있지 않았다. 서둘러 자신의 생각을 정리하고 있었던 것이다.

"비열한 짓을 하지 않았다? 비열한 짓을 하지 않았다? 비열한 짓을… 설마! 진짜 청아를 데려오지 않고 가짜를 데려온 것이……."

그는 한 가지 생각이 떠올라 급히 예청의 얼굴을 노려보았다. 예청은 황급히 사군악의 눈길을 피하며 식은땀을 흘렸고, 사군악은 자신의 생각이 맞았음을 알 수 있었다.

"너, 너희들은 처음부터 청아를 데리고 있지 않았던 거군? 그러니 진짜를 내보내고 싶어도 내보낼 수가 없었겠지!"

빠지직!

"으으윽!"

충격적인 사실에 손에 너무 힘이 들어갔는지 예청의 한쪽 어깨가 완전히 으스러져 버렸다. 하지만 사군악은 그걸 인식하고 있지 않았다. 그의 머리 속은 재빠르게 돌아가고 있었던 것이다.

'젠장! 처음부터 속았던 거군. 한데 그들도 청아의 행방을 모른다면, 그 아이는 대체 어디에 있단 말인가? 대체 어디에? 화산을 이 잡듯이 뒤져 보았으니 청아가 화산의 어딘가에 혼자 몸을 숨기고 있을 리는 없다. 또한, 그렇다 하더라도 숨어 있지 않고 나에게 왔을 테지. …우리도 청아의 행방을 모르고, 정파도 모른다? 하면… 하면… 다른 세력? 하지만 정파가 아닌 다른 세력에서 그 아이를 무슨 목적으로… 설마! 설마! 사, 사파! 그렇다면? 그렇다면?!'

사군악은 전신을 부르르 떨며 충격에 빠졌다. 자신의 생각이 맞다면, 아니, 틀림없이 맞을 것이다. 그렇다면? 이 싸움은 그들에게 더 없이 좋은 기회가 될 것이다. 여기엔 정과 마의 대표라 할 수 있는 구파와 오세가, 칠패천의 수뇌들이 모두 모여 있었으니까. 또한, 그들은 모두 혈전으로 인해 다치거나 지쳐 있었으니까.

"마, 막아야 한다! 이, 이 싸움을 막아야 한다!"

그는 다급히 외치며 서둘러 전장으로 몸을 날렸다.

하지만……

제28장

교환 작전 Ⅲ

교환 작전 Ⅲ

적의노인과 흑의노인은 설봉의 정상이 한눈에 내려다보이는 곳에 앉아 한가롭게 바둑을 두고 있었다. 대국은 빠르게 진행되어 갔다. 흑의노인이 흑 돌을 내려놓자마자 적의노인이 백 돌을 내려놓고, 다시 기다렸다는 듯이 흑의노인이 내려놓고, 그렇게 바둑판은 빠르게 채워져 갔다. 하지만 그들이 무슨 국수나 되는 실력이 있어서 그렇게 빠르게 바둑을 두는 것이 아님을 그들이 채우고 있는 바둑판을 보면 알 수 있을 것이다. 이게 바둑판인지 오목판인지 분간이 가지 않을 정도였으니까. 그만큼 그들은 그저 바둑을 흉내만 내고 있을 뿐 신경은 전혀 다른 데 쏠려 있었다.

"놀랍구만."

적의노인은 이제 노골적으로 고개를 옆으로 틀어 설봉을 내려다보며 솔직한 자신의 심정을 밝혔다. 그러자 흑의노인 역시 건성으로 두고 있던 바둑판에서 시선을 떼며 적의노인과 마찬가지로 설봉을 내려다보고는 입을 열었다.

"예상은 했었지만 저렇게까지 강할 줄은 미처 몰랐네."

"천무성맥이라… 전설은 사실이었군."

부러움과 탄식이 섞여 있는 적의노인의 말이었다. 그런 적의노인을 보며 흑의노인은 약간 얼굴을 굳히며 물었다.

"자네라면 어떻겠는가?"

"…후후, 자신이 없군. 저 아이를 보고 있자니 내 1백 년 간의 수련이 보잘것없게 느껴지는 듯하니…….."

허탈한 음성, 그에 흑의노인은 약간 움찔했으나 곧 자신도 적의노인의 심정을 이해하는 듯 역시 허탈한 음성으로 입을 열었다.

"난 나만 그렇게 생각하나 했더니 자네도 그렇게 생각하고 있었군."

적의노인은 놀랍다는 듯이 흑의노인을 바라보았다. 그가 자신 외의 강자를 인정한다는 것은 매우 드문 일이었기 때문이다. 두 노인의 노안이 허공에서 부딪쳤다. 그리고 그들은 동시에 미소를 지었다. 세상사를 초월한 듯한 선인의 눈빛, 그들의 눈빛이 바로 그러했다. 그들의 시선이 동시에 저 아래에서 신들린 듯이 춤추고 있는 한 사내에게로 돌려지고 곧 적의노인의 입이 열렸다.

"우리 둘이 덤벼도 안 되겠지?"

"…그렇겠지. 솔직히 말하면 저 아이완 싸우기 싫은걸?"

"허허허, 자네의 입에서 그런 말이 나올 줄이야…….."

"후후, 나도 늙었으니까. 자네는 아닌가?"

"허허, 솔직히 나도 자네와 같다네. 나도 웬만하면 저 아이완 싸우기 싫구만."

두 노인의 미소가 더욱 짙어졌다. 그리고 그들의 대화는 계속되었다.

"저 아이를 보니 인간이 제아무리 노력해 봤자 하늘을 거스를 순 없다는 생각이 드는군."

흑의노인의 말에 적의노인은 고개를 끄덕이며 대답했다.

"그렇군… 자네나 나나 모두 1백여 년을 넘게 무공을 수련했건만… 이제 무공을 배운 지 채 1년도 안 된 아이에게 이런 허탈한 감정을 느끼게 되다니 말이야……."

"하늘은… 언제나 우리를 싫어했지. 언제나……."

"그래… 하늘은 언제나 우리 편이 아니었어… 단 한 번도 우리 편을 들어준 적이 없었지."

그들은 잠시 하늘을 응시하며 원망의 눈빛을 보냈다. 그들의 눈엔 숨기려야 숨길 수가 없는 한이 서려 있었다.

"천무성이… 우리에게 왔더라면……."

적의노인의 탄식에 흑의노인이 그의 말을 받았다.

"…우린 이렇게 구차한 방법을 쓰지 않아도 됐겠지."

"허허, 하늘은 우리를 싫어해."

"……."

잠시 침묵이 이어졌다.

만약 천무성맥의 아이가 그들에게 발견되었다면 그들은 이런 방법을 쓰지 않았을 것이다. 보다 정정당당하게, 그리고 자신있게 행동했을 것이다. 하지만 하늘은 그들의 뜻을 들어주지 않았고, 그에 그들은 이렇게밖에 할 수가 없는 것이다. 조만간 벌어질 일을 생각하며 두 노인은 큰 한숨을 내쉬었다.

"후우… 우리는 단지 자유를 원했을 뿐이거늘……."

"…저들이 누리고 있는 그 밝은 삶에 섞이고 싶었을 뿐이거늘……."

하지만 그것은 그들의 말처럼 쉬운 일이 아니었다. 아니, 누구도 그들이 자신들의 삶, 강호란 곳에 끼어드는 것을 싫어할 것이다. 그들에겐 일상적인 행동들이, 그들에겐 아무런 문제가 없는 생각들이, 그들에겐 당연한 수련 방법들이, 타인들이 보기엔 잔인하고, 역겹고, 사악한 것들로 생각되는 것이었으니까.

"저들은… 우리를 받아들이지 않겠지……."

적의노인의 말에 흑의노인은 고개를 끄덕이며 말했다.

"그래, 저들과는 너무 다른 성격을 가지고 있으니까."

"그러니 이 방법밖에는 없는 것이지."

"그래, 말로는 듣지 않으니 어쩔 수 없는 일이지."

"…그 친구한텐 미안한 생각이 드는군. 그 친구 덕에 이렇게까지 할 수 있었는데……."

"하지만 할 수 없지 않나? 그는 너무 야심이 강해. 우린 단지 우리의 생존권만을 바라고 있는데 말이야."

"그래, 그는 야심이 크지… 자네는 준비가 됐는가?"

"…그렇네. 이제 움직이기 시작한 것 같군."

"우리도 준비를 해야겠지?"

"…그렇겠지."

"그럼… 가세나."

두 노인은 대화를 중단하고 몸을 일으켰다. 그리곤 산책하듯이 유유히 걸음을 옮기기 시작했다.

휘유우웅~

펑! 펑! 펑!

달빛이 비추고 있는 밤하늘에 오색찬란한 불꽃들이 수놓아졌다. 순식간에 하늘을 뒤덮어 버린 불꽃에 장내의 싸움은 순간적으로 정지되었다. 하지만 싸움이 중지된 것은 불꽃의 아름다움 때문이 아니라 모두들 그 불꽃이 누군가에게 보내는 신호탄임을 알아보았기 때문이었다. 장내엔 이제 2백여 명의 사람들만이 서 있었다. 정파의 1천 6백 명가량이나 되었던 대인원 중 성하게 서 있는 사람은 1백 20명 정도밖에 되지 않았고, 마도의 6백 40명가량이나 되었던 인원 중 서 있는 사람은 80명 정도밖에 되지 않았다. 그들은 하늘을 수놓는 불꽃에 묘한 위기감을 느끼며 서서히 두 패로 갈라져 대치 형태로 마주 보고 섰다.

그리고 그때, 그들이 나타났다.

사사삭.

북동쪽에서 흑의를 입은 5백의 무사들이 나타났다.

사사삭.

북서쪽에서 흑의를 입은 5백의 무사들이 나타났다.

휘휙.

남동쪽에서 흑의를 입은 5백의 무사들이 나타났다.

휘휙.

남서쪽에서 흑의를 입은 5백의 무사들이 나타났다.

저벅저벅.

그리고, 서쪽에서 역한 악취를 풍기며 5백 5십의 괴인들이 나타났다.

2천 5백 5십이나 되는 대인원. 그들은 서서히 평원을 에워싸기 시작했다. 그런 그들을 보며 정파나 마도 모두는 숨을 죽일 수밖에 없었다. 나타난 자들에게서는 그들과는 전혀 판이하게 다른, 처음 느껴볼 정도로 지독한 사기(邪氣)가 뿜어져 나오고 있었으니까.

“비, 빌어먹을!”

그들의 모습에 사군악은 거친 욕설을 뱉어내었다. 우려했던 일이 사실로 드러났기 때문이었다. 그의 반응에 얼굴에 덕지덕지 붙어 있는 피를 닦아내던 마중천자는 그에게 물어보았다.

“사 문주, 저들이 누군지 아시오?”

그의 말은 나직했으나 장내가 숨 막힐 정도로 조용했기에 다른 이들은 물론 정파의 사람들까지도 들을 수 있었다. 자연 모두의 시선은 사군악에게 집중되었고 사군악은 이를 빠드득 갈며 말했다.

“당했습니다! 사파의 농간에!”

“…….”

그 누구도 입을 열지 못했다. 그만큼 사군악의 말은 충격적인 것이었다.

사파라니?! 3백 년 전에 괴멸되었던 사파라니!

“사, 사파?”

마중천자는 자신의 목소리가 떨리고 있다는 것도 몰랐다. 그에 비해 사군악의 음성은 점점 차분해져 갔다.

“또 한 번 저들의 농간에 넘어갔습니다. 또 한 번… 진즉에 저들이 개입되었단 것을 알아차려야 했는데…….”

“그, 그게 무슨 소리요?”

유철휘가 더 자세한 답을 요구했지만 대답은 다른 데서 들려왔다.

“그 대답은 내가 해도 되겠소?”

어느샌가 동과 서로 나뉘어져 있는 정파와 마도 두 세력의 중앙 남쪽 끝자락에 한 사내가 우뚝 서 있었다. 그의 말에 모두의 시선은 그에게로 쏠려졌고, 그는 그들의 시선을 한 몸에 받으며 다시 입을 열었다.

"모두 의문 점들이 많을 것으로 짐작되는데 그렇지 않소?"

"귀하는 누구요?"

화중문은 잔뜩 의문이 담긴 음성으로 물었다. 하지만 그 사내는 화중문의 말엔 대답하지 않고 살아남아 있는 정파의 수뇌들을 훑어보며 조소를 날렸다.

"후후, 그보다 먼저 정파의 수뇌들께 축하의 인사를 보내고 싶군요. 이 '혈전(血戰)' 에서 여러분들께선 단 한 분도 죽는 불상사를 당하지 않으셨으니 말이오."

흠칫!

그의 조소에 정파의 수뇌들은 모두 움찔하며 전신을 경직시켰다. 이 사내의 말대로 수뇌들은 모두 살아 있었다. 몇몇이 다치긴 했으나 중상을 입은 이는 위문에게 덤벼들다 일장을 얻어맞은 운학 도장밖엔 없었다. 이 혈전을 치렀으면서도 그들은 모두 성하게 살아남아 있었던 것이다. 그 이유는 간단하면서도 아주 치졸한 것이었다. 수뇌들은 수하들의 희생을 뒤로하고 위문과는 절대적으로 대결을 회피했던 것이다. 적을 이기려면 최우선적으로 적의 수뇌를 잡아야 한다. 그건 병법을 모르는 어린아이라도 알 수 있는 것이었다. 하지만 수뇌들은 그 사실을 알고 있으면서도 위문과 대결할 생각을 하지 않았다. 그와 붙어서 이길 자신이 없었으니까. 그리고 죽기 싫었으니까. 만약 그들이 위문과 대결했더라면, 그래서 그를 붙잡아두었더라면, 수하들의 희생은 절반으로 줄어들었을 것이다. 그걸 알고 있는 수뇌들은 저마다 얼굴을 붉혔고, 그들의 모습을 보며 사내는 한줄기 미소를 머금었다. 그의 미소에 화중문은 모욕당했다는 생각에 그를 무섭게 노려보았고, 그러면서 거칠게 소리쳤다.

"귀하는 누구냐고 물었소!"

"아아, 알았소. 그러니 우선 '살아남은' 분들께선 진정하시구려."

사내는 두 손을 내저으며 유들유들한 어투로 말했다. 그는 진정하라는 뜻으로 말한 것이겠지만 그의 말은 정파의 수뇌들에겐 더 큰 분노를 가져왔다. 그가 자신들을 비꼬고 있음을 알았기 때문이었다.

"내 검이 두렵지 않은가? 귀하는 누구냐고 물었다!"

금시라도 검을 뽑을 듯한 화중문의 분노 어린 말에 사내는 이제 노골적으로 비아냥거렸다.

"하하, 당신은 대체 머리를 달고 있기는 한 거요? 당신의 눈엔 저 많은 고수들이 보이지도 않는단 말이오?"

저 많은 고수들이 당신들을 포위하고 있는데 감히 그런 말을 할 자격이 있냐는 뜻이었다. 또한, 그 말로써 그는 저 수많은 고수들과 자신이 연관이 있음을 밝혔다. 겁먹은 화중문은 헛바람을 삼키며 슬그머니 뒤로 몇 발짝 물러날 수밖에 없었고, 대신 입을 연 것은 사군악이었다.

"당신은 사파의 무리 중 하나겠군. 그리고 보아하니 오늘의 일을 꾸민 장본인이기도 하겠고. 그렇지 않소?"

"후후, 그렇소, 사 문주."

사내의 말은 짧았다. 하지만 그 여파는 엄청난 것이었다. 사파! 오래전에 뿌리를 뽑아버렸다고 생각했던 그 사파가 오늘 이렇게 다시 나타난 것이다. 저렇게 많은 고수들을 이끌고 말이다. 또한, 또 한 번! 저들의 농간에 속아 정과 마는 무의미한 혈전을 벌였다. 그리고 무수히 많은 사상자를 내었다.

"사파… 사파라니……."

"그들이 다시……."

"사파……"

여기저기서 한탄이 터져 나왔다. 그들의 모습을 보며 사내는 다시 입을 열었다.

"이런, 내 소개가 늦었군요. 본인은 조조라 하며……."

조조는 잠시 말을 끊었다. 중인들을 더욱 놀라게 해주고 싶었기 때문이다. 그의 예상대로 모두는 그를 주시했고 그는 천천히 입을 열었다.

"미약하나마 하오문(下午門)의 문주를 맡고 있소이다."

"……."

누구도 입을 열지 못했다. 특히 종리회는 놀라 심장이 멎어버리는 줄만 알았다. 하오문이라니… 과거의 일들이 주마등처럼 지나갔다. 위문의 정체, 예청 자매의 수배, 위문의 행방 등등 그녀는 모든 중요한 정보를 하오문에서 얻었다. 그리고 그 정보를 토대로 계획을 짰고 일을 꾸몄다. 한데, 한데 그들이 사파의 주구라니…… 그녀는 여태껏 사파의 장단에 춤추는 꼭두각시였던 것이다.

마도도 마찬가지였다. 그들도 모든 중요한 정보는 하오문에서 얻었다. 그리고 그 정보를 토대로 계획을 짰고 행동을 했다. 그들도 정파와 마찬가지로 사파의 장단에 놀아나고 있었던 것이다.

"하하하, 모두들 멍한 표정이구려. 하긴 그럴 만도 한 일이지. 양측 모두 정보를 우리에게서 얻어갔는데, 우리가 사파와 손을 잡았을 줄은 꿈에도 몰랐을 테니 말이오. 하하하하.”

조조는 이 순간을 손꼽아 기다려 왔다. 정파와 마도의 수뇌들을 한데 모아놓고 한껏 비웃어줄 순간을 말이다. 자연 그는 지금 10년 묵은 체증이 내려가는 듯한 통쾌함을 맛보고 있었다. 더구나 그를 보고 있는 정과 마의 인물들의 반응이 더욱 그를 즐겁게 하고 있었다. 마치 믿었던 자에게 뒤통수를 맞았다는 표정들, 너무도 통쾌한 순간이었다. 그때 정신을 차린 우문혜미가 빽 소리를 질렀다.

“당신은 본 마도에 소속되어 있으면서 왜 사파의 쓰레기들이랑 손을 잡은 거죠?”

“하하하, 왜냐고 물었소?”

“그래요! 왜죠?”

조조는 억눌러 온 한을 견디기 힘든지 한 번 숨을 크게 들이키며 자신을 진정시켰다. 그리고 나직하지만 싸늘하기 그지없는 음성으로 입을 열었다.

“그전에 먼저 잘나신 마중천자님께 한 가지 물어볼 말이 있소.”

“뭔가?”

마중천자의 음성 역시 나직했고 싸늘했다. 하지만 조조는 개의치 않으며 계속 말을 해 나갔다.

“다른 게 아니라 마도는 과연 우리 하오문을 마도의 한 문파로 생각한 적이 있었냐는 것이오.”

“으음……..”

“잘나신 요희궁주께선 조금 전 본 문이 마도에 소속되어 있다고 했소. 한데 과연 당신들은 본 문을 마도의 한 방파로 인정하고 있었소?”

“……..”

"아닐 것이오. 아니, 아니라고 해야겠지. 당신들은 본 문을 천대해 왔으니까! 단지 본 문에 소속된 사람들이 노비나 창녀, 도둑과 같이 가장 하층 계급의 사람들이라는 이유만으로 말이오. 우리의 정보력은 그렇게 인정하면서, 틈만 나면 우리에게 별의별 더러운 의뢰를 다 해오면서, 우리와 하등 다를 게 없는 추잡한 의뢰를 하면서, 정보를 받아먹을 땐 우리를 위하는 척해주면서, 별의별 아양을 다 떨면서 당신들은 단 한 번도 우리에게 제대로 된 대접을 해준 적이 없었소. 언제나 우리를 쓰레기 취급하며 정보만 받아먹으면 된다는 식이었지. 그러면서 당신들은 우리더러 같은 마도에 소속되어 있다고 말하려는 것이오?"

"으음……."

"후후, 본 문이 마도냐고? 내 대답은 '아니다' 요! 조금이라도 자신들에게 방해될 땐 거침없이 우리를 억압하고, 도움이 필요할 때만 손을 내미는 당신들에게 빌붙어 소속되고 싶은 생각은 추호도 없소이다."

"……."

마중천자는 할 말이 없었다. 조조의 말대로 하오문은 가장 괄시받는 단체였다. 그들의 정보력 때문에 어쩔 수 없이 그들을 수용하고 있을 뿐 평상시엔 그들과 상종하는 것도 꺼려왔던 게 사실이니까. 또한 그들을 배척해 왔던 것도 사실이니까. 조조의 말은 계속되었다.

"후후, 당신들은 본 문의 힘을 우습게 봤소. 아니, 정보의 힘을 우습게 본 것이겠지. 하하, 그래, 그 결과가 어떻소? 본 문을 무시한 대가가, 정보를 무시한 대가가 어떻소이까? 만약 조금이라도 당신들이 본 문을 위해주었다면, 조금이라도 본 문의 말을 귀담아들어 주었다면 이런 극단적인 방법은 쓰지 않았을 것이오. 하나 이미 늦었지. 하하하하."

정말 통쾌했다. 이렇게 통쾌할 수가 없었다. 조조는 그동안 쌓여왔던 한을 오늘 여기에서 다 풀어버리고 있었다.

"그래서… 그래서 사파와 손을 잡은 것인가?"

탄식하듯 묻는 마중천자였다. 이제 와서 후회해 본들 이미 늦은 것이다. 진작에 저들을 조금만 신경 써주었더라면 이런 극단적인 상황은 피할 수가 있었을 것인데… 이미 늦은 것이다.

"그렇소. 그게 우리의 최후의 선택이었소. 그들은 적어도 우릴 자신들과 대등한 관계에 서게 해주었거든. 또한, 본 문의 중요성을 알고 최대한으로 본 문의 일에 협조해 준 데다 내 말을 당신들처럼 흘려 버리지 않고 적극 수용해 주었소. 그들에겐 거대한 무력이 있었고, 우리에겐 중원 제일의 정보력이 있었소. 또한 우리 모두 복수를 원한다는 공통점이 있었지. 그러니 우리가 손을 잡게 된 것은 당연한 일이 아니겠소?"

"으음……."

"흐으……."

칠패천의 수뇌들은 나직하면서도 짙은 신음성을 발했다. 그들 역시 후회하고 있으나 이미 늦었다. 일은 이미 벌어졌고 수습은 불가능해져 버렸으니까. 그때, 화중문은 기가 차다는 듯이 입을 열었다.

"헛허, 그러니까 제대로 된 대접을 받지 못했기 때문에 사파와 손을 잡았다는 것인가?"

"우습소?"

조조의 싸늘한 물음에 화중문은 다시 너털웃음을 터뜨리며 말했다.

"허허, 그렇지 않으면? 마도에 원한이 있으면 마도에만 복수를 하면 될 것이지, 애꿎은 우리까지 걸고넘어져 일을 이 지경으로 만들어놓았는데 그럼 우습지 않단 말인가?"

"내가 사파와 손을 잡았다는 사실을 잊은 것 같군."

"물론 그 사실을 알고 있소. 하지만 한 가지 이해가 되지 않는 것이 있어서 말이오."

"그건 뭐요?"

"다른 게 아니라 당신은 우리 정도보다 마도에 더 원한이 있는 것 같은데 피해는 우리가 훨씬 더 크게 입은 것 같아서 말이오."

화중문의 생각으로 하오문의 공작으로 잃은 마도의 고수는 흑죽림의 4백 5십과 이곳의 5백여 명, 합쳐 봤자 1천이 채 안 되는 인원인 것으로 알고 있었다. 그것도 흑죽림에서 죽은 4백 5십의 무사들은 대막의 무사들이었으니 마도에서 잃은 인원은 화중문의 생각보다 훨씬 적은 5백여 명밖에 되지 않는 실정이었다. 그에 비해 정파에서는 장진인과 1백 40명이 죽었고, 흑죽림에서 5백 명이 죽었다. 또한 여기에서 1천 5백여 명이 희생되어 하오문의 공작으로 잃은 총인원은 무려 2천 1백 40명가량이나 되었다. 또한 아직 알려지진 않았지만 아미파의 3천이나 되는 거의 모든 인원들이 환상도수단(幻像刀手團)에 의해 살해되었기에 정파에서 잃은 총인원은 5천이 넘는 어마어마한 것이었다. 물론 화중문은, 아니, 여기 있는 모든 이들은 위문을 제외하고 아미파가 어떻게 되었는지 아무도 모른다. 하지만 아미파의 인원을 제외하더라도 2천이 넘는 고수들이 하오문의 공작으로 희생되었으니 화중문이 이런 소릴 하는 것은 당연한 일일지도 몰랐다. 조조는 무슨 소리냐는 듯 귀를 기울였다가 이내 우습다는 듯 대소를 터뜨리며 입을 열었다.

"하하하, 그거야 우리도 어쩔 수 없는 절대적인 고수가 마도에 몸담고 있으니 당연한 것 아니겠소?"

　말을 하는 그의 눈은 마도의 가장 후미에 서서 차분한 눈으로 자신을 보고 있는 위문에게 꽂혀졌다. 그의 시선에 따라 모두의 시선이 위문에게로 쏠려졌지만, 위문은 자신관 상관없다는 듯 여전히 무표정한 눈으로 조조를 볼 따름이었다. 그런 위문은 지금 움직일 형편이 되지 못했다. 장시간 검강을 전개해 몸이 피곤했고 몸 군데군데 자잘한 상처를 입어 운신이 불가능했던 것이다. 하지만 조조가 나타난 순간부터 지금까지 계속해서 운기를 하고 있었기에 지금은 어느 정도 힘을 회복한 상태였다. 상처도 운기를 통해 거의 다 아물게 했고, 고갈된 내공도 어느 정도 보충한 상태였다. 하나 아직 원상태로 돌아가지는 못했기에 지금은 그저 꼼짝하지 않고 서서 운기를 하는 데만 정신을 쏟고 있었다. 조만간 힘겨운 싸움을 한 번 더 해야 할 것 같으니까 미리미리 대비를 하려는 것이다. 그때, 화중문은 그래도 모르겠다는 듯 조조에게 다시 물었다.

　"그가 있다고 해도 너무 피해의 차이가 크다는 생각은 들지 않소?"

　"으음, 그럴지도 모르지. 하지만 우리에겐 한 가지 이유가 더 있다오."

　"그게 뭐요?"

　"그건… 나보단 다른 사람이 말하는 게 좋을 듯하군."

　조조는 몸을 뒤로 돌려 손을 흔들었다. 그러자 저 멀리서 10여 명의 사람들이 나타나더니 천천히 조조에게로 다가왔다. 그들 역시 다른 사파의 무사들과 마찬가지로 흑의를 입고 얼굴을 복면으로 가리고 있었다. 조조는 그중 한 사내에게 고개를 숙여 보였고 그 사내도 조조에게 고개를 숙여 보였다. 그것으로 보아 그 사내는 조조와 대등한 위치에 있는 것 같았다. 그때, 종리화는 무슨 생각이 들었는지 버럭 비명을 내질렀다.

"서! 서, 서, 서, 서, 서, 설마! 설마!"

그러면서 그녀는 새로 나타난 10여 명을 두 눈을 부릅뜨고 쳐다보았다.

"왜, 왜 그러느냐?"

화중문이 그녀가 갑자기 비명을 지르자 놀라 그녀에게 물었다. 하지만 종리화는 그의 말을 못 들은 듯 멍하니 새로 나타난 사람들을 쳐다보며 기도하듯 중얼거렸다.

"아니기를… 제발 아니기를… 제발……."

그녀는 저들의 정체를 대강이나마 짐작하고 있는 듯했다. 또한, 자신의 생각이 틀렸기를 간절히 바라고 있는 듯했다.

"화아야! 화아야! 도대체 왜 그러느냐?"

종리세가의 가주인 종리일도는 종리화의 어깨를 거칠게 흔들며 소리쳤다. 그에 종리화는 반사적으로 그녀의 아버지를 바라보며 무서운 듯이 조그마한 목소리로 중얼거렸다.

"크, 큰일이에요… 만약, 만약 저들이 제가 생각하는 사람들이라면… 우린, 정파는, 살아남기 힘들 거예요……."

"그들이 도대체 누구이기에?"

"그, 그들은……."

그녀가 막 입을 열려는 순간 그보다 한발 먼저 조조의 입이 열렸다.

"하하, 그 영광을 내게 주지 않겠소?"

자신이 소개하고 싶다는 것이었다. 그러면서 그는 자신의 옆에 서 있는 사람들에게 눈짓을 해 보였다. 그러자 10여 명은 동시에 천천히 얼굴을 가리고 있던 복면을 벗었다. 그들이 복면을 벗음과 동시에 조조는 10여 명을 두 손으로 가리키며 자랑스럽게 큰 소리로 외쳤다.

"자, 개방의 방주님과 아홉 장로님들을 소개합니다!"

…….

하늘이 노래진다는 게 바로 이런 기분일 것이다. 정파의 수뇌들은 멍한 눈으로 입을 벌린 채 얼굴을 드러낸 열 명의 사람들을 바라보았다. 얼마나 놀랐는지 순간적으로 현기증이 일어 휘청거린 수뇌들도 몇몇 있었다.

"어, 어떻게… 당신들이 이곳에……?"

도저히 믿지 못하겠다는 화중문의 신음이었다. 그에 개방의 방주 개왕(丐王) 정만해(丁萬海)는 씁쓸한 미소를 머금으며 유감을 표했다.

"이런 식으로 만나게 되어 유감이오……."

자신이 개방의 방주임을 시인하는 순간이었다. 그러자 '그가 정말 개방의 방주일까?' 하며 긴가민가하고 있던 몇몇의 수뇌들은 어지러운 듯 휘청거리다 이내 무서운 눈으로 정만해를 쏘아보기 시작했다. 마치 잡아먹기라도 할 것처럼 말이다. 그리고 그것은 나머지 수뇌들도 마찬가지였다. 그때 조조의 입이 열렸다.

"하하, 서로 할 이야기들이 많을 것이니 내 시간을 좀 할애해 드리리다. 그러니 궁금한 점이 있다면 물어보시구려."

하며 그는 한 발짝 뒤로 물러섰고 대신 정만해를 자신의 앞으로 오게 했다. 정만해가 조조의 앞에 서게 되자 화중문은 재빨리 으르렁거리듯 입을 열었다.

"어떻게 된 일이오?"

그를 비롯한 수뇌들의 무서운 눈빛을 받으며 정만해는 다시 한 번 한숨을 내쉬었다. 그리곤 말했다.

"후우우… 보시는 대로요. 더 이상 할 말이 없구려……."

"도대체!"

화중문이 버럭 소리를 내지를 때 종리화가 다시 한 번 고함을 내질렀다.

"그랬던 거였어! 그래! 그랬던 거였어!"

그녀의 목소리는 꽤 컸기에 모두가 들을 수 있었다. 자연 모두의 시선은 그녀에게 쏠려졌고 그녀는 가증스럽다는 듯 정만해를 쏘아보며 거칠게 내뱉었다.

"어떻게 저 많은 인원들이 우리의 정보망에 걸려들지 않고 여기까지 왔는지! 또한 그동안 왜 사파의 움직임이 전혀 포착되지 않았는지! 왜 저들이 이렇게 음모를 꾸밀 동안 우린 전혀 모르고 있었는지 이젠 알 겠어요! 정말! 정말! 가증스럽군요, 정 방주님!"

그녀는 분이 넘치는지 채 말을 잇지 못하고 정만해를 더욱 무섭게 씹어 먹기라도 할 것처럼 노려보았다. 그리곤 자세한 설명을 바라는 수뇌들을 위해 천천히 말을 해 나갔다.

"우린 사파의 준동을 개방에 맡겨왔어요! 개방에! 다른 곳도 아닌 개방에 사파의 준동을 감시하게 해왔던 거죠. 저들이 사파와 손을 잡았는지도 모르고서 말이에요! 그러니 사파의 움직임을 우리가 알 리가 없었죠. 저들이 은폐했으니까! 저들은 그들의 준동을 누구보다 잘 알고 있었으면서 우리에겐 한마디도 언급하지 않았으니까요! 오늘 저 수많은 인원들이 우리의 이목을 피해 여기까지 온 것도 다 개방의 작품이겠죠. 저들이 사파의 움직임에 관한 정보를 차단했으니까요! 정말,

정말……."

그녀는 숨이 가쁜지 말끝을 흐리며 두 손으로 가슴을 움켜쥐었다. 너무 큰 충격에, 너무 큰 분노에 심장이 터져 버릴 것만 같은 그녀였다. 정만해를 보는 수뇌들의 눈빛이 더욱 싸늘해졌다. 화중문은 나직한 어투로 정만해에게 물었다.

"그게 사실이오?"

정만해의 대답 여부에 따라 수뇌들의 배신감은 한층 커질 수도, 작아질 수도 있었다. 하지만 답은 이미 나와 있는 거나 마찬가지였다. 화중문도 그걸 알고는 있었지만 도저히 믿을 수가 없었기에 정만해 본인의 입을 통해서 확인하고 싶었다. 수뇌들은 정만해의 대답에 한 가닥 희망을 걸어보았지만 정만해는 역시나 수뇌들의 기대를 저버렸다. 그는 말을 하지는 않았다. 다만 고개를 한 번 끄덕였을 뿐이다. 하나 그건 더없는 긍정의 표시였고, 그로 인해 수뇌들은 다시 한 번 큰 충격에 빠져들었다.

개방 세력의 절반이 사파의 준동을 감시하고 있다. 그들의 정보망은 정파 최고의 것이기에 그들의 눈에도 띄지 않으면 다른 이들의 눈에도 띄지 않을 거란 생각에 다른 정보 세력들은 사파의 준동을 감시하지 않았다. 오로지 사파의 준동은 개방만의 몫이었던 것이다. 그게 이런 결과를 가져올 줄은… 이렇게 무서운 결과를 가져올 줄은…….

이제야 이 사실을 땅을 치고 후회해 보는 수뇌들이었지만 이미 늦었다. 일은 벌어지고 말았으니까.

"허허허… 기가 차는군. 개방에게 뒤통수를 맞을 줄이야……."

믿었던 친구의 배반을 보기라도 한 듯 화중문은 증오와 분노가 뒤섞인 눈으로 정만해를 보며 허탈한 어투로 내뱉었다. 그때 종리화가 정만해에게 재빨리 물었다.

"대체 그 이유가 뭔가요? 도저히 이해할 수가 없어요."

"이유라……."

정만해는 탄식하듯 말하며 허공을 한번 올려다보았다. 그의 눈엔 짙은 한이 서려 있었다. 그리고 그는 서서히 분노를 느끼기 시작했다.

"그래요, 대체 우릴 배반한 이유가 뭔가요? 우린 마도가 하오문에게 했듯이 개방을 배척한 적은 없어요. 또한, 개방의 분노를 산 적도 없는 것으로 알고 있어요. 대체 왜죠? 대체 왜 사파와 손을 잡은 거죠?"

"…알고 싶소?"

"흥! 그걸 말이라고 하시는 건가요? 대체 왜 우리를 배반했냐구요! 왜 이렇게 처절하게, 이토록 잔인하게 우리를 배반한 거예요! 돈인가요? 아니면 중원의 땅을 얼마만큼 나눠 받기로 했나요?"

거침없는 말들이 터져 나왔다. 하지만 정만해는 화를 내지 않았다. 다만 짙은 한이 서려 있는 한숨을 한 번 쉬었을 뿐이다.

"후아아……."

그리곤 천천히 정파의 수뇌들을 한 번씩 바라보며 나직하게 입을 열었다.

"그랬지… 당신들은 우릴 배척하지도, 우릴 공격하지도 않았소."

"한데 대체 왜 사파와 손을 잡은 거예요?!"

다시 터지는 종리화의 고함. 하지만 정만해는 그 소리를 못 들은 듯 여전히 나직한 어투로 말했다.

"하지만… 우릴 무시한 것 또한 부인할 수 없는 사실이오."

"무시라뇨? 우리가 언제……."

종리화가 뭐라 반박을 하려 했지만 정만해의 말이 그보다 한발 앞섰기에 그녀의 말은 끊어지고 말았다.

"한 가지 질문을 던지고 싶군. 우린, 개방은, 대체 뭐요?"

"……."

"하오문과 마찬가지로 우리들은 정보력만 필요한 존재인 거요? 아니면 우리 역시 중원의, 전통 깊은 정파의 한 세력인 거요?"

"그걸 몰라서 묻는 거요?"

말은 한 것은 화중문이었다. 그에 정만해는 화중문을 보며 말했다.

"그렇소… 난 정말 모르겠소."

"당신들은 우리 정파의 한 세력이오. 그건 누구도 부인하지 못할 사실이오."

하지만 정만해는 화중문의 대답에 가벼운 코웃음을 치며 말했다.

"훗, 그렇소? 그럼 한 가지 더 묻겠소. 정파의 세력이라는 우리 개방이, 3백 년 전, 그 어떤 방파보다 더 열심히, 그리고, 더없이 수많은 피를 흘려가며 사파와 싸운 우리 개방이, 분쟁이 생길 때마다, 도움이 필요할 때마다, 성심성의껏 도운 우리 개방이, 중원 전역에 퍼져 있는 방도들을 합치면, 1백만이 넘는 대인원을 가진 우리 개방이, 왜 이번 비무대회에 찬밥 신세인지 아시오?"

"그, 그건……."

"왜 개방도라는 이유만으로, 이번 비무대회에 참가할 자격조차 주어지지 않았는지 아시오? 다른 이들은 모두 천, 지, 인관에 도전할 자격을 주었으면서, 왜 우리 개방도만은 자격도 주지 않고 내쫓았는지 아시오? 3백 년 전, 오대세가만큼이나, 아니, 그보다 더 많은 피를 흘려가며 싸운 우리에게, 지관에 무사를 진출시킬 자격을 주지는 못할망정, 관문에 도전할 자격마저 주지 않은 이유를 아시오?"

“우, 우린 전혀…….”

황급히 부인할 말을 찾는 화중문이었지만 정만해는 다시 코웃음을 치며 특유의 툭툭 끊는 어투로 말했다.

“훗, 모르고 있었다고? 우릴 우습게 보는 거요? 우리의 정보망이 어떤지 잘 알 텐데? 어디 한번 볼까? 한 장로.”

그의 호명에 아홉 장로 중 한 명인 한치광(寒治光) 장로는 급히 품속을 뒤져 한 장의 쪽지를 꺼내 정만해에게 건넸다. 정만해는 그 쪽지를 펼치더니 곧 그 쪽지에 적힌 내용을 읽어 내려가기 시작했다.

“‘지급, 관문 앞을 지키는 무사들에게 알린다. 거지 차림의 사람, 특히 허리에 매듭을 몇 개씩 달고 있는 거지 차림의 사람들은 무조건 들여보내지 말도록! 그들이 이유를 묻거든 악취로 인한 타인의 정신적 고통을 들도록. 이상!’ …어떻게 생각하시오?”

쪽지를 접어 화중문에게 날리자 그는 재빨리 쪽지를 받아 읽어보았다. 그리곤 뭐 씹은 듯한 얼굴로 신음을 흘렸다.

“으음…….”

“또한, 그 쪽지엔 적혀 있지 않지만, 한 가지 이유가 더 있음을 아오. 내가 말해 볼까? 아마 이것이겠지. ‘그들의 몰골은 미관상 좋지 않다’. 맞소?”

“…….”

“우릴 배척하지 않았다고? 물론 그럴지도 모르지. 하지만, 배척보다 더 무서운 건, 바로 ‘무시’요. 하오문은 그래도 대놓고 멸시를 받았지. 그러니 자신들이 멸시를 받고 있다는 것을, 잘 알고 있었을 테고. 하지만 우린 어떻소? 당신들은 우리 모르게, 우릴 무시하고 있었소. 그 쪽지처럼 말이오. 마도처럼 대놓고, ‘우린 너희와 상종하기 싫다’가 아니라, 은연중, 앞으로는 우리와 친근한 척하며, 뒤로는 우리를 무시하고 있었던 거요. 부인하시겠소?”

“……”

“이번 일만 해도 그렇소. 만약 당신들이, 우리에게 단 한 마디의 조언이라도 구했다면, 난 그 즉시 마음을 돌렸을 거요. 그래도 내겐, 아직 정파에 대한 미련이 남아 있었으니까. 만약 그랬다면, 이 교환 작전의 음모를 알리고, 당신들의 편에 섰을지도 모르오. 빈말이라도 한번 물어봐 주었다면 말이오. 하지만 당신들은 그렇게 하지 않았지. 이런 싸움엔, 정보의 힘이 중요하단 걸 잘 알면서, 우리에겐 도움을 청하지 않았던 거요. 그럴 뿐 아니라 완전히 우릴 무시했지. 완전히!”

“……”

잠시 침묵이 흘렀다. 정만해의 말은 모두 사실이었기에 그의 말에 반박할 만한 말을 수뇌들은 찾을 수가 없었다. 하지만 침묵은 오래가지 않았다.

“그래서… 사파와 손을 잡은 것이오?”

탄식하는 화중문이었다. 정만해는 힘주어 고개를 끄덕였다.

“그렇소. 앞서 조 문주께서 언급했듯이 그들은 기대 이상으로 우리에게 적절한 대우를 해주었소. 또한, 우리의 능력을 최대한으로 발휘하게 해주었소.”

자신의 설명이 부족하다 여겼는지 정만해는 한번 숨을 골랐다가 계속 말을 해 나갔다.

“이만한 정보력을 가지고 있으면서도 우린 그동안 쓰레기 같은 자질구레한 일들만을 해왔었소. 우리의 능력을 최대한으로 발휘할 기회조차 주어지지 않았기에 우린 그저 그런 일들만을 해왔었지. 그런 우리에게 중원 정복이란 야망이 찾아들었소. 중원 정복! 천하제패! 천하일통! 우리의 힘을 빌리겠다고 한 것이 사파란 것을 알고 고심했지만 그 시간은 짧았소. 그동안의 박대를 갚아줄 수 있게 되었으니까. 또한, 드디어 우리의 힘을 최대한으로 발휘할 기회를 찾은 것이었으니까! 중원 정복이란 원대한 야망에 우리의 능력을 시험할 기회가 주어졌으니까. …날 욕해도 좋소. 하지만… 나도 한 번쯤은 원없이 능력을 발휘해 보고 싶었소. 내 모든 걸 쏟아 부을 만한 일을 해보고 싶었소. 내가 살아 있다는 걸 느낄 만한, 그런 일을 말이오.”

“그 상대가 사파라 해도?”

종리화의 날카로운 말에 정만해는 그녀를 한 번 보았다가 이내 힘차게 고개를 끄덕였다.

“그렇소. 설령 악마였다고 해도 난, 내게 다가온 기회를 놓치지 않았을 것이오.”

“그렇군요. 그럼 마지막으로 한 가지만 더 물어봐도 되나요?”

“뭐요?”

종리화의 눈이 순간적으로 싸늘하게 빛났다. 그녀는 차갑게 정만해를 쏘아보며 말했다.

“개방은 사파의 것인가요? 아니면, 개방도들의 것인가요?”

“그건 왜 묻소?”

종리화의 눈이 더욱 싸늘하게 빛났다.

“당신들이 모두 죽는다면 개방은 사파의 것이 되는지, 아니면 개방의 다른 인물의 것이 되는지 궁금해서요!”

너희들만 모두 죽으면 개방은 원래대로 정파의 품으로 돌아가는 것이냐는 뜻이 담긴 물음이었다. 산전수전 다 겪은 정만해가 그 속뜻을 모를 리 없었다. 그는 잠시 생각하다 그래도 미운 정이 남아 있었기에 솔직히 말해 주기로 했다.

"…그럴 것이오. 가능성은 다분히 희박하지만 만약 오늘 당신들이 살아남게 된다면, 그리고 나와 아홉 장로가 모두 죽게 된다면, 개방은 원래대로 돌아갈 것이오."

"흥, 그렇군요."

그때, 가만히 뒤에서 그들의 대화를 듣고 있던 조조가 끼어들며 말했다.

"하하하, 희박한 게 아니라 거의 불가능한 일이지. 저따위 2백의 부상병들로 어떻게 2천 5백이 넘는 우리의 대군을 상대할 수 있단 말이오?"

하지만 그의 웃음은 곧 끊어졌다. 마중천자의 싸늘한 음성이 그의 귓가에 꽂혔기 때문이었다.

"나도 한 가지 묻고 싶군. 자네만 죽으면 하오문은 원래대로 돌아가나?"

흠칫!

조조는 약간 놀란 듯 표정을 굳혔다가 이내 같잖다는 듯 웃으며 광소를 터뜨렸다.

"하하하하! 어차피 죽을 목숨들이니 가르쳐 주도록 하지. '머리는 하나다' 란 말을 알고 있소?"

"…으음, 그렇군."

정파인들은 무슨 소린지 모르겠지만 마도인들은 조조의 말뜻을 알 수 있었다. 마도는 칠패천같이 전통있는 몇몇의 방파를 제외하고선 대부분 뛰어난 실력을 지닌 한 명의 마인을 구심점으로 조직이 만들어진

다. 또한, 그 한 명이 모든 것을 결정하고 모든 것을 실행한다. 이렇게 되면 강한 주종 관계가 형성되기에 그들은 하나로 똘똘 뭉칠 가능성이 높다. 하지만 그들의 구심점인 우두머리가 죽게 된다면, 그 조직은 어이없이 무너지게 되는 것 또한 사실이다. 그들은 구심점을 잃었으므로. 조조는 이 비유를 들어 '머리는 하나다' 란 말을 한 것이었다. 머리는 하나다. 그러니 그 머리를 제거하면 된다. 조조만 죽으면 하오문은 원래대로 돌아갈 것이다. 조조는 저들이 오늘 이 자리를 벗어날 수 없다고 굳게 믿고 있었으므로 거리낌없이 사실대로 말했다. 그것이 어떤 여파를 가져오는지 생각지도 못하고서.

"하하, 그럼 궁금증도 다 풀렸을 테니 슬슬 시작하는 것이 좋겠군."

조조는 만족스럽게 웃으며 오른손을 힘차게 들어 올렸다. 그러자 멀리서 포위하고 있던 2천 5백여의 무사들이 차츰 포위망을 좁히며 다가오기 시작했다. 저마다 사이한 기운을 내뿜으며.

"이런 빌어먹을!"

2천 5백여의 무사들이 바로 코앞까지 다가왔을 때 그들을 유심히 살펴보던 수라회주 유철휘가 거친 욕설을 터뜨렸다. 그리고선 절망적인 어투로 중얼거렸다.

"두 세력이 손을 잡았다니……."

소리없이 다가오고 있는 2천의 무사, 그들은 한눈에 보기에도 고도의 자객 수업을 받은 자들임을 알 수가 있었다. 본능적인 야수의 눈빛, 길고 가는 손가락, 숨소리조차 들리지 않는 움직임 등등이 그것을 뒷받침해 주고 있었다. 그리고 5백 5십의 악취를 풍기며 걸어오고 있는 괴인들, 그들은 흡사 시체가 살아 움직이는 듯한 느낌이 들게 만들고 있었다. 눈은 죽어 있었고 팔다리는 앙상한 데다, 시체 썩는 듯한 악취와 기계적이면서 흐느적거리는 움직임을 보여주고 있었기에.

전자, 사이한 기운을 풍기며 고도의 자객 수업을 받은 수천의 무사들을 거느리고 있는 거대 집단은 세상에 오직 단 한 곳밖에 없었다. 환사문. 어둠의 자객인 환상살수들을 거느리고 있는 곳. 아마도 저 2천의 무사들은 환사문의 얼굴이라 할 수 있는 환상살수들일 것이다.

그리고 후자, 시체들을 움직이게 할 수 있는 곳은, 그 시체들을 마음대로 조종할 수 있는 곳은 세상에 오직 단 한 곳밖에 없었다. 저주의 이름, 고루혈교. 시체를 이용해 만들어진 괴물 고루강시, 그리고 그들을 조종하는 괴물 활강시. 활강시 하나가 조종할 수 있는 고루강시는 10구 안팎이니, 저 5백 5십의 괴인들은 활강시 5십과 고루강시 5백일 것이다.

두 세력 중 어느 한곳만 나와도 세상은 피로 물들었었다. 또한, 정과 마가 서로 힘을 합쳐야만 상대할 수 있었을 정도로 그들은 지독스럽게 강했었다. 그런 두 세력이 오늘, 이 자리에 모습을 드러내었다. 그것도 서로 힘을 합한 상태로 말이다. 점점 좁혀져 오고 있는 포위망을 보는 중인들은 절망스러운 느낌을 받았다. 그들을 포위하고 있는 무사들은 어중이떠중이들이 아닌 그들이 귀에 못이 박히게 들어왔던 잔인하고 사악한 사파의 최정예 고수들이다. 또한, 어느 한곳만으로도 천하를 피로 물들일 능력이 있는 두 세력이 서로 손을 잡았다. 더구나 저들은 모두 2천 5백이 넘는 대인원이다. 그에 비해 우리들은 정과 마가 합친다 해도 채 2백이 되지 않는다. 절망하는 것이 당연한 일일지도 몰랐다.

'하지만…….'

누굴까? 어느 한 무사의 고개가 스르르 움직였다. 그리고 그 옆에 있던 무사의 고개도 스르르 움직였다.

　'하지만.'

　하나둘씩 무사들의 고개가 어느 한 방향으로 움직이기 시작했다. 정파의 무사들이, 그리고 마도의 무사들이 마치 약속이나 한 듯이 한 가닥 기대의 눈빛을 가지고 어느 한 방향을 바라보기 시작했다.

　'하지만 우리에겐!'

　정파의 수뇌들의 고개 역시 스르르 움직였다. 그들의 눈엔 '어쩌면? 어쩌면?' 이란 기대가 담겨 있었다. 그리고 마도의 수뇌들 역시 어느 한 방향을 바라보았다.

　'하지만 우리에겐 저 절대적인 존재가 있다!'

　모두의 시선이 자신에게 꽂혀짐을 느끼며 위문은 천천히 숨을 내쉬었다.

　'이제 완전히 회복되었다. 지금이라면 모든 힘을 발휘할 수 있을 것이다. 저들, 저들이 내게서 아청을 빼앗아갔다. 사파라고? 날 이용했단 말이지? 내게서 아청을 빼앗아가고, 아설을 떠나보내게 만들었다 이거지? 정과 마 사이를 이간질하기 위해 내 소중한 사랑을 빼앗아갔다 이거지! 으드드득! 죽여주마! 반드시!! 네놈들의 씨 하나 남기지 않고 완. 전.히. 몰살시켜 주마!! 내가 받은 이 고통을 천 배 만 배로 갚아서 되돌려주겠다!!'

　휘유우웅~

　위이이잉~

　위문이 서 있는 자리를 중심으로 거대한 기류가 사방으로 퍼져 나갔다. 또한, 그의 손에 들린 평범한 장검이 싸늘한 청명음을 내며 울기 시작했다. 바야흐로 위문의 분노가 표면화되고 있는 것이다. 그가 이런 모습을 보인 것은 정과 마의 모든 이들이 그를 보기 시작한 바로 직후의 일이었다. 그의 소름 끼치리만치 거대한 기운에 조금 전까지만 해도 그의 손에 죽을지 몰라 두려워했던 정과의 무사들은 한 가닥 희망이 생기는 것을 느꼈다.

'저 사내의 무위라면, 그 절대적인 무위라면 어쩌면 살아남을 수 있을지도 모른다.'

그것은 정과의 수뇌들 또한 마찬가지여서 그들도 기대에 찬 눈으로 위문을 보고 있었다. 종리화는 그녀의 눈앞에 마치 천신의 모습인 양 서 있는 위문을 보며 한 문장으로 그를 표현해 보았다.

'적일 때는 최악의 존재, 반면 우방일 때는 더없이 든든한 존재.'

이 말만큼 위문을 적절히 표현할 수 있는 말은 없을 것이다. 지금 위문은 살아남아 있는 정과 마 모두의 유일한 희망이 되어 있었으니까. 하지만 그런 그들의 생각을 알았음일까? 조조는 싸늘히 웃으며 입을 열었다.

"후후, 우릴 너무 얕잡아보는 것은 아닌가?"

그의 말에 대답하는 이는 없었다. 다만 모두의 시선이 그에게로 돌려졌을 뿐이다. 약간 불안해하는 눈빛들이. 조조는 그들의 불안을 현실화시켜 주기 위해 재차 입을 열었다.

"우리는 그를 제어할 확실한 수단을 가지고 있거든."

흠칫!

조조의 말에 마중천자는 반사적으로 사군악을 돌아보며 말했다.

"예청! 예청은?!"

사군악은 예청을 데리고 있지 않았다. 싸움을 말려야 한다는 생각에 예청을 한쪽 구석에 내버려 두고 이곳으로 돌아온 것이었으니까. 더구나 그녀는 가짜이기에 그렇게 소중한 존재는 아니란 생각에 그녀의 생사를 그다지 신경 쓰지 않은 사군악이었다. 하지만 그 외에 다른 마도의 사람들은 그녀가 가짜란 사실을 모른다. 그러니 마중천자가 저리 열을 내는 것이겠지만. 사군악은 한 손을 들어 마중천자의 흥분을 가라앉히며 말했다.

"진정하십시오. 저들이 데리고 온 청아는……."

하지만 그의 말은 채 이어지지 않았다. 조조가 한발 먼저 웃음을 터뜨렸기 때문이었다.

"하하, 저 여인을 말하는 것인가?"

그의 손이 가리키는 곳에는 한 여인이 두 사내의 부축을 받으며 서 있었다. 바로 예청이었다. 그녀가 붙잡혀 있는 것을 보자 마중천자는 사군악을 노려보며 고함을 질렀다.

"사 문주! 대체 어떻게 된 일이오? 저 아이를 그대가 보호하기로 하지 않았소?"

다시 한 번 사군악은 화를 내는 마중천자를 진정시키며 재빨리 말했다.

"진정하십시오. 가짜입니다."

"가짜?"

"예. 애초부터 정파는 청아를 데리고 있지 않았습니다. 아마 진짜 청아는 사파에서 데리고 있겠지요."

사군악의 말에 마중천자는 반사적으로 화중문을 바라보았다. 그러자 화중문은 역시 반사적으로 마중천자의 눈길을 피했고, 그것으로 마중천자는 예청이 가짜임을 알 수 있었다.

"후우우……."

땅이 꺼질 듯한 한숨 소리가 터져 나왔다. 정파와 마도의 지낭이라 할 수 있는 종리화와 우문혜미가 동시에 한숨을 내쉰 것이다.

'그는 예청의 목숨을 그 무엇보다 소중하게 여긴다. 한데 사파에서 그녀를 데리고 있다니… 이제 우리에게 희망은 없는 것인가……'

그녀들은 이런 생각을 하며 다시 한 번 땅이 꺼져라 한숨을 내쉬었다. 조조는 웃으며 고개를 끄덕였다.

"하하, 잘 알고 있구려. 진짜는 우리가 데리고 있지."

하며 그는 예청을 잡고 있는 수하에게 눈짓을 해 보였다. 그러자 조조의 지시를 받은 수하는 예청의 얼굴을 그 큼지막한 손으로 움켜쥐고는 얼굴 가죽을 벗겨내려는 듯 거칠게 잡아당겼다.

쭈악.

가죽이 벗겨지며 예청의 미모보단 못하지만 꽤 아름다운 한 여인의 얼굴이 드러났다. 바로 청성파의 제자이자 천상칠화 중 하나인 적화 조미였다.

"아하하하하하! 이제야 아시겠소? 그대들이 이곳을 빠져나갈 방법은 전무하다는 사실을 말이오. 아하하하하!"

조조는 미친 듯이 웃어 젖혔다. 정말이지, 오늘은 그의 생애 최고의 날이었다.

"진짜 예청은 어디에 있나?"

마중천자의 싸늘한 물음에 조조는 웃음을 그치며 유들유들한 어투로 대답했다.

"그 아리따운 여인은 지금 우리의 품에서 잘 보호받고 있소. 아시겠소?"

위문더러 들으라는 듯 조조는 위문을 보며 말했다.

하지만 위문은……

조조의 말을 듣지 못하는 것 같았다.

"크르르르르……."

위문의 얼굴이 점차 일그러져 가기 시작했다.

제29장

교환 작전 Ⅳ

"준비됐냐?"

"그, 그래. 하지만… 과연 성공할 수 있을까?"

"해내야 돼! 무슨 일이 있어도 반드시!"

마의는 굳은 결심을 불태우며 대침을 들고 있는 오른손에 다시 한 번 힘을 꽉 주었다. 하지만 신의는 영 불안한 모양이다. 그는 다시 한 번 확인하기 위해 물었다.

"정말 저 아이가 천살성이 맞지?"

"그렇다니까! 네 눈엔 저 붉은 눈썹이 안 보이냐?"

"하지만 자네 말에 따르면 저 아이는 천무성이라며?"

"몰라! 저 녀석은 천무성과 천살성을 동시에 타고났나 보지! 지금 그게 중요하냐?!"

그의 말대로 지금은 한시가 급한 상황이었다. 저 아이는 미치기 일보 직전인 것 같았으니까. 하지만 신의의 물음은 계속되었다.

"정말 성공할 수 있을까?"

"이 녀석이!"

"너무 무모한 것 같은데… 대침 하나 달랑 들고 달려가자니…….'

"아무래도 상관없어! 반드시 저 아이의 머리, 정수리에 이 침을 꽂아야 해! 반드시!"

"하지만……."

"또 뭐야?!"

속이 부글부글 끓어오르는 마의였다. 하지만 신의는 그걸 모르는 듯 미심쩍은 어투로 말했다.

"하지만 과연 저 아이가 진정할까?"

"내 선조의 지식을 물로 보는 거냐?"

"그렇다는 것은 아니지만, 영~ 내키지가 않는데……."

"그럼 네놈에겐 다른 방법이 있냐?"

"……."

당연히 할 말이 있을 리가 없다. 그에 마의는 슬슬 움직일 준비를 하며 마지막으로 말했다.

"그러니까 닥치고 어서 움직이잔 말이다! 저 녀석이 완전히 각성하기 전에!"

"휴우… 완전히 죽으러 가는 길이군."

신의는 투덜거리며 움직일 준비를 했다. 그리고 둘은 동시에 몸을 일으켜 앞으로 달려나갔다.

'가, 가짜… 가짜… 가짜…….'

내 사랑이, 드디어 찾았다고 생각했던 내 사랑이, 가짜란다. 그녀가 아니라 다른 누군가가 그녀의 얼굴을 뒤집어쓰고 있었단다. 진짜 그녀는 아직도 저들의 손에 잡혀 있단다. 수많은 사람들을 죽였건만 정작 그녀를 빼앗아간 자들은 아무도 죽이지 못했다. 오히려 그들의 손에 놀아나고 말았다. 그녀를 빼앗기고, 그것도 모자라 자신은 그들의 손에 놀아나고 말았다.

희열과 동시에 찾아온 절망.

'지금까지 난 무얼 하고 있었나?'

엄습해 드는 자책감.

그리고… 그 속에서 피어나는 미증유의 분노!

'죽여 버리겠다! 모조리! 모조리 다 죽여 버리겠다!!'

우우우우우웅~

대지가 울리기 시작했다. 땅이 진동하고, 공기가 무서울 정도로 압박되어 갔다. 착각일까? 위문의 두 손끝이 핏빛으로 물들어가는 듯했다. 아니, 착각이 아니었다. 손끝에서부터 서서히 위문의 손은 짙은 핏빛으로 물들어가고 있었다. 그리고 그 핏빛은 점점 위문의 전신을 뒤덮기 시작했다.

"과, 광혈마기(狂血魔氣)? 아, 안 돼! 안 돼! 거, 거기 소림의 방장! 어서! 어서 항마음(降魔音)을 외쳐라! 어서!"

그 무엇으로도 파괴할 수 없는 최강의 호신강기, 5백 년 전 광마가 숱한 공격을 받았음에도 상처 하나 없을 수 있었던 이유가 바로 이 '광혈마기' 때문이었다. 또한 광혈마기는 천살의 마성에 빠지는 이에게만 나타나는 것이었기에, 마중천자는 위문이 광마로 변해간다는 것을 알아차리고는 절규하듯 외쳤다.

'어서 막아야 한다! 어서!'

천살의 마성이 깨어나는 것은 반드시 막아야 했다. 그러자 마도의 수뇌들 역시 위문의 변화를 알아보았고, 그들도 소림의 방장인 혜불 성승을 보며 외쳤다.

"어서 항마음을 외쳐! 어서! 안 그럼 우린 다 죽게 된단 말이다!"

그들이 그렇게 외쳤건만 혜불 성승은 무슨 일인지 몰라 어리둥절해하며 고개를 갸웃거리기만 할 뿐, 항마음을 외칠 생각은 하지 않고 있었다.

"빌어먹을! 어서 항마음을 외치란 말이다!"

다시 한 번 악을 지르는 마도의 수뇌들이었지만 어찌 된 영문인지 모르는 혜불 성승으로선 순순히 항마음을 외치고 싶은 생각은 없는 듯했다.

"대체 무슨 일이오?"

그는 다만 그렇게 물었을 뿐이었다.

"빌어먹을! 빨리 외치기나 하라니까!"

불문의 항마음은 사악한 기운을 제압하는 효능을 가지고 있었다. 또한 혜불 성승의 내공은 정순했기에 그의 항마음은 더욱 사마를 제압하는 데 큰 효능을 가지고 있었다. 그러니 이렇게 마도의 수뇌들이 그를 보며 소리치고 있는 것이다. 하지만 혜불 성승은 짜증을 내며 소리쳤다.

"대체 무슨 일이오! 이유를 말해야 할 것 아니오?"

그 순간에도 위문의 전신은 빠른 속도로 핏빛으로 덮여가고 있었고, 이제 머리 부분을 제외하고는 전신이 핏빛으로 물들어 버렸다. 그리고 서서히 목으로 올라가기 시작했다. 이제 조금만 있으면 위문의 전신은 핏빛으로 물들어 버릴 것이다. 그런 후 그는 이성을 잃게 될 것이다. 아니, 정확히 말하자면 본능적인 파괴 욕구만 남을 뿐 인성을 상실한 마인이 될 것이다. 그렇게 된다면, 위문은 더 이상 위문으로 불려지지 않을 것이다.

그는 제2의 광마로 불려질 것이니까.

만일 그때 두 노인이 위문에게로 뛰어들어 그의 정수리를 기다란 대침으로 찌르지 못했다면 위문은 광마가 되고 말았을 것이었다.

"지금이닷! 찔러!"

"이야악!"

천만다행으로 두 노인은 위문에게 살기를 품고 있지 않았다. 그저 그를 막아야 한다는 생각만으로 그에게 덤벼들은 것이다. 그래서 위문은 미처 방비할 수가 없었다. 그들이 살기를 품었다면 그의 두 손은 본능적으로 두 노인을 공격했겠지만 그들은 살기를 품지 않은 채 그에게 덤벼들었으니까 말이다. 천살의 마성에 빠지는 순간, 그 순간만은 무방비 상태라고 할 수 있었다. 살기 외에는 전혀 감지하지 못하는 본능만이 남은 상태, 그게 지금 위문의 상태였다. 그러니 살기를 품고 있지 않은 두 노인의 존재를 그로선 감지할 수가 없었던 것이다.

푹! 푹!

두 개의 대침은 정확히 위문의 정수리에 꽂혔다. 그와 동시에 고통을 느낀 위문은 반사적으로 오른손을 휘둘렀다.

휘익! 퍼펑!

"끄아악!"

미처 손쓸 틈도 없이 마의는 위문의 오른손에 격중당해 피분수를 그리며 저 멀리 나가떨어졌다.

“크으으으……”

하지만 그건 마성이 깨어난 것이 아니라 본능적인 자기 방어였을 뿐이었다. 위문은 고통스런 신음을 흘리며 그대로 그 자리에 무릎을 꿇고 주저앉았다. 그리곤 미동도 하지 않은 채 두 눈을 감고 전신을 부르르 떨기 시작했다.

“허억! 허억! 하, 하마터면……”

긴장이 풀린 신의 역시 바닥에 주저앉으며 거친 숨을 내쉬었다. 그러면서 그는 마의가 쓰러져 있는 곳을 바라보았는데 마의는 쓰러진 채 움직이질 않고 있었다.

‘치, 침을 꽂기만 하면 그대로 몸이 마비될 거라더니… 빌어먹을!’

허탈한 감정이 들었다. 그가 아는 그 누구보다 질긴 생명력을 가지고 있는 이가 바로 마의였다. 천천히 일어나 마의가 쓰러져 있는 쪽으로 가며 그 질긴 생명력에 희망을 걸어보긴 하지만 영 자신이 없었다. 마의의 몸은 전혀 움직이질 않고 있었으므로.

“흐으으……”

마의의 곁으로 다가가 조심스레 그의 맥을 짚어본 신의는 애절한 신음을 흘리며 그대로 주저앉고 말았다. 마의는 이미 싸늘한 시신이 되어 있었던 것이다.

‘이렇게 허무하게 죽으려고 그렇게 모질게 살아왔었나? 대답해 보게, 친구여……’

슬펐다. 천살의 마성을 억제하는 데 성공하긴 했으나, 그 대가로 그의 호적수이자 유일한 지기였던 친구가 세상을 떠났다. 반사적으로 분노가 섞인 눈을 위문에게 날려보았으나 그는 무릎을 꿇은 채 미동도 하지 않고 있을 뿐이었다. 그런 그의 눈에 위문 쪽으로 살기를 뿜으며 다가가는 일곱의 사람들이 보였다. 그 순간 신의는 이제부터 자신이 해야 할 일의 막중함을 느끼기 시작했다. 마의는 죽기 전에 그에게 대략이나마 천살성에 대한 설명을 해주었다. 그리고 자신은 여기 모여 있는 사람들에게 그것을 알려야만 했다.

"멈추시오! 멈춰!"

신의는 재빨리 일어나 위문 쪽으로 달려가며 그를 공격할 기미를 보이고 있는 일곱 사람에게 소리쳤다. 그러자 그 일곱 사람, 칠패천의 수뇌들은 멈칫하며 말을 한 신의를 바라보았다. 그 순간 신의는 그들 바로 앞까지 다가갈 수 있었고, 다시 한 번 소리쳤다.

"그러면 안 되오! 제발 멈추시오!"

하지만 마중천자는 다시 손에 기를 집중시키며 말했다.

"아직 각성하기 전에 없애는 것이 무림을 위해서도 바람직한 일이오."

"모르는 소리! 그러면 파멸만이 있을 뿐이오!"

신의의 거친 고함이 먹힌 듯 마중천자는 손의 힘을 풀며 신의를 바라보았다.

"그게 무슨 뜻이오?"

"그건……."

그때, 일이 돌아가던 상황을 이해 못한 조조는 산 전체가 다 울릴 정도의 큰 소리로 외쳤다.

"모두 닥쳐! 지금 무슨 개수작들을 벌이고 있는 거얏!"

아마도 짜증이 난 듯했다. 저들은 지금 자신들의 목숨이 오락가락하고 있다는 걸 모르는 것 같았으니 말이다. 하지만 그는 곧 더 황당한 경험을 해야만 했다.

"너나 닥쳐! 지금 상황이 얼마나 위급한 줄 알기나 하는 거야!"

우문혜미가 그에 지지 않을 목소리로 악을 지른 것이다. 그리고선 빠른 속도로 말을 해 나갔다.

"우리들이 모두 여기서 죽는다면, 너희 사파가 무림을 차지하겠지! 그건 원하는 바가 아니긴 하지만 무림이 없어지는 것보단 나아! 알겠어?! 또, 오늘 우리가 죽는다 해도 우리의 후손들은 남아 있으니 언젠가는 마도를 다시 일으켜 세울 수 있을 거야! 하지만, 지금 저 아이를 죽이지 못하면 무림은 사라지게 될 거야! 너희 사파도, 정파도, 우리 마도도 모두 말이야! 그러니까 모르면 닥치고 있어!"

그러면서 그녀는 무릎을 꿇은 채 두 눈을 감고 앉아 있는 위문에게로 다가가려 했지만 신의의 목소리가 그녀를 막았다. 아니, 그녀와 다른 육패천의 수뇌들을 막았다.

"안 되오! 그럼 그는 더 빨리 각성하게 될 거요!"

"그게 무슨 소리지? 아니, 그보다 당신은 대체 누구요?"

마중천자가 날카롭게 묻자 신의는 재빨리 대답했다.

"난 신의 유중생(流重生)이라 하오."

"신의?"

"그렇소."

신의라는 말에 수뇌들은 걸음을 멈추며 신의를 바라보았다. 그의 이름이 가지는 비중은 꽤 높은 것이었으니까.

"자세한 설명을 바라오."

마중천자가 그렇게 나오자 신의는 안도의 한숨을 내쉬며 재빨리 말했다.

"…그는 지금 가사 상태에 묶여 있소. 심장은 뛰고 있으나 뇌가 활동을 멈추고 있는 상태지.”

그가 여기까지 말했을 때 수라회주 유철휘가 짜증스럽다는 어투로 말했다.

“그러니까 더욱 지금이 기회잖소?”

그의 말에 신의는 급히 두 손을 내저으며 말했다.

“아니오! 그러면 큰일 나게 되오. 지금 그의 몸은 활화산과 같은 상태요. 그의 정수리에 꽂혀 있는 침이 억지로 그의 뇌를 잠시 잠재웠을 뿐이란 말이오. 그러니 조그만 충격에도 그는 깨어나게 될 것이오. 그리고 그때, 그는 각성하게 될 것이오! 아시겠소?”

“젠장할!”

“빌어먹을!”

“그럼, 방법이 없단 소린가?”

수뇌들의 욕설을 뒤로하고 마중천자는 급히 신의에게 물었다. 신의는 마의에게 들었던 말을 기억해 내며 말했다.

“우선 두 시진 정도는 저 상태로 묶어둘 수가 있을 것이오. 그러니 그 안에 그를 정신적으로 진정시킬 방법을 찾아야 하오. 방법은 그것뿐이오.”

“정신적으로 진정시킬 방법?”

“그렇소. 침을 뽑고 나서 몇 초 동안은 이성이 남아 있을 것이오. 그러니 그때 그를 안정시킬 무언가를 보여주어야만 하오. 방법은 그것뿐이오.”

“으음…….”

마중천자는 다른 수뇌들을 돌아보았다. 자신이 생각하고 있는 것을 이들도 생각하고 있는지 보기 위함이었다. 그들은 모두 그와 눈이 마주치자 고개를 끄덕여 보임으로써 그와 같은 생각을 하고 있음을 알려 주었다. 우문혜미 역시 고개를 끄덕여 보였고, 그러면서 체념하듯 입을 열었다.

"…어쩔 수 없어요. 우리의 희생으로 무림이 보존된다면… 또한, 우리에겐 후손들이 있으니 그들을 믿어볼 수도 있잖아요?"

"…그렇지. 오늘 우리가 죽더라도 언젠가는 우리의 후손들이 다시 시작할 수 있겠지."

유철휘가 그녀의 말에 동조하고 나섰다. 그러자 다른 수뇌들도 고개를 끄덕였다. 그들이 여기서 죽으면 마도는, 무림은 사파가 지배할 것이다. 하나 그들에겐 후손들이 있다. 그러니 그 후손들이 언젠가는 다시 마도를 일으켜 세울 것이다. 하지만 그 무림이 사라진다면… 마도는 다시 일어설 수 없다. 이 순간 마도의 수뇌들은 무림이 사라지는 것을 택하느니 차라리 사파에게 주는 것으로 결정을 내렸다. 그리고 그 무림을 사라지게 할 수 있는 힘을 지닌 위문을 진정시키기 위해 수뇌들은 자신들을 희생하기로 맘을 먹었다. 마중천자는 조조를 보며 양해를 구했다.

"혼란스러울 거라 생각하오. 하나 잠시 뒤에 모든 것을 알려주겠으니 우선 정파 측과 상의할 시간을 좀 줬으면 하오."

"내가 무엇 때문에 그런 아량을 베풀어야 하지? 또한, 무림이 사라진다느니 하는 말들은 다 뭐요?"

"다 말해 주겠소. 그러니 우선 정파 측과 상의할 시간을 주시오."

조조는 잠시 생각하는 듯했다. 하나 상의해 봤자 대세엔 변화가 없을 거란 생각에 선뜻 마중천자의 말을 수락했다.

"좋소. 하나 잠시뿐이오. 또한, 무슨 일인지 다 설명해 주어야 하오."

"알겠소."

조조는 이곳을 포위하고 있는 2천 5백여의 무사들을 10장 더 뒤로 물러서게 했다. 그리고 자신도 개방의 사람들을 데리고 그만큼 뒤로 물러났다. 그러자 칠패천의 수뇌들과 신의는 정파의 수뇌들 쪽으로 다가갔다.

"대체 무슨 일이오?"

그들이 다가오자마자 화중문이 급히 질문을 던졌다. 마중천자는 천천히 정파의 수뇌들을 한번씩 쳐다봤다가 끝으로 시선을 화중문에게 두며 말했다.

"우선 우리의 싸움은 접어두는 것이 좋겠소."

"그래야 하겠지. 사파가 나타나면 언제나 정과 마는 힘을 합했소. 그러니 그 의견엔 찬성하는 바이오. 하나, 사파를 물리치고 난 뒤, 은원을 가려야 할 것이오."

끝 말에 나직이 힘을 주는 화중문이었다. 아무리 사파에 속았다고는 하나 정파는 마로 인해 극심한 피해를 입었다. 오늘 여기서 마의 손에 의해 죽은 무사들만 합해도 무려 1천 5백여 명 가까이나 되는 실정이었으니 그런 말이 나올 법도 한 것이었다. 하지만 그의 말에 우문혜미는 코웃음을 쳤다.

"흥! 여전히 앞뒤 분간을 못하는군."

"뭣이?!"

"그렇지 않으면? 당신들은 오늘 여기를 살아서 빠져나갈 수 있다고 생각해요?"

"으, 으흠!"

"그런데도 은원이니 어쩌니 하는 말이 나오나요?"

“······.”

“그럼 닥치고 있어요. 우리들도 당신들만큼이나 피해를 입었어요. 그리고!”

우문혜미는 신경질이 나서 계속 화중문을 쏘아붙이려고 했다. 하지만 그런 그녀를 마중천자가 제지했기에 그녀는 입을 다물었고, 마중천자는 다시 정파의 수뇌들을 한 번씩 돌아보며 말했다.

“지금은 우리의 은원 같은 것을 따질 때가 아니오. 무림이 사라지느냐, 마느냐가 달려 있으니까 말이오.”

그가 여기까지 말했을 때, 이번엔 종리화가 코웃음을 치며 말했다.

“흥! 너무 비하하시는 것 아닌가요? 최악의 경우 오늘 우리가 여기서 모두 죽는다 하더라도, 그래서 사파가 무림을 차지한다 하더라도 무림은 사라지지 않을 거예요. 사파 역시 무림에 몸담고 있으니까. 또한, 우리 정파의 후예들이 있는 이상 언젠가는 다시 사파를 몰아낼 수 있겠죠. 그러니 무림이 사라질 리는 없는 것 아닌가요?”

딴에는 비꼰다고 한 것이었지만 곧 이어 터진 우문혜미의 말에 그녀는 입을 쏙 다물 수밖에 없었다.

“호호, 새파랗게 어린것이 앞뒤 분간 못하고 날뛰는군.”

“뭐라구요?!”

“그렇지 않으면? 마중천자님이 언제 사파 때문에 무림이 사라진다고 하던? 그리고 네 눈엔 우리가 그런 것 정도도 모르는 바보들로 보이냐?”

“사파 때문이 아니면 대체 뭐란 말이죠?”

“그러니까 지금 우리가 그걸 얘기하려는 거 아냐?! 네년이 방해를 하지만 않으면 말이야! 알겠어?!”

“······.”

우문혜미의 고함에 종리화는 할 말이 없어져서 조용히 입을 다물었다. 그러자 마중천자는 헛기침을 한 번 해 사람들의 시선을 모은 뒤, 어느 한쪽을 가리키며 말했다.

“모두들 저쪽에 무릎 꿇고 있는 사람이 보일 것이오. 알고 있겠지만 저자는 금붕문의 내당당주라고 하오.”

그가 가리키는 곳으로 모두의 시선이 옮겨졌고, 그들은 얼굴만 남긴 채 전신이 시뻘건 핏빛으로 덮여져 있는 한 사내를 볼 수가 있었다. 혜불 성승은 그를 보자 이를 갈며 말했다.

“자알~ 알고 있다마다. 얼마 전까지만 해도 본 사의 제자였던 아이니까.”

흠칫!

처음 들어보는 소리에 사군악을 제외한 육패천의 수뇌들은 말을 한 혜불 성승을 쳐다보았다. 혜불 성승은 그들이 알면서도 모른 척한다는 생각에 냉랭한 어투로 말했다.

“이제 와서 모른다고 할 셈이오?”

육패천의 수뇌들의 시선이 사군악에게로 옮겨갔다. 사군악은 헛기침을 하며 말했다.

“지금은 그게 중요한 것이 아니라고 생각합니다만······.”

하며 그는 하늘을 가리켰는데, 그 뜻은 지금도 시간은 흘러가고 있다는 것이었다. 마중천자는 고개를 끄덕이며 말했다.

“아무래도 좋소. 지금은 그게 중요한 것이 아니니까. 모두들 저 아이가 천무성맥임을 알고 있을 것이오. 그렇지 않소?”

정파의 수뇌들은 고개를 끄덕이는 것으로 대답을 대신했다. 그것을 보며 마중천자는 말을 계속해 나갔다.

"하지만 여러분은 저 아이가 천무성임과 동시에 천살성이란 것은 모르고 있을 것이오."

"천살성?"

"천살성?"

정파의 수뇌들은 동시에 고함을 터뜨렸다. 그들 역시 천살성이 어떤 것인지를 잘 알고 있기 때문이었다.

"하, 하면 저… 저자가……."

화중문이 전신을 부르르 떨며 묻자 마중천자는 고개를 끄덕였다.

"그렇소."

그때 종리화가 무슨 생각이 떠올랐는지 놀란 마음을 감추지 않으며 외쳤다.

"과, 광마? 저, 저저저저분이… 설마?!"

정파의 수뇌들의 얼굴은 일그러질 대로 일그러져 갔다. 점점 두려움이 실체화되고 있었기 때문이었다. 마중천자는 다시 한 번 위문을 손가락으로 가리키며 말했다.

"모두 저 아이의 전신이 붉은빛으로 물들어 있는 것이 보일 것이오. 그리고 5백 년 전의 한 사내를 떠올릴 수 있을 것이오."

정파의 수뇌들 역시 천살의 마성에 빠진 광마에 대해 어느 정도 알고 있는 게 있었다. 그래서 그들은 5백 년 전의 광마를 떠올릴 수 있었고, 그의 신체적 특징 역시 떠올릴 수 있었다.

"과! 광혈마기?!"

누군가의 입에서 터진 외침. 마중천자는 고개를 끄덕였다.

"그렇소. 그 무엇으로도 파괴할 수 없는 호신강기인 광혈마기가 바로 저것이오. 그리고 좀 있으면 그는 완전히 마성에 빠지게 될 것이오.”

“마, 막아야 하오! 반드시! 반드시 그것만은 막아야 하오. 그렇지 않으면 무림은, 무림은 사라지게 될 것이오!”

화중문은 다급히 외쳤다. 아닌 게 아니라 지금으로써도 그를 막을 수 있는 건 없다고 해도 과언이 아니었다. 한데 그가 완전한 마인이 되고 만다면… 뒷일은 생각하기조차 끔찍했다.

“이제 내가 왜 무림이 사라지느냐, 마느냐를 말했는지 알 것이오.”

그때 종리화가 급히 앞으로 나서며 떨리는 음성으로 말했다.

“뭐, 뭔가 대, 대책이, 대책이 있겠죠? 그러니 그런 말을 하신 거겠죠?”

간절한 소망이 담긴 눈빛. 마중천자는 그 눈빛에 응답하듯 고개를 끄덕이며 말했다.

“그렇소. 그리고 방법은 한 가지뿐이오. 그것도 가능성이 희박한 것으로 말이오.”

“그게 뭐요?”

화중문이 다급히 묻자 마중천자는 신의에게 눈짓을 해 보였다. 그러자 신의는 주저하면서 입을 열었다.

“나는 신의 유중생이라 하오. 보다시피 저 사람의 정수리엔 두 개의 대침이 박혀 있소. 그게 잠시 동안 저 사람의 뇌를 잠재워 놓아 마성이 깨어나는 것을 억제하고 있소.”

“그럼 지금 그를 죽이면 될 게 아니오? 우리 모두가 힘을 합쳐 합공을 가한다면 제아무리 천무성, 아니, 천살성이라 해도 살아남기는 힘들 것이라 보는데 말이오.”

화중문이 금시라도 위문에게 달려갈 듯 살기를 내뿜으며 말하자 신의는 재빨리 손을 내저으며 그를 말렸다.

"안 될 말이오. 그는 지금 조그만 충격에도 깨어날 정도로 민감한 상태이오. 만약 여러분들이 동시에 그를 공격한다면, 그 살기로 인해 그는 깨어날 수도 있을 것이오. 그러니 섣불리 그를 공격해서는 절대로 안 되오."

"하면 방법이 없는 것이오?"

"한 가지가 있소. 그의 정수리에 박혀 있는 대침을 뽑았을 때, 약 몇 초 간 그는 제정신일 것이오. 그때 그를 정신적으로 진정시킬 무언가를 보여주어야만 하오. 방법은 그것뿐이오."

잠시 침묵이 감돌았다. 정파의 수뇌들은 저마다 무슨 생각을 하는 듯 말없이 눈알을 굴리고 있었다. 그런 그들의 생각을 도우려는 듯 우문혜미는 친절하게 입을 열었다.

"알고 있겠지만 그를 진정시킬 방법은 단 한 가지뿐이에요."

그러자 종리화가 신음을 흘리듯 말했다.

"예청……."

"그래요. 예청이라면, 아니, 예청이라야만 저 아이를 진정시킬 수가 있을 거예요."

그때 그녀의 말에 잘못된 점이 있다고 생각한 화중문은 재빨리 말했다.

"내 생각엔 한 명이 더 있을 것으로 생각되오만."

그런 그의 말을 종리화가 재빨리 받았다.

"맞아요. 그를 진정시킬 수 있는 것은 예청뿐 아니라 예설도 있어요."

그녀의 얼굴에 화색이 돌았다. 위문을 진정시킬 방법을 찾았다는 생각에 말이다. 하지만 뒤이어 나온 사군악의 침울한 말에 그녀의 안색은 다시 창백해져 버렸다.

"그 아이는 이미 죽었소."

장내엔 다시 침묵이 찾아왔다. 사군악은 그 얘긴 하고 싶지가 않은지 서둘러 덧붙였다.

"하니 저 녀석을 진정시킬 사람은 청아뿐이오."

"하나… 그녀는 사파의 손에……."

화중문이 자신없는 목소리로 말하자 마중천자는 이제 본론을 꺼낼 때라 생각해 입을 열었다.

"그렇소. 그녀는 사파에 있는 상태이오. 이제 본좌는 여러분들에게 한 가지 질문을 던지겠소. 잘 생각해 주기 바라오. 여러분은 무림이 사파의 손에 넘어가느니 차라리 멸망하는 쪽을 택하겠소? 아니면 무림이 멸망하는 것을 보느니 차라리 사파의 손에 넘겨주고 후세들에게 뒷일을 도모하도록 하겠소?"

마도의 수뇌들은 이 질문에 대한 답을 이미 한 상태이다. 그리고 이제 정파의 수뇌들의 선택이 남아 있을 뿐이다. 종리화는 곰곰이 생각해 보았다. 그리고 천천히 입을 열었다.

"그러니까 우리들을 희생해서 무림을 사파의 손에 넘겨주고 그 대가로 예청을 이곳으로 데려와 저분을 진정시키자는 건가요?"

마중천자는 고개를 끄덕이며 말했다.

"그렇소."

하지만 종리화는 고개를 설레 저으며 부정적으로 말했다.

"하지만 저들은 그 거래에 응하지 않을 거예요."

"그건 왜지?"

"우리와 협상을 하지 않아도 저들은 우리를 모두 죽일 준비를 갖췄어요. 우리를 죽인 뒤 저들이 예청을 데려와 그를 진정시킬 수도 있으니까요."

그녀의 말에 우문혜미가 앞으로 나서며 정파의 수뇌들을 한번씩 둘러보더니 종리화의 말에 반박하고 나섰다.

"저 아이의 말은 틀렸어요. 그들은 우리의 거래에 응할 수밖에 없어요. 여러분들은 아무런 저항 없이 그냥 곱게 저들의 손에 죽고 싶진 않으시겠죠?"

모두가 고개를 끄덕였다. 죽을 때 죽더라도 한 명이라도 더 저승길의 동반자로 삼을 것이라는 것이 그들의 생각이었다.

"그러니 우린 아마 죽기 살기로 싸울 거예요. 그러면 저들도 피해를 입을 테고, 또한 우리가 이곳을 전장으로 삼아 싸운다면 저 아이도 그 여파에 휩쓸리게 될 거예요. 신의가 말했다시피 저 아이는 조그만 충격에도 깨어날 거라고 했어요. 그러니 만약 여기서 전투가 벌어지게 된다면 저 아이는 깨어날 것이에요. 그리고 광마가 되겠죠. 사파가 그걸 바랄까요? 그 무시무시한 마인이 깨어나는 걸 그들이 바랄까요? 아마도 아닐 거예요. 광마는 정이건, 마건, 사건 가리지 않고 눈에 띄는 것은 모조리 다 파괴해 버릴 테니까 말이죠. 또한, 만약 저들이 저 아이에게 아무런 영향을 주지 않고 우리 모두를 제거한다 해도, 무림을 정복하기 위해선 수많은 난관이 있어요. 우리가 없다 해도 정파나 마도는 자체적으로 조직을 만들어 저들에 대항할 것이니까요. 그럼 저들은 무림을 정복한다 해도 수많은 피를 흘린 뒤겠죠. 그들은 그런 고생을 원치 않을 거예요. 조금이라도 더 수월하게 무림을 정복하는 길을 택하고 싶어할 것이겠죠. 그러니 우린 저들과 협상할 수 있어요!"

확신에 찬 그녀의 말이었지만 여전히 정파의 수뇌들은 못 미더워했다. 그들을 대표해서 화중문이 질문을 던졌다.

"대체 우리에게 무슨 패가 있기에 저들이 거래에 응할 거라 단정하는 거요?"

"아주 중요한 패가 있죠."

"그게 뭐요?"

"바로 우리들의 '글'이에요."

"글?"

"그래요. 우리가 글로 자파의 제자들에게 봉문을 명한다면 어떻게 될까요?"

만약 장문인의 친필로 확인되면 제자들은 그 명에 따라 자파의 봉문을 선언하고 무림의 일에 일체 간섭하지 않을 것이다. 그렇게 되면 자잘한 군소방파만 남게 되니 사파는 힘들이지 않고 무림을 차지할 수 있을 것이다. 하지만 그 글을 쓴 수뇌들은 수많은 무림인들의 지탄을 받고 대대로 무림을 사파에 넘긴 정파의, 마도의 수치라고 전해질 것이었다. 그걸 생각한 화중문은 내키지 않는 듯한 얼굴로 말했다.

"하지만… 우리의 명예가……."

그러자 우문혜미가 버럭 짜증을 내며 큰소리를 쳤다.

"그 잘난 명예 때문에 무림이 사라져도 좋단 말인가요?"

화중문은 입을 열지 못했다. 그때 그의 뒤에 있던 종리화가 말했다.

"그럼 확실히 저들은 거래에 응하겠군요. 또한, 그 글의 가치가 더욱 높아지려면 그 글을 쓴 사람들은 모두 죽어야 하니, 우리들도 모두 여기서 희생하자는 것이군요."

“…그래. 그래야 할 거야. 하지만 다른 방법이 없어. 무림이 사라지는 것보단 나을 테니까.”

그때 종리화는 무슨 생각이 들었는지 우문혜미를 보며 물었다.

“하지만 한 가지 의문이 남아요.”

“뭐지?”

“저분이 예청을 보고 마성에 빠지지 않는다면 다행이지만 만약 그녀를 보고도 마성에 빠진다면 어떻게 되죠? 그럼 우리들의 노력은 모두 수포로 돌아갈 것이잖아요. 또한, 그렇게 된다면 우리들은 자신들의 무덤을 파는 꼴이 되지 않을까요? 그땐 이미 사파가 우리들의 서찰을 가진 뒤일 텐데요?”

자신들을 희생하고 봉문하는 글까지 쓰자고 한 것은 모두 위문을 진정시키기 위함이었다. 한데 만약 그가 예청을 보고도 진정하지 않고 마성에 빠져 광마가 된다면, 그들은 자신들이 글을 쓴 것을 저주하게 될 것이다. 차라리 그냥 죽는 것이 나았을 것이라고도 생각할 것이다. 그 글은 사파의 수중에서 여러 활약을 하게 될 것이니까 말이다. 광마가 날뛰는 중에도 사파가 그 서찰을 들먹이며 봉문을 하라고 한다면 구대문파와 오대세가, 칠패천은 그 명을 받들 수밖에 없다. 그러면 사파에 대항할 세력이 없으니 무림은 사파의 손에 넘어갈 것이다. 그 뒤 사파를 중심으로 광마와 대적할 확률이 컸다. 아니, 어쩌면 광마를 제거한다는 명분으로 사파는 당당히 모습을 드러내 봉문한 구대문파와 오대세가, 칠패천을 제치고 무림을 구할 구성으로 떠오르게 될지도 몰랐다. 그런 그들을 구대문파나 오대세가, 칠패천은 지켜볼 수밖에 없을 것이다. 자신들은 전대 장문인의 명에 따라 봉문을 한 상태이니까 말이다. 종리화의 말은 지극히 현실적인 것으로 일어날 확률이 높은 것이었다. 하지만 우문혜미는 고개를 저었다. 종리화는 먼 미래를 내다보기만 했을 뿐, 현재의 일은 염두에 두지 않았기 때문이었다.

“물론 그럴 수도 있겠지. 하나 넌 지금의 상황을 염두에 두지 않았어. 만일 저 아이가 예청을 보고도 진정하지 않고 천살의 마성에 빠져 광마가 된다면, 네 말대로 우리가 적은 서찰은 사파가 유용하게 쓸 수 있을 거야. 하지만 광마가 된 저 아이가 제일 처음 발견한 사냥감을 그냥 놓칠까?”

그녀의 말뜻을 이해하지 못한 수뇌들은 어리둥절해하며 그녀에게 더 자세한 설명을 요구했다. 하지만 그들의 의문을 해결한 것은 가만히 생각하고 있던 종리화였다.

“…그렇겠군요. 광마는 눈에 보이는 것은 모조리 적으로 생각하고 파괴하는 자. 그러니 그가 여기에 있는 사람들을 그냥 내버려 둘 리가 없겠죠.”

“그래. 다수의 적을 상대할 때 광마가 쓰는 방법을 들어본 적 있겠지?”

“다수의 적을 상대할 때 쓰는 방법? 아! 5백 년 전 광마는 정마 3천의 고수들의 합공을 받았을 때, 광마후(狂魔吼)? 맞아요! 그는 광마후란 괴성을 질러 3천의 고수들을 한꺼번에 궤멸시켰어요!”

“그래. 그러니 여기 있는 이들, 사파의 2천 5백, 우리 2백여 명 모두 무사할 수 있을 것 같아?”

“없어요. 그렇군요! 저분이 광마가 된다 하더라도 오늘 여기에 있는 이들은 모두 죽음을 면치 못할 것이니 그 서찰은 아무런 쓸모가 없게 되는군요. 또한 여기엔 사파의 정예들이 대거 밀집해 있으니 이들 모두가 죽으면 사파의 세력은 크게 감소하게 될 것이고, 그 나머지 정도

쯤은 정과 마가 힘을 합하며 물리칠 수 있을 거예요. 또한, 광마와도
대적할 수 있을 것이구요."

"그건 차선책으로 어울릴 거야. 그러니 지금은 우리가 할 수 있는
일은 다 해봐야 하지 않겠어?"

"그래요. 광마가 탄생되는 것은 막아야 하죠. 지금으로썬 그 방법밖
에 없을 것 같군요."

두 여인은 합의를 본 듯 의견을 같이했다. 또한 그녀들의 대화를 듣
고 있던 수뇌들은 일이 어떻게 돌아가는 것인지 알 수 있었고 그녀들
의 생각에 동조했다. 자신들을 희생하고 예청을 이곳으로 데려와 위문
을 진정시키기로 말이다. 그때, 갑자기 뭔가가 떠오른 듯 혜불 성승은
마중천자를 보며 물었다.

"한데 한 가지 의문점이 있소이다."

"뭐요?"

"다른 게 아니라, 저 아이를 진정시키고 난 뒤의 일이 궁금하군요."

마중천자는 뭐라 입을 열지 못했다. 그것까지는 생각해 보지 않았기
때문이다. 위문을 진정시켜야 된다는 것만 신경 썼지 그 뒤의 일은 전
혀 생각해 보지 않았던 것이다. 대답은 우문혜미의 입에서 나왔다.

"좋은 질문이었어요. 그것까지는 생각해 보지 않았는데 성승의 말을
듣고 보니 아주 중요한 문제이군요. 저 아이가 진정된다면 우선은 예
청을 시켜 저 아이를 다른 곳으로 데려가야 할 거예요."

"그걸 사파가 지켜보고만 있겠소?"

부정적인 혜불 성승의 말이었지만 우문혜미는 고개를 저었다. 그리
고 뭔가를 말하려 했다. 하지만 그녀보다 종리화의 말이 한 박자 더 빨
랐다.

“저들은 지켜볼 수밖에 없어요. 그를 건드리면 언제 광마로 변할지 알 수 없으니까요. 그러니까 안 건드리는 게 최선책이란 것을 알 거예요.”

그녀의 말을 우문혜미가 받았다.

“그래요. 그러니 저 아이는 무사히 이곳을 빠져나갈 수 있겠죠. 그런 후 저 아이를 십만대산으로 보내야 할 거예요. 그곳엔 천마신교가 있고, 천마신교는 광마에 대한 연구를 자세히 했으니 천살의 마성을 억제할 방법을 가지고 있을 가능성이 많으니까요.”

“그런 후 그를 중심으로 사파에 대적한다?”

종리화의 기대 섞인 말에 우문혜미는 고개를 끄덕였다.

“그래. 그러면 사파는…….”

“끝장이죠.”

두 여인은 조금 전까지 적이었다고는 믿을 수 없을 정도로 의견이 일치되고 있었다.

“그럼, 이제 저들과 협상을 할 때로군.”

“그렇소.”

마중천자와 화중문은 굳은 결의를 다지며 멀리서 가만히 이쪽을 보고 있는 조조를 노려보았다.

제30장

공존의 길

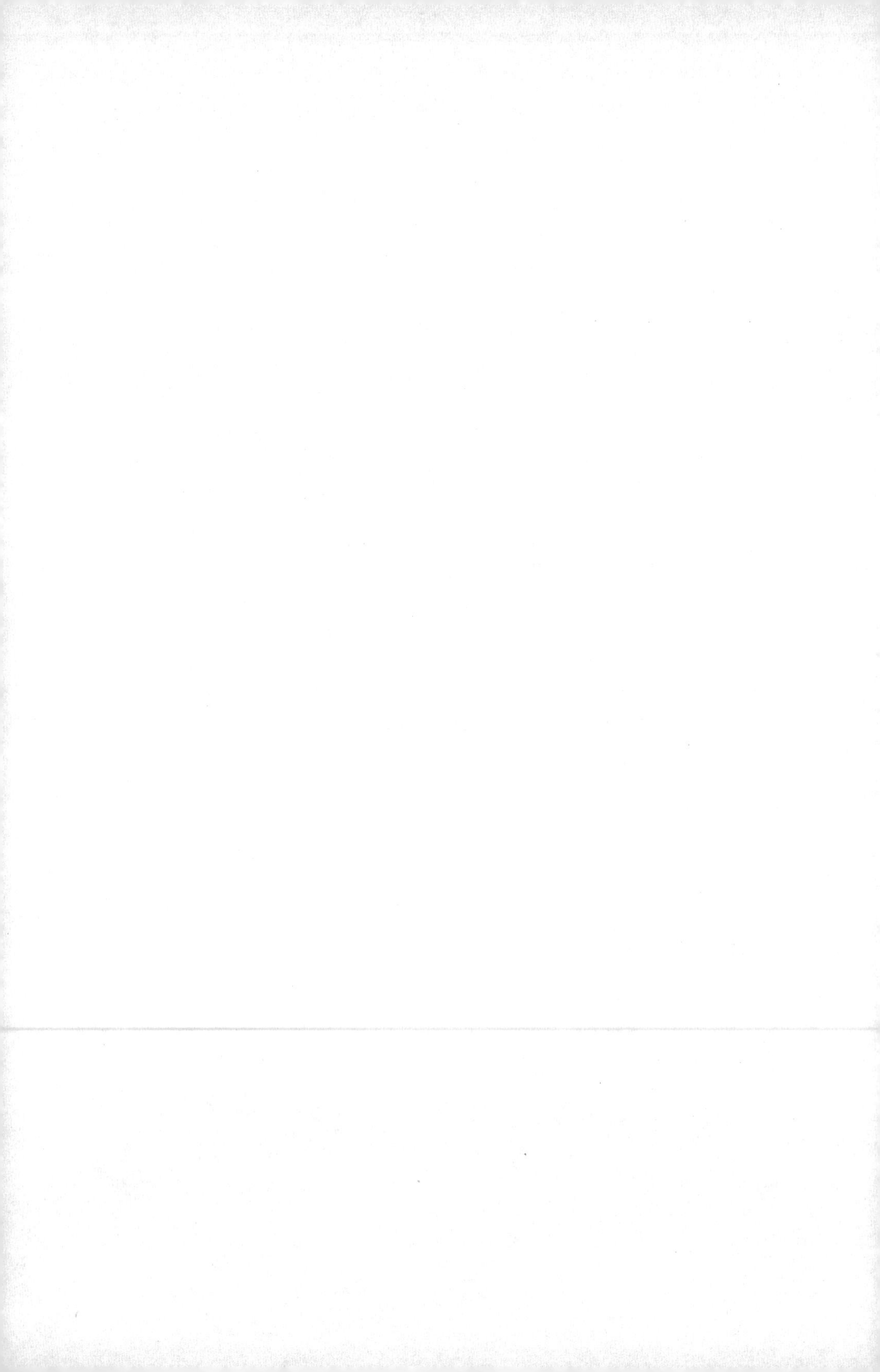

공존의 길

환청이 들려온다. 누구의 목소리인지도 모를 환청들이 쉼없이 그의 머리 속을 자극하고 있다. 광마… 예청… 사파… 천살성… 요희궁주의 목소리 같기도, 전에 수상루에서 보았던 종리화라는 여인의 목소리 같기도, 사군악, 마중천자, 화중문의 목소리 같기도 했다. 띄엄띄엄 들려오는 말들, 그는 그 말들의 내용을 어렴풋이 이해할 수 있었다.

'그래… 그렇단 말이지? 난, 난 조금 있으면 눈에 띄는 모든 것을 파괴하는 마인이 될 거란 말이지?'

이제야 풀리지 않았던 의문이 모두 풀리는 것을 느꼈다. 왜 그리도 사소한 일에 분노가 치밀었었는지, 왜 화가 났다 하면 이성을 잃어버리고 눈에 띄는 것을 모조리 다 파괴해 버렸는지, 왜 점점 인내심이 사라져 갔었는지, 종종 느끼던 알 수 없는 분노는 왜 나타났는지 이제야 알 것 같았다. 그는 그동안 조금씩 천살의 마성에 빠져들고 있었던 것이다.

“그래, 넌 그렇게 될 거야.”

방금 전까지 들리던 다른 소리들은 더 이상 들려오지 않았다. 이 음산한 목소리가 들려오면서부터. 귀기가 흐르는 목소리에 위문은 흠칫 놀라며 물었다.

‘넌… 누구지?’

“나? 크크크, 그건 알 필요 없어.”

‘내게서… 무얼 바라는 거지?’

“흐흐흐, 없어. 아무것도. 넌 그저 본능에 따르면 돼.”

‘…마인이 되라고?’

“크크크, 그래. 마인이 되는 거다. 이 세상을 피로 물들이는 거다. 살아 있는 생명체는 하나도 남김없이 죽여 버리는 거다. 크하하하.”

전신에 알 수 없는 힘이 들어오는 것이 느껴졌다. 무서울 정도로 강력한 힘이 그의 몸속으로 흘러 들어오고 있었다. 그와 동시에 미증유의 분노가 끓어올랐다. 이유를 알 수 없는 분노가.

‘이, 이건 뭐지?’

“크크, 그건 널 도와주는 힘이다. 넌 그 힘에 몸을 맡기기만 하면 돼. 크흐흐흐.”

‘내, 내게 왜 이러는 거지?’

“흐흐흐, 넌 선택되었다. 이유는 그것뿐이야.”

분노, 미증유의 분노가 그의 몸 구석구석까지 들끓기 시작했다. 억지로 이성을 찾으려 노력하며 물었다.

‘날… 어떻게 하려는 거지?’

“크크크, 화나지 않아? 네 여인은 지금 차디찬 지하 감옥에 갇혀 있어. 그녀가 왜 그런 고통을 당해야 하지? 왜? 넌 화가 나지 않아? 그녀를, 아무런 잘못이 없는 그녀를 감옥에 가둔 저 녀석들이 밉지 않아? 죽이고 싶지 않아?"

'……'

"죽이고 싶지 않아? 죽이고 싶지 않아?"

'…그래.'

"그럼 뭘 망설이는 거야? 네겐 힘이 있어. 주체할 수 없을 정도로 강력한 힘이 있다구. 어서 저 녀석들을 죽이고 그녀를 찾아야지. 그리고 그녀를 괴롭힌 인간들을 모조리 죽여 버려야지. 안 그래?"

'모, 모조리?'

"그래, 모든 인간들이 그녀를 괴롭혔어. 모든 인간들이. 넌 그녀의 복수를 하지 않을 셈이야? 죽여! 죽여! 모조리 다 죽여 버려! 네게서 네 여인을 뺏어간 놈들을 모조리 다 죽여 버려! 죽여! 죽여! 죽여! 죽여! 죽여!"

음산한 목소리는 끊임없이 '죽여!'를 부르짖었다. 그리고 그는 자신도 모르게 그 목소리에 점점 빠져들어 가고 있었다.

"죽여! 죽여! 모조리 다 죽여 버려!"

"크르르르……"

"호오, 그러니까 친절하게 봉문을 명하는 글까지 적어주고 여기서 죽어주시겠다? 그러니 그 대가로 예청을 이곳으로 데려와 저 천무성맥이며 천살성맥인 자를 진정시켜 달라? 만약 그렇지 않으면 그는 제2의 광마가 될 것이다? 맞소?"

"그렇네. 시간이 없으니 어서 수하를 시켜 예청을 이곳으로 데려와

주게.”

“좋아. 저 모습을 보니 아무래도 당신 말이 맞는 것 같으니까. 그 거래에 응하도록 하지.”

거절할 이유가 없었다. 무림 정복을 위해 많은 피를 흘릴 각오를 하고 있었는데 그들이 이렇게 친절하게 봉문을 명하는 글을 적어주겠다고 하니 더욱 손쉽게 무림을 정복할 수 있게 되었기 때문이다. 또한, 그도 저자가 마성에 빠져 광마가 되는 것은 원하지 않았다. 그 역시 광마의 무서움을 뼈저리게 알고 있으므로. 조조는 즉시 환상창수단원 중 한 명을 불렀다. 그는 조조의 앞으로 나오며 부복했고 그에게 조조는 급히 명령을 내렸다. 어서 그곳으로 가서 예청을 데리고 오라고. 한 시진 안에. 그 수하는 명을 받자마자 신형을 날려 이곳에서 사라져 버렸다.

“흐음, 수하를 시켰으니 이제 조금만 기다리면 예청은 이곳으로 오게 될 것이오. 만족하시오?”

수뇌들을 보며 묻자 수뇌들은 안도의 표정을 지었고 동시에 얼굴을 일그러뜨리기 시작했다. 이제부터 나올 조조의 말은 그들의 심기를 불편하게 만들 것이기에. 역시나 조조는 그 말을 꺼냈다.

“그러니 이제 여러분들이 내게 뭘 넘겨줘야 할 때라고 생각되오만?”

음흉하게 웃는 그의 말뜻을 모르는 이는 아무도 없었다. 자신은 약속을 지켰으니 당신들도 약속을 지켜 어서 봉문을 명하는 글을 적어 넘기라는 것을 말이다. 누구 하나 선뜻 입을 열지 못했다. 그걸 보다 못한 종리화가 재빨리 입을 열어 말했다.

“그건 예청이 이곳으로 오고 난 뒤에 적어서 넘겨드리도록 하죠.”

그러자 조조는 같잖다는 투로 비웃음을 던지며 말했다.

"훗후후, 지금 나와 장난하자는 것인가? 내가 바보로 보이나?"

"물론 그런 것은 아니에요. 하지만……."

그녀가 막 뭐라 변명을 하려 할 때, 조조가 그녀의 말을 끊으며 싸늘하게 말했다.

"그럼 잔말 말고 어서 글을 적어 넘기시지."

어떻게 시간을 끌 방법을 찾지 못한 종리화가 머뭇거릴 때 우문혜미가 나섰다.

"보다시피 우린 종이라든가 붓 같은 문방사우(文房四友)를 가지고 있지 않아요. 그러니 당신의 수하를 시켜 그런 것들을 좀 가져오도록 해주세요."

확실히 이것은 시간을 끌 좋은 방법이었다. 그녀의 말에 정과 마의 수뇌들은 시간을 벌었다는 안도의 한숨을 내쉬었지만, 곧 이어 터진 조조의 싸늘한 말에 다시 탄식을 쏟아내었다.

"훗, 문방사우가 왜 필요하단 말이오? 종이는 그대들의 겉옷에 쓰면 될 것이고, 붓과 먹은 그대들의 손가락과 피로 대신하면 될 게 아니오?"

"뭣이라?!"

수리회주 유철휘가 분노의 고함을 터뜨렸지만, 조조는 눈 하나 깜짝하지 않고 말을 이었다.

"생각해 보시오. 종이에 먹으로 쓴 서찰보단 옷에 피로 쓴 혈서가 더 가치가 높은 것 아니겠소? 그리고 더 무게가 있을 것이고 말이오."

"하나……."

우문혜미가 뭐라 반박을 하려 했으나 조조는 그럴 틈을 주지 않았다.

“하나고 자시고 하기 싫으면 관두시오. 저자가 광마가 된다 해도 우린 하등 아쉬울 것이 없으니까 말이오.”

칼자루를 쥐고 있는 것은 조조였다. 그의 뻗대는 말에 수뇌들은 길게 탄식을 터뜨리며 다른 도리가 없음을 실감했다. 조조는 그런 그들을 재촉했다.

“어서어서 적으시오. 지금부터 한 식경 뒤에도 내 손에 당신들의 혈서가 들려져 있지 않다면 거래는 없었던 것으로 하겠소. 알겠소?”

수뇌들은 얼굴을 일그러뜨리며 각자 가슴으로 손을 집어넣어 피에 젖어 있지 않은 깨끗한 속옷을 잡아당겼다.

찍! 찌익!

각자의 손에 비교적 깨끗한 천 조각들이 들려졌다. 그들이 막 자신의 손을 깨물려고 할 때, 조조의 등 뒤로 한 사내가 천천히 다가가고 있었다.

“사부님.”

석탁은 조조의 등 뒤에 시립하며 나직이 말했다. 그러자 조조는 약간 의외라는 반응을 보이며 석탁을 바라보았다.

“여긴 어쩐 일이냐? 넌 다른 일을 하기로 하지 않았느냐?”

원래라면 그는 이 자리에 나타나지 말아야 한다. 그는 조조의 명으로 이곳의 일이 새지 않도록 정보를 차단하는 일을 하고 있었으니까. 조조의 말에 석탁은 난처한 빛을 띠며 조심스럽게 말했다.

“그게……”

“뭐냐? 어서 말해 보거라.”

“그게… 예상치 못한 변수가 생겨서……”

조조가 아는 석탁은 자신의 능력에 자부심을 갖고 있는 아이였다. 그는 여태껏 조조가 시킨 일이라면 어떻게 해서든 완수했고, 그 와중에 곤경에 빠졌다 해도 스스로의 힘으로 해결하려 하지 결코 조조의 손을 빌리는 짓은 하지 않았다. 한데, 지금 처음으로 석탁이 조조에게 도움을 구하고 있는 것이다. 당연히 조조는 일이 심상치 않다는 생각에 긴장하며 물었다.

"어떤 변수이기에 네가 이렇게 내 도움을 청한단 말이냐?"

"다른 게 아니라……."

석탁은 난처한 빛을 감추지 않으며 천천히 조조에게 다가갔다. 그에게만 조용히 뭔가 말하려고 하는 듯했다. 조조는 당연히 그런 석탁을 제지하지 않았고 석탁은 조조의 바로 앞까지 접근해 소곤거렸다.

"귀 좀……."

조조는 잠시 이상함을 느꼈으나 곧 석탁이 왜 그런 짓을 했는지 이해가 갔다. 그냥 전음으로 말한다면 이렇게 가까이 올 필요가 없었지만 석탁은 전음을 쓸 만큼 많은 내공을 가지고 있지 못했기에 귀엣말을 하려 한다는 것을 말이다. 내심 씁쓸한 마음도 드는 조조였다. 석탁의 내공이 많지 못한 것엔 그의 책임도 조금 있다는 것을 느꼈기 때문이었다. 조조는 귀를 석탁 쪽으로 내밀었고 석탁은 거기에 대고 살짝 미소를 지으며 속삭였다.

"바로 이런 변수가 생겨서 말입니다."

푹!

누구도 상상하지 못했던 일이 일어났다. 귀를 대주고 있는 조조의 마혈을 석탁이 빠른 속도로 짚어버렸던 것이다.

"네, 네놈이!"

마혈을 제압당해 꼼짝하지 못하게 된 조조는 의혹과 분노가 뒤섞인 눈으로 석탁을 노려보았다. 그런 조조를 보며 석탁은 빙긋이 웃었다.

"미안하오, 사부. 하지만 사부는 너무 욕심이 컸소."

석탁의 얼굴엔 조금 전까지의 난처한 표정은 사라지고, 대신 자신만만한 표정이 자리 잡고 있었다. 석탁은 뒤를 돌아 개방주와 아홉 장로들을 보며 말했다.

"그쪽도 어서 시작하시오."

의미를 알 수 없는 말이었지만 그 말뜻을 알아챈 이들이 있는 듯 그의 말이 끝나자마자 아홉 장로 중 네 명의 장로들이 번개같이 옆에 서 있는 장로들의 마혈을 짚어버렸다. 또한, 그와 동시에 개방주인 개왕 정만해 역시 어느새에 접근한 석탁에 의해 마혈을 제압당해 버리고 말았다. 너무도 갑작스럽고 당황스런 일이라 그들은 미처 방비할 생각을 하지 못했기에 꼼짝없이 당해 버리고 만 것이었다. 당황한 것은 정과 마의 사람들 또한 마찬가지였다. 조조의 제자로 보이는 자가 느닷없이 조조를 제압한 데다 개방의 장로 네 명이 다른 다섯 명의 장로들을 제압해 버리는 일이 순식간에 일어난 것이었으니 그들이 당황하는 것도 무리는 아니었다.

"왜, 왜 이런 짓을 하는 거냐?"

침착한 조조의 음성이 떨리고 있었다. 그만큼 놀랐다는 것이리라. 석탁은 그런 조조를 보며 대답했다.

"말하지 않았소? 사부는 너무 욕심이 컸다고 말이오."

"그게 무슨 소리냐? 또한, 저들은 어떻게 된 것이냐?"

난데없이 동료를 제압한 네 명의 장로들을 말하는 것이었다.

"그들은… 새 시대를 열어갈 사람들이오."

"대체, 어떻게 된 거냐? 난 도무지 이해할 수가 없구나."

지금까진 모든 것이 그의 뜻대로 되어가고 있었는데, 막판에 이렇게 일이 이상하게 꼬여가는 것이 믿어지지 않는 듯 그의 얼굴엔 의혹이 물씬 서려 있었다. 그런 그의 의혹이 풀린 것은 마치 처음부터 그 자리에 있었던 사람인 듯 전혀 부자연스럽지 않은 모습을 보여주고 있는 두 노인이 나타나면서부터였다.

"허허, 궁금하리라 생각하네."

적의노인의 목소리에 조조는 흠칫하며 소리가 들려온 쪽을 바라보았다.

"아, 아니?! 두, 두 분께서 어떻게 여기에?"

도저히 여기에 있을 수 없는 두 사람이 버젓이 이곳에 나타나다니, 그는 다시 한 번 놀랄 수밖에 없었다.

"내 조금 있다 자네의 의문을 풀어줄 테니 우선은 좀 조용히 있어주겠나?"

그러면서 적의노인은 조조의 대답을 듣지도 않고 손을 한 번 휘저었다. 그와 동시에 조조는 아혈까지 제압당해 버리고 말았다.

"으흠……."

가만히 있던 흑의노인은 옆의 정만해를 뭔가 못마땅한 표정으로 바라보았다. 그의 눈빛의 의미를 안 석탁은 재빨리 정만해의 아혈을 제압해 버렸다. 쓸데없이 떠드는 것을 방지하기 위해서 말이다. 흑의노인의 얼굴에 만족스런 미소가 그려졌고, 두 노인은 천천히 정과 마의 수뇌들이 서 있는 쪽으로 다가갔다.

'무서운 고수다.'

두 노인을 바라보는 수뇌들의 공통된 생각이었다. 두 노인에게선 감추려 해도 감출 수가 없는 무시무시한 기운이 뿜어져 나오고 있었다. 그 기운은 두 노인에 의해 겉으로 드러나지 않고 속에 감추어져 있어 웬만한 안목을 가지고서는 알아챌 수 없을 정도의 것이었지만, 수뇌들은 저마다 어느 정도의 경지를 이룬 무인들이다. 해서 그들은 한눈에 두 노인의 품속에 갈무리되어 있는 무시무시한 기운을 느낄 수 있었고, 전율할 수밖에 없었다. 수뇌들 중 어느 누구도 두 노인만큼의, 아니, 그 절반만큼의 내공도 가지고 있지 못했기 때문이었다.

"다, 당신들은 누구요?"

화중문의 음성을 떨리고 있었다. 두 노인이 사파와 관련이 있는 이들임이 분명한 이상 그들의 적이라고 생각되었기 때문이었다.

"허허, 그전에 여러분들이 손에 들고 있는 것들을 버려주시겠소?"

적의노인은 부드러운 음성으로 말했다. 그의 말에 수뇌들은 반사적으로 자신들의 손을 내려다보았다. 그들의 손엔 방금 찢어낸 천 조각들이 들려져 있었다.

"그건 무슨 의미요?"

아마도 저 두 노인이 최상층부의 수뇌들일 것이라고 직감한 마중천자는 되도록 정중한 어투로 물었다.

"다른 뜻은 없소. 그저 그것이 필요가 없을 것이라고 생각돼서 말이오."

"뭣이?!"

누군가의 화난 음성이 터졌고, 수뇌들은 두 노인을 잡아먹기라도 할 듯이 노려보았다. 그때 종리화의 날카로운 외침이 터졌다.

"거래는 끝이란 뜻인가요?! 귀찮게 시간 끌 것 없이 그냥 우리를 다 죽이겠다는 건가요? 광마가 탄생하든 말든 상관하지 않겠다는 건가요?"

수뇌들에겐 두 노인의 말이 거래를 끝내자는 뜻으로 들렸다. 천 조각을 버려라. 우린 너희와 거래를 하지 않고 그냥 다 죽여 버리겠다. 광마가 깨어나든 말든 그건 차후에 생각하면 된다. 그들은 이렇게 생각했지만 적의노인은 피식 웃으며 자신의 말을 정정했다.

"헛허, 원… 말 한마디를 제대로 못하겠군. 다른 뜻은 없소이다. 그저 우린 여러분들과 더 나은 거래를 하고자 하기 때문이오. 그러니 편히 생각하고 그것들을 버리시구려."

하지만 수뇌들의 의심은 사라지지 않았다. 이번엔 우문혜미가 나섰다.

"그 말이 그 말 아닌가요? 더 나은 거래라 함은 우리를 죽이고 예청을 데려와 저 아이를 진정시키겠다는 뜻이 아닌가요?"

"허허, 참. 못 말리겠군."

적의노인이 한숨을 내쉬자 그 틈에 석탁이 재빨리 끼어들었다.

"아닙니다, 우문 궁주님. 교주님은 정말 우리에게 유리한 조건을 제시할 생각이십니다. 또한, 여러분은 이미 혈서를 쓰고 스스로 죽어주기로 결심을 하시지 않았습니까? 한데 왜 이분들이 쉬운 일을 마다하고 어려운 일을 선택하겠습니까? 여러분들을 죽이는 데엔 이쪽에서도 피해가 클 것인데 말입니다."

하지만 마중천자는 석탁의 말에서 모순을 찾아내 꼬집었다.

"그렇긴 하나 자네는 지금 '우리에게 유리한 조건' 이란 말을 했네. 우리라 함은 사파를 뜻하니 새로운 거래란 자네들 쪽에 유리한 것이 아니겠나?"

꽤 날카로운 지적이랄 수 있지만 석탁은 무슨 소리냐는 듯 웃으며 마중천자를 바라보았다.

"하하, 뭔가 착각하고 계시는 듯하군요. 저는 사파가 아닙니다. 그건 이분들도 인정하시는 겁니다. 전 분명한 '마도인(魔道人)' 입니다."

"마도인?"

마도인이란 말에 힘을 주는 석탁이었다. 정과 마의 수뇌들은 놀라지 않을 수 없었다. 버젓이 사파의 사람들이 있는 자리에서 자신을 마도인이라고 하다니 말이다. 더욱 놀라운 것은 두 노인은 그런 석탁의 말에 아무런 반응이 없다는 것이었다. 마치 그 말이 사실이라도 되는 것처럼 말이다.

"예, 그렇습니다. 전 분명한 마도인임을 밝혀드립니다. 그러니 이분들의 말대로 하시지요."

뭔가 일이 이상하게 돌아간다는 것을 느끼며 마중천자가 먼저 손에 쥐고 있던 천 조각을 버렸다. 그러자 다른 수뇌들도 뒤이어 천 조각들을 버렸다.

"허허, 이제 좀 편안한 대화를 할 수가 있겠군."

그 모습에 적의노인은 미소를 지으며 정과 마의 수뇌들을 한 번씩 훑어보았다. 모두 피를 뒤집어쓰고 있었고, 시간이 경과되어 피가 말라붙어 있는 모습들이었다. 전체적으로 꾀죄죄한 몰골들이었지만 그들의 눈만은 일파의 주인답게 정기를 발산하고 있었다.

"먼저 당신들은 누구인지 말해 주겠소?"

마중천자가 입을 열자 두 노인은 고개를 끄덕이며 담담하게 자신들을 소개했다. 듣는 사람들은 물론 그렇지 못했지만.

"본좌는 고루혈교를 맡고 있는 사람이오."

적의노인의 입에서 흘러나온 말에 수뇌들의 입은 더 벌어질 수 없을 만큼 벌어졌다.

"본좌는 환사문을 맡고 있소."

흑의노인의 말에 수뇌들의 두 눈이 튀어나올 정도로 부릅떠졌다. 어느 정도 예상은 했었으나 직접 확인하니 그 충격이 몸으로 와 닿았던 것이다.

사파의 우두머리.

고루혈교의 교주와 환사문의 문주.

이 모든 일을 꾸민 장본인이자 원흉.

수뇌들은 수만 가지 상념들이 머리 속을 스쳐 지나가는 것을 느꼈다. 그런 그들의 마음을 아는지 모르는지 적의노인은 다시 담담한 어투로 말했다.

"의문 점이 많을 거라 생각하오. 왜 이런 일을 벌였는지, 왜 이렇게 해야만 했는지 말이오. 내 말을 들어보시겠소?"

수뇌들은 침묵으로 대답을 대신했다. 적의노인은 옆의 흑의노인을 한 번 바라보고는 말을 이어갔다.

"먼저 선대의 잘못은 인정하는 바이오. 그래, 분명 우리가 잘못한 것이었어. 세상을 피로 물들여 가며 천하를 움켜쥐려 하다니… 분명 잘못한 것이지. 하지만 그분들은 어쩔 수가 없었던 것이라오. 우리들의 무학은 중원의 무학과 사상이 너무나 다르기에 중원의 다른 문파들과 융합되기 어려웠소. 해서 그분들은 힘으로 그들을 누르고 우리의 무학을 양지로 옮기고 싶었던 것이오. 우리가 1천 년 전과 3백 년 전에 혈겁을 일으킨 이유는 오직 그것뿐이었다오. 아, 그런 옛날얘기보단 지금의 일을 설명해야 할 것 같구만. 우선 여러분들에게 한 가지 묻고 싶소. 만약 우리가 여러분들을 찾아가 우리 사파를 중원 무학 유파의 한 갈래로 인정해 달라고 말한다면 여러분은 어쩌시겠소?"

말은 없었지만 결론은 이미 나와 있었다. 결코 용납할 수 없는 일이다. 인간을 강시로 만들어 조종하고 인간을 살인 기계로 만들어 조종하는 무리들을 어떻게 인정할 수가 있겠는가? 적의노인도 그걸 알고 있는 듯 쓴웃음을 지으며 말했다.

"허허, 여러분의 눈을 보니 대답은 이미 나와 있는 것 같군. 하긴, 무리도 아니겠지. 인간을 강시로 쓴다는 것과 인성을 말살한 살수들을 키운다는 것은 분명 얼핏 보기엔 사악한 것으로 생각되는 것일 테니까 말이오. 하나 어쩌겠소? 그게 우리의 무학인 것을… 우리 선조로부터 대대로 전해 내려온 힘인 것을… 우리에겐 그 방법밖에 없는 것을 말이오."

"그렇지. 또한 우린 우리의 무학에 자부심을 느끼고 있소. 여러분들이 자파의 무학에 자부심을 느끼듯이. 하나 여러분과는 너무도 다른 길을 걷고 있기에 우린 양지로 나올 수가 없었소. 그걸 여러분들이 악착같이 방해했기에 말이오. 우린 공존해서는 안 되는 사악한 무리들로 새겨졌기에 말이오. 그래서 우린 억눌러 왔던 분노를 두 번 분출시켰었소. 8백 년 전과 5백 년 전에."

흑의노인의 말엔 탄식이 서려 있었다. 하지만 마중천자는 그들의 넋두리를 듣고 싶지 않은 듯 서둘러 말했다.

"누구라도 죽은 이를 다시 살려내 강시로 쓰는 것을 찬성하지는 못할 것이오. 적어도 우리 중원의 무인들은 그렇소. 또한, 중원에도 자객이 있긴 하나 그 어떤 곳도 자객의 인성을 말살하는 비정한 짓을 저지르지 않소. 우리에게 그런 당신들을 중원 무학 유파의 한 갈래로 인정하라니, 그건 불가능한 일이오."

그의 말에 수뇌들은 고개를 끄덕였다. 그걸 보며 적의노인은 한숨을 내쉬었다.

"휴우… 그렇겠지. 그래서 부득불 이런 방법을 쓰게 된 것이오."

"이런 방법?"

"그렇소. 당신이 말했다시피 도저히 우린 양지로 나올 가능성이 없소. 적어도 대화로는 말이오. 말로 아무리 당신들을 설득해 봤자 당신들은 우릴 인정하지 않을 것이니까."

"그래서 다시 무력으로 우리들을 누르고 중원을 사파의 발 밑에 두기로 말인가요?"

우문혜미의 차가운 음성이 터졌다. 하지만 적의노인은 피식 웃으며 말했다.

"허허, 만약 그런 생각을 했다면 우리가 왜 이렇게 일을 힘들게 하려 하겠소? 그냥 그대로 당신들에게 혈서를 건네받은 뒤, 당신들을 죽이고 저기 광마를 진정시키면 편할 일을 말이오."

그러고 보니 이들은 여기 나타날 이유가 없었다. 조금만 있으면 모든 것은 그들의 뜻대로 될 것이 아닌가? 이 자리에 나타나 일을 어렵게 만들 필요는 없는 것이었다. 수뇌들은 술렁거리기 시작했다. 도저히 저들의 속셈을 알 수가 없었기 때문이었다.

"하면 새로운 거래란 무엇이오?"

본론으로 돌아와 마중천자가 묻자 적의노인은 기다렸다는 듯이 말했다.

"허허허, 그래. 그럼 거래 이야기를 할 때로군."

하며 그는 옆에 서 있는 석탁을 바라보았다. 그러자 석탁은 뒤의 누군가에게 신호를 보내었고 곧 뒤쪽에서 두 명의 사내들이 이쪽으로 다가왔다. 그 둘은 모두 훤칠하게 생긴 청년들로서 모두 두 눈에 혁혁한 안광을 뿜어내고 있는 것으로 보아 대단한 실력을 가지고 있는 무인들임을 알 수가 있었다. 그들이 두 노인의 바로 옆까지 다가갔을 때, 그들의 얼굴을 알아본 종리화가 비명을 내질렀다.

"아니! 저들은?!"

뒤이어 우문혜미의 신음이 흘러나왔다.

"도저히 정체가 파악되지 않았던 신비의 고수… 서문설(西門雪) 이옥환(伊玉環). 천관에 올라 있는 저들이 어떻게……."

그렇다. 새로이 나타난 두 청년은 천관 관문을 돌파하고 천관에 진출한 상태인 중립의 고수 두 명이었다. 우문혜미의 신음에 수뇌들은 두 청년의 정체를 알게 되었고 역시 경악을 금치 못했다. 그때 적의노인이 말했다.

"우선 첫 번째 조건을 말하겠소. 이들 중 당신들이 서문설이라 알고 있는 이 아이는 본 교의 후기지수이오. 그리고 이옥환이라 알고 있는 저 아이는 환사문의 후기지수이오."

다음 말은 흑의노인이 말했다.

"천관이 시작되어 저 두 아이가 비무대 위로 올라갔을 때 이들의 호칭을 이렇게 불러주시오."

마지막은 서문설과 이옥환이 차례대로 말했다.

"고루혈교의 소교주 서문설."

"환사문의 소문주 이옥환."

도저히 정체가 밝혀지지 않았던 저 두 명의 정체가 사파의 소교주와 소문주라니! 그것만으로도 놀랄 일이건만 그들의 조건은 터무니없을 정도로 가당찮은 것이었다.

"다시… 한 번 말해 주겠소?"

도저히 자신이 들은 말이 믿기지가 않는 듯 화중문이 재차 확답을 요구했다. 하지만 누구도 그의 말엔 대답해 주지 않았고, 대신 마중천자가 적의노인을 보며 물었다.

"그 대가는 무엇이오? 거래라고 했으니 우리에게도 뭔가 제시할 게 있다고 생각되오만."

"허허, 당연한 일이지. 그 대가로 우린 당신들에게 하오문과 개방을 돌려주겠소."

"……."

잠시 침묵이 감돌았다. 너무 쉽게 나온 말이었지만, 결코 쉽게 받아들여지지 않는 말이었기 때문이었다. 도저히 믿기지 않는 듯 화중문은 서둘러 적의노인에게 되물었다.

"바, 바, 방금 뭐라고 하셨소?"

이번에도 그의 말에 응답하는 사람은 없었다. 적의노인이 입을 열기 전에 종리화가 먼저 입을 열었기 때문이었다.

"그, 그러니까 저 두 사람을 부를 때 정식으로 그렇게만 불러주면 개방과 하오문을 우리에게 돌려주겠다는 건가요?"

"허허허, 그렇소이다."

하지만 수뇌들은 두 노인의 말을 믿지 못했다. 너무나 저들에게 불리한 거래이기에 뭔가 다른 꿍꿍이가 있을 거라고 생각되었기 때문이었다. 그런 그들의 마음을 아는 듯 석탁이 재빨리 끼어들었다.

"하하, 너무 어렵게 생각하지 마십시오. 이분들의 말은 사실입니다. 솔직히 말씀드리자면 저기 제압당해 있는 전대 문주님을 제외하고는 본 문의 거의 대부분의 수하들은 저희가 사파와 손을 잡았는지도 모르고 있습니다. 그러니 저분만 사라진다면 본 문은 다시 마도의 세력으로 돌아가게 되는 것입니다. 다만 거기엔 몇 가지 '조건'이 있지만 말입니다."

마지막 말에 힘을 주는 석탁이었다. 그의 말뜻을 안 두 노인은 잠시 그에게 시간을 내주기로 하고는 자신들은 가만히 있겠다는 무언의 표시를 석탁에게 보냈다. 그때, 석탁의 말 중 뭔가 이상한 점을 느낀 종리화가 반문했다.

"전대 문주님이라고요?"

조조를 가리키며 묻는 그녀의 얼굴은 의혹으로 가득 차 있었다. 그녀의 물음에 석탁은 호쾌하게 웃으며 말했다.

"하하하, 이제부턴 제가 하오문의 문주니까, 저분은 전대 문주가 되는 것 아니겠습니까?"

이 순간 하오문의 세대교체가 이루어졌음을 모두가 느낄 수 있었다. 조조는 강제이긴 하지만 물러났고, 석탁이 새로운 하오문의 문주가 되었으니까.

석탁은 본론으로 돌아와 말을 이었다.

"흠흠, 여러분들이 듣기에도 두 분 문주님과 교주님의 제안은 확실히 여러분들께 유리한 것이라고 생각하실 겁니다. 하지만 거기엔 그만한 이유가 있습니다. 들어보시겠습니까?"

그는 말을 하며 뒤에 있는 네 명의 개방 장로들을 불렀다. 그러자 그들은 석탁의 옆으로 와서 섰고, 그때 석탁의 입이 열렸다.

"먼저 한 가지 묻고 싶군요. 만일 오늘의 일이 벌어지지 않았고, 여러분들이 모두 무사하고 또한 여러분들의 세력도 모두 건재하다고 가정했을 때, 우리가 끝까지 사파와 손을 잡고 무림 정복을 꿈꾼다면 여러분은 그걸 막을 방도가 있으십니까?"

"으음……."

"흐으음……."

여기저기서 신음이 흘러나왔다. 정과 마가 대립하지 않고, 또한 그들의 세력이 모두 건재하다고 했을 때, 과연 개방과 하오문을 끌어들인 사파를 상대로 이길 수 있을까? 냉정하게 생각해 본 종리화는 고개를 설레설레 저었다.

'안 돼, 이긴다는 건 불가능해. 정보력에서 압도적으로 밀리는 이상 우리에게 승리란 있을 수가 없어. 대규모의 싸움에서 정보력은 가장 중요한 전력이 되는 것이니까.'

우문혜미 역시 고개를 저었다.

'전투는 한곳에서 일어나지 않을 것. 중원 곳곳에서 일어날 것이 분명하니 무엇보다 정보력이 우선시돼. 먼 곳에서 벌어진 일도 금방 알아낼 수 있는 정보력이 말이야. 만일 그런 정보가 차단된다면 눈을 감고, 귀를 막고 싸우는 것과 마찬가지가 돼. 개방과 하오문을 합친다면 중원의 모든 정보 세력의 8할 이상이 될 것… 패배는 불 보듯 뻔한 것이야.'

침울한 얼굴의 수뇌들. 무슨 방법을 써보아도 개방과 하오문이 사파와 손을 잡는다면 자신들에게 승리란 불가능하단 것을 인정할 수밖에 없었다. 그리고 이제야 새삼 정보력의 중요함을 인식하기 시작한 수뇌들이었다. 가지고 있는 것의 소중함을 모른다는 말처럼 그동안 하오문이나 개방은 마도와 정파의 그늘 아래 있었기에 그들의 중요함을 그리 강하게 느끼지 못했다. 그들의 필요성을 알긴 했지만, 그들의 힘이 어느 정도인지를 알지 못했던 것이다. 그 힘을 모르고 그들을 무시했던 것이다. 그들이 마음만 먹는다면 자신들을 멸망시킬 수 있음을 모르고 그들을 천대하고 멸시했던 것이다.

"불가능하단 것을 인정하겠어요. 하지만! 만약 저분이 제정신이라면 꼭 그렇지만도 않다는 것을 말하고 싶군요."

그러면서 종리화는 위문을 가리켰다. 위문, 전설의 천무성맥. 그리고 천살성맥. 능히 백만대군을 혼자서 상대할 수 있는 힘을 지닌 그를 최대한으로 활용한다면, 어쩌면 하오문과 개방과 손잡은 사파라 해도 이길 가능성이 있었다. 하지만 그녀의 말에 석탁은 웃으며 고개를 저었다.

"후후, 물론 그럴지도 모르죠. 그건 인정합니다. 그는 누가 뭐라 해도 전설의 천무성맥이니까요. 하지만, 그 가능성은 희박하단 것을 잘 아실 겁니다. 그는 '혼자' 이니까요."

그랬다. 위문이 제아무리 강하다고 해도 그는 한 명의 사람일 뿐이다. 그 혼자 대륙 전역을 지킬 수 없다. 그가 있는 곳은 피해 다니며 다른 곳을 공격한다면 언젠가는 무림은 사파의 손에 들어올 것이다. 그땐 제아무리 위문이라 해도 막을 수 없다. 혼자서 제아무리 날뛰어도 그를 도와줄 정파가 없다면, 마도가 없다면, 세력이 없다면 대세를 바꾸지는 못할 것이니까. 석탁의 말을 이해한 종리화는 힘없이 고개를 끄덕였다. 그의 말을 인정하는 것이다. 그때 마중천자가 입을 열었다.

"좋아. 인정하지. 그래, 하고 싶은 말이 뭔가?"

석탁은 기다렸다는 듯이 마중천자를 똑똑히 바라보며 힘주어 말했다.

"제가 하고 싶은 말은 이것입니다. 저희 하오문의 '힘' 은, 그리고 여기 개방의 '힘' 은 여러분들이 생각하시는 것보다 몇 배는 더 뛰어나다는 것입니다. 이렇게 '멸시' 를 받을 이유는 '없다' 는 것이지요. 우리에게 소속된 사람들이 천하다는 이유만으로는 말입니다. 그렇게 생각하지 않으십니까?"

"으음… 인정하지."

그때 네 명의 개방 장로 중 가장 젊어 보이는 장로가 끼어들며 말했다.

"정파의 여러분들은 어떻게 생각하십니까?"

"으음… 인정하오."

모두들 고개를 끄덕였고 대표로 화중문이 대답했다. 그들도 개방의 힘을 이제야 느낄 수 있었고, 그동안 그들을 무시했던 것을 후회하고 있었다. 말을 한 장로를 한 번 쳐다본 석탁은 말을 이어갔다.

"하지만 여러분은 만약 이런 일이 발생하지 않았다면 여전히 우리를 멸시했을 것입니다. 그건 부인하실 수 없으리라 생각합니다."

직접 당해보기 전에는 소중함을 느끼지 못한다는 말이 있지 않던가? 만약 오늘의 일이 발생하지 않았다면 석탁의 말대로 정과 마는 여전히 개방과 하오문을 멸시했을 것이었다. 수뇌들의 표정에서 그걸 읽은 석탁은 재빨리 말했다.

"하나 여러분은 이제 우리의 힘을, 저력을 아셨습니다. 우리가 마음만 먹는다면, 아니, 우리와 손을 잡은 상대에게 힘을 빌려준다면 어떻게 되는지를 말입니다. 여러분은 오늘 뼈저리게 아셨을 겁니다. 그렇지 않습니까?"

모두 말은 하지 않았지만 그렇다고 느끼고 있었다. 개방과 하오문이 마음만 먹는다면 그들에게 엄청난 위협을 가할 수 있다는 것을 말이다.

“이제 여러분이 교주님과 문주님의 거래에 응하신다면 저희 하오문은, 개방은 여러분의 휘하로 들어갈 것입니다. 또한, 이번 일의 직접적인 원흉, 그러니까 여태까지의 모든 음모를 꾸몄던 전대 하오문주와 전대 개방주와 다섯 장로의 처분을 여러분들께 맡길 것입니다. 이제 마지막으로 여러분께 한 가지 물어보겠습니다. 우리가 다시 여러분의 휘하로 들어가게 된다면, 그때도 여러분은 우릴 멸시하고 무시하시겠습니까? 우릴 배척하시겠습니까?”

“…….”

다시 이어지는 침묵.

그 침묵을 깬 것은 종리화였다.

“그렇군요. 우리의 잘못이었어요. 진작에 여러분에게 그에 걸맞은 대우를 해줬어야 하는 건데 말이에요. 알겠어요. 여러분은 충분히 우리에게 복수할 이유가 있어요. 그러니 오늘 일은, 그리고 여태까지의 이간질은 여러분의 잘못이 아니에요. 만일 여러분이 다시 우리에게 돌아온다면 우린 그에 걸맞는 대우를 해드릴 것을 약속드려요. 아마 여기 계신 수뇌 분들께서도 제 말에 동의하실 것이라 생각해요.”

“하지만…….”

가만히 있던 청성파 장문인 조양수가 볼멘 목소리로 뭔가 말하려 했지만 우문혜미가 재빨리 입을 열었다.

“우리 마도 역시 그럴 것이라 말해 드리죠. 비록 오늘 수많은 사상자가 생겼지만 그 대가로 우린 많은 교훈을 얻었어요. 늘 곁에 있어서 소중함을 몰랐던 하오문의 소중함을 깨닫게 되었으니까요. 아마도 당신이 우리에게 저기에 있는 여태까지 일어났던 모든 음모의 주모자인 전대 하오문주와 개방주, 다섯 장로의 처분권을 맡긴 것은 행여 우리가 여러분들을 다시 받아들인 후 오늘의 일을 문제 삼아 여러분들을 핍박할까 하는 마음에서일 것이라고 생각해요. 그렇지 않나요?"

"…그렇습니다. 오늘 거짓으로 우리를 받아들인다고 한 뒤 나중에 우리에게 보복할 것이 두렵습니다. 궁주님의 말대로 여태까지 수많은 사상자가 생겼으니까요."

솔직히 석탁은 시인했다. 우문혜미는 웃으며 말했다.

"그건 걱정하실 것 없어요. 분명히 약속드려요. 음모를 꾸민 것은 저들의 잘못이에요. 그 밑에 있는 여러분은, 그리고 여러분의 수하들은 그저 저들의 명령에 따른 것뿐이죠. 그러니 우리 요희궁은 절대로 오늘의 일을 문제 삼아 하오문을 핍박하지는 않을 겁니다! 이걸 그 약속의 증표로 현 하오문주인 귀하께 드리겠어요."

힘차게 말한 후 우문혜미는 자신의 채대를 풀어 석탁에게 건넸다. 피가 말라붙어 있는 채대. 하지만 석탁은 떨리는 두 손으로 그걸 받아들 수밖에 없었다. 이 꾀죄죄한 채대가 바로 요희궁에서 대대로 내려오는 신물이었기에. 우문혜미의 행동을 안 마도의 수뇌들은 역시 자신들이 가지고 있는 신물을 꺼내 석탁에게 내밀었다.

"마중천자의 이름을 걸고 약속하지. 마교는 하오문에 아무런 해코지를 하지 않겠네."

"수라회 역시. 다만 저들을 반드시 우리에게 넘겨주면 말이네! 으드득!"

"금붕문도……."

모두 일곱 개의 신물을 거머쥔 석탁의 눈에서 물방울이 떨어졌다. 감격의 눈물이었다. 자파의 신물을 맡긴다 함은 오늘의 일을 절대 문제 삼지 않겠다는 것이었다. 또한, 완전한 동료로서 받아들이겠다는

말과 다를 바가 없었다. 그리고 이제부터 칠패천은 하오문을 동등한
입장에서 대하겠다는 뜻이기도 했다. 그토록 염원했던 하오문의 소망
이 석탁의 대에서 이루어진 것이다. 이제 더 이상 하오문은 삼류잡배
의 모임이 아니다. 당당한 마도의 한 문파이고 칠패천과 나란히 어깨
를 겨루는 마도의 중심 세력이 된 것이다. 그들의 모습을 보고 있던 화
중문은 천천히 앞으로 걸어가 네 명의 개방 장로들에게 다가갔다. 그
는 그중 가장 젊어 보이는 장로에게 말을 건넸다.

"아마도 귀하가 현 개방주인 것 같군. 그렇지 않소?"

좀 전 말을 한 것이 그였고, 또한 가장 혁혁한 기도를 풍기고 있었기
에 그에게 말을 한 것이었다. 그러자 그는 잠시 머뭇거리다 고개를 끄
덕였다.

"…그렇습니다."

그리고는 제압당해 있는 정만해를 한 번 힐끔거렸다가 말을 이었다.

"'현' 개방의 방주인 위지승(慰遲勝)이라고 합니다."

"이건 화산의 장문령부인 화옥패(華玉牌)라고 하오. 잠시 당신에게
이걸 맡기고 싶은데 괜찮겠소?"

"저, 정말이십니까?"

떨리는 두 손으로 화옥패를 받아 들며 묻는 위지승을 보며 화중문은
고개를 끄덕였다.

"후후, 그렇소. 내 분명히 말하지만 화산은 오늘의 일을 문제 삼지
않을 것이오. 마음 놓으시오."

그러자 다른 정파의 수뇌들도 하나둘씩 위지승에게 다가가 자파의
신물을 건넸다.

"아미타불, 이건 우리 소림의 약속의 증표이오."

"청성의······."
"해남의······."
"남궁세가의······."
"종리세가의······."

그렇게 14개의 신물이 위지승의 품에 놓여졌다. 그것들을 내려다보며 위지승과 다른 세 명의 장로들은 감격의 눈물을 흘렸다. 그토록 염원하던 개방의 소망이 이렇게 이루어졌으니까. 이제 개방은 당당한 정파의 한 세력이 되었다. 그 누구도 무시 못할 한 세력이.

일이 이렇게 마무리 지어지자 뒤에서 그 광경을 보고만 있던 적의노인과 흑의노인은 천천히 앞으로 걸어갔다.

"허허, 일이 대충 일단락되어진 것 같군. 그럼 묻겠소. 우리의 첫 번째 거래를 받아들이시겠소?"

적의노인이 묻자 마중천자와 화중문이 대표로 고개를 끄덕이며 말했다.

"좋소. 마도는 이 거래를 받아들이겠소."

"정파 역시 이 거래를 받아들이겠소."

이렇게 사파와의 최초의 거래가 이루어졌다.

그리고 두 번째 거래가 시작되었다.

"흠흠, 그럼 두 번째 거래로 넘어가 볼까?"

적의노인이 입을 열었을 때, 우문혜미가 먼저 선수를 치며 말했다.

"호호, 제가 말해 볼까요?"

그녀의 말에 두 노인은 놀란 표정을 지으며 물었다.

"무슨 거래인지 알겠소?"

“호호, 대충은 알 것 같군요. 아마 여러분은 무림을 제패할 생각은 하고 있지 않으실 거예요. 그렇지 않나요?”

그녀의 말에 수뇌들의 얼굴빛이 급속도로 변해갔다. 의혹과 기대와 불안으로 말이다. 그때, 흑의노인이 천천히 고개를 끄덕이며 말했다.

“…그렇소.”

“오오!”

“이럴 수가!”

그 짧은 대답에 수뇌들은 환호성을 터뜨렸다. 개방과 하오문을 준다는 말에서부터 그럴지도 모른다고 생각하긴 했으나 그게 사실일 줄이야! 정말 수뇌들은 기뻐 춤이라도 추고 싶을 지경이었다.

“계속 말해 보시구려.”

수뇌들의 탄성을 뒤로하고 적의노인이 묻자 우문혜미는 빙긋 미소를 지으며 말했다.

“이건 제 추측이지만 여러분도 하오문처럼 말로는 여러분의 소망이 이루어지지 않을 것이라고 보고 오늘의 일을 꾸민 것이라고 생각해요. 그리고 이건 추측이지만 여태까지 정과 우리 마를 이간질시키는 작업은 저기 있는 전대 하오문주가 주모자였을 거라고 짐작되는군요. 물론 여러분은 그 일에 힘을 빌려주긴 했으나 직접적으로 나서지는 않았을 것이구요. 그것도 오늘의 일, 그러니까 우리와 타협을 조금 더 수월하게 진행하기 위해서겠죠. 만약 여러분이 우리를 이간질하는 작업을 주동했다면 우리가 무슨 일이 있어도 여러분과 타협을 하지 않을 것을 알고 말이에요.”

“으음… 계속하시오.”

“여태까지의 모든 음모를 저들에게 뒤집어씌운다. 아니, 뒤집어씌우는 게 아니라 저들이 한 일을 저들이 책임지게 하려는 것이겠죠. 또한, 저들을 우리가 처리한다면 직접적인 원흉을 우리 손으로 처리하는 것이 되니 복수는 했다고 할 수 있죠. 그로 인해 여러분은 우리의 원수가 아니라 그저 저들에게 힘을 빌려주기만 한 무력 세력이 되는 것이죠. 여태까지 음모를 꾸민 원흉이 아니라 그 원흉에게 그저 힘을 빌려줬을 뿐인 한 단체가 된다는 말이에요.”

여기까지 말한 우문혜미는 잠시 말을 멈추고 숨을 골랐다. 그러면서 두 노인의 안색을 살폈다. 두 노인의 얼굴은 놀랍다는 표정으로 가득했다. 그녀의 추측이 맞았다는 것이었다. 그녀가 다시 말을 하려 할 때, 그녀를 보며 종리화가 먼저 입을 열었다.

“그 뒤는 제가 말해도 될까요?”

우문혜미는 싱긋 웃어 보임으로써 대답을 대신했다. 그녀는 속으로 저 눈치 빠르고 총명한 아이가 자신의 제자였다면 얼마나 좋았을까? 하고 생각해 보았다. 만일 그랬다면 안심하고 은퇴를 할 수가 있을 것인데…….

“아마도 여러분은 여태껏 음지에서 살아왔기 때문에 이제는 양지로 나가고 싶어할 것이라고 봐요. 한데 여러분이 양지로 나가는 걸 우리가 찬성하지 않을 것이라고 판단했겠죠. 사실 우리가 여러분의 생각에 찬성해 줄 이유는 없으니까요. 그래서…….”

“그래서?”

“그래서 이런 일을 꾸밀 수밖에 없었겠죠. 말로는 듣지 않을 것이 분명하니 이렇게 들을 수밖에 없는 상황을 만들기로 말이에요. 그래서 하오문과 개방을 끌어들였겠죠. 그들이 우리에게 천대받고 있다는 사실을 이용해서 말이에요. 하지만 저들의 욕심은 여러분들의 상상보다도 더 컸죠. 여러분은 그저 양지로 나오고 싶어했지만 저들은 무림을 정복하고 싶어했으니까요. 어찌 보면 그건 여러분들에게 더 잘된 일이라고 할 수 있었죠. 저들의 야심을 역이용할 계책이 있었으니까요."

"계속하게."

"우선 저들이 하는 대로 내버려 뒀겠죠. 예설과 예청을 납치하고, 우리에게 정보를 흘려 서로 싸우게 하고, 예설을… 죽이고, 그로 인해 위문이란 어마어마한 고수를 분노하게 하는 등 우리를 이간질시키는 음모를 말이에요. 그러면서 여러분은 그 밑의 사람들을 포섭했겠죠. 저기 있는 '현' 하오문주와 '현' 개방주를 말이에요. 그들 또한 무림을 정복하는 것보다는 조금만 더 자신들의 방파가 우리에게 인정받게 되기를 바랬을 테니까 여러분과는 마음이 잘 맞았을 거예요. 그렇게 해서 지금의 상황이 만들어진 것이라고 봐요."

종리화가 잠시 말을 멈추자 우문혜미가 재빨리 말을 이어갔다.

"여러분들은 이렇게까지 상황을 만든 주동자를 저들로 해둠으로써, 아니, 사실이 그렇죠. 일은 저들이 꾸몄으니까요. 아무튼 그래서 여러분은 우리와 직접적인 원한 관계는 없게 되고 다만 자신들의 말을 좀더 강하게 인식시켜 줄 수 있는 상황을 가질 수 있게 된 것이죠."

"오오! 대단한 추리로군."

적의노인은 진심으로 탄성을 내뱉었다. 그의 반응으로 인해 우문혜미와 종리화의 추측이 맞았음을 수뇌들은 느낄 수 있었다. 그리고 오늘 자신들이 살아남을지도 모른다는 강한 희망이 생겼다.

"여기까지는 대충 알겠지만 여러분들의 의도를 정확히는 모르니 이제부터 두 번째 거래 내용을 말해 주세요."

우문혜미의 말에 두 노인은 고개를 끄덕였다. 그리고 적의노인이 말했다.

"그렇게 하겠소. 두 번째 거래는 이것이오. 우리 고루혈교는 망산(邙山)의 북쪽에 터를 잡았소. 그곳은 무덤이 많은 곳이라 우리에게 잘 어울린다 생각한 것이지. 우리는 그곳에서 개파대전(開派大典)을 벌이려 하오. 그리고 여러분들이 그 자리에 참석해 주기를 바라오. 이 말이 무엇을 뜻하는지 잘 아실 거라 믿소. 우린 정과 마로 나뉘는 무림의 양분 구도에 사(邪)라는 제3의 세력을 끼워 넣고 싶은 것이오. '정(正)과 마(魔), 그리고 사(邪)'라는 삼분 구도로 말이오. …우리는 밝은 곳으로 나가고 싶소. 여러분의 지지 아래."

뒤이어 흑의노인이 말했다.

"우리는 망산의 남쪽에 터를 잡았소. 그곳은 사람도 잘 드나들지 않고 산세가 험한 데다 분위기가 맘에 들어 말이오. 우리 역시 개파대전을 벌이려 하오. 여러분들이 참석한 자리에서. 이유는 앞서 고루혈교주가 말씀하신 것과 같소."

사파는 양지로 나오고 싶어한다. 그들은 만반의 준비를 다 갖춰놓은 듯했다. 아마도 망산엔 이미 고루혈교의 본궁이 세워져 있을 것이다. 또한 환사문의 본거지도 만들어져 있을 것이다. 그들이 개파대전을 벌일 때, 여기에 모여 있는 정과 마의 수뇌들이 참석한다면 그들은 정과 마가 인정하는 세력이 된다. 더 이상 음지에 숨어 있는 게 아니라 밝은 양지로 나오게 되는 것이다. 그들은 완전한 무림의 한 세력으로 자리 잡게 되는 것이다. 모두가 인정하는 세력으로. 아마도 첫 번째 거래인 서문설과 이옥환의 이름을 불러달라는 것도 개파대전을 위한 포석일 것이다.

"물론 우리가 거절한다면 거래는 끝이 나고 우린 모두 죽게 되겠죠?

또한 원래 계획대로 무림을 손에 넣을 작정이겠죠?"

종리화의 말에 두 노인은 약간 얼굴을 일그러뜨리며 고개를 끄덕였다. 그녀의 말에서 '아무래도 힘든 것인가?' 란 생각이 들었기 때문이었다. 하지만 종리화가 그런 말을 한 것에는 다른 이유가 있었다. 무턱대고 그들의 거래에 응한다면 너무 주도권을 뺏기는 것 같아 한번 팅겨본 것이었다. 그녀는 두 노인의 표정을 살폈다가 다시 말했다.

"물론 우린 여러분의 거래에 응할 수밖에 없어요. 그렇지 않으면 우린 모두 죽을 테니까요. 하지만!"

"하지만 뭔가?"

거래에 응한다는 말에 얼굴빛이 밝아진 두 노인은 동시에 물었다.

"다른 게 아니라 조금 협상을 해야 한단 거죠. 예를 들면 고루혈교의 강시라든가……."

사실 중원의 무인들에게 강시를 사용하는 문파를 받아들이라는 건 조금 힘겨운 것이었다. 그녀는 이것을 예로 들었고, 그에 적의노인은 한 번 고개를 끄덕이더니 말했다. 그것에 대한 준비도 해놓은 듯 조금도 막힘이 없었다.

"그건 우리도 찬성하오. 세세한 것들은 차차 시간을 두고 협상을 해야겠지. 우리의 무학이 여러분들의 것과는 너무 판이하게 다른 건 사실이니까 말이오. 우린 조금씩 우리의 무학에 중원의 무학을 섞어 융화되도록 할 작정이오. 같이 무림이란 곳을 사는 데 불편함이 최소화되도록 말이오. 우린 최대한으로 양보할 생각이오. 그리고 여러분도 우릴 조금은 이해하도록 노력해 주시오. 아마 우린 시간이 걸리겠지만 협상을 성공시킬 수 있을 것이오. 그러니… 우선 우리에게 기회를 줘보시겠소?"

이미 손안에 들어왔다고 해도 과언이 아닌 무림을 두 노인은 스스로 버리려 하고 있다. 그들은 무림을 차지하는 대신 자신들의 생존권만을 요구하고 있다. 그리고 그 생존권을 위해 최대한으로 양보하겠다는 말까지 하고 있다.

"으음… 생각할 시간을 주시오."

그렇게 말하고는 마중천자는 다른 수뇌들을 데리고 뒤로 걸어갔다. 그런 그들을 보며 두 노인도 그들에게서 멀어졌다. 그들의 대화를 듣지 않으려는 듯이.

"결론은 이마 나 있다고 생각하는데 왜 시간을 달라고 하신 거죠?"

모이자마자 종리화가 마중천자를 보며 물었다. 그러자 마중천자는 다른 수뇌들을 돌아보며 말했다.

"알고 있소. 우리에겐 선택이란 없음을. 또한 저들이 최대한으로 양보한다고 한 이상 양지로 나오게 해도 별 무린 없을 것 같소. 또한, 그때 가서 협상이 결렬되면 한판 붙어도 늦지 않을 것이고. 하지만 덥석 응하면 너무 주도권을 저들에게 뺏기는 것 같아 이렇게 생각할 시간을 달라고 한 것이오."

"우리의 생각 역시 같소이다. 우선 저들이 양지로 나온다면 언제 세상을 뒤집을지 몰라 가슴 줄이는 일은 없을 것이오. 그들이 밝은 곳으로 나오게 된다면 말이오. 물론 협상할 것은 많겠지만."

화중문 역시 마중천자의 생각에 동조했다. 그리고 다른 수뇌들도 모두 그의 말에 찬성했다. 그때 우문혜미가 한 가지 의문을 제기했다.

"하지만 한 가지 문제가 있군요. 우리가 그렇게 말한다 해도 저들은 우릴 쉽게 믿을 수는 없을 거예요. 지금 이 순간만을 모면하려고 거짓 약속을 한다고 생각할지도 모르잖아요?"

"으음······."

그러고 보니 그런 문제가 있었다. 말로만 약속하는 건 별로 믿음이 가지 않을 것이었다. 그러니 뭔가 믿을 만한 방법을 찾아야 하는데… 그때, 가만히 생각하던 무당 장문인 소요자가 한 가지 제안을 내놓았다.

"이렇게 하면 어떨는지요?"

그러자 모두의 시선이 소요자에게 옮겨졌고 소요자는 말을 이어갔다.

"그러니까 자파의 아끼는 제자, 적전제자는 안 되겠지만 아무튼 장래 촉망되는 제자를 한 명씩 저들에게 잠시 볼모로 내주는 것이 어떨는지요?"

"볼모?"

"그렇소이다. 저들의 개파대전이 열릴 때까지만 볼모로 내주는 거요. 개파대전이 끝나면 저들은 우리 모두가 바라보는 자리에서 정식으로 강호에 발을 들여놓는 것이니, 그때쯤엔 우리도 저들을 어쩔 수가 없을 것이오. 저들은 우리가 인정한 세력이 되는 것이니까. 그러니 그때쯤엔 저들도 의심을 풀 것이오. 그런 뒤 자파의 제자를 돌려받으면 되지 않겠소?"

더 나은 의견이 있을 리가 없었다. 수뇌들은 모두 고개를 끄덕임으로써 소요자의 의견에 찬성했다. 이렇게 짧은 시간 안에 결론이 내려졌지만 잠시 시간을 끌다 수뇌들은 두 노인 쪽으로 다가갔다. 어렵게 결론을 내렸다는 인상을 심어주기 위해서였다.

"그래, 결론은 내려졌소?"

적의노인이 재빨리 물어보았다. 그들의 대답의 가부로 두 노인은 그들을 죽일지, 아니면 살릴지를 결정할 것이다. 대표로 마중천자가 대답했다.

"우선 거래라고 했으니 우리에게 제시할 게 있다고 생각하오만?"

"허허, 그렇군. 우리의 조건은 여러분들의 생명이오. 잘 아시리라 생각하오."

모두 짐작하고 있던 말이었다. 그래서 수뇌들은 이해한다는 뜻으로 고개를 끄덕였고 대표로 마중천자가 확인하듯 되물었다.

"그러니까 우리 모두의 목숨을 살려주겠다는 말이오?"

"그렇소이다. 거래에 응한다면 여러분은 이 자리를 무사히 떠나실 수 있을 것이오."

그때 흑의노인이 덧붙여 말했다.

"또한, 여러분이 거래에 응한다면 이 자리에서 한 가지 확실히 해둘 말이 있소. 그것은 우리 환사문이나 고루혈교는 망산에서 개파대전을 벌인 뒤 먼저 싸움을 거는 일은 절대로 없을 거란 것이오. 또한 망산의 주위로 세력을 확장시키는 일도 없을 것이오. 여러분들이 우릴 먼저 공격하지만 않는다면 우리가 여러분을 공격할 일은 결코 없을 것이오. 우린 선조들의 잘못을 되풀이할 생각은 조금도 가지고 있지 않소이다."

이들의 양보로 공존의 길이 보이고 있다. 먼저 공격하지 않으면 우리도 공격하지 않겠다. 두 노인의 태도로 보아 그 말은 결코 거짓이 아닐 것이다. 그들은 스스로 무림을 정복할 야심을 버렸으므로.

"그 거래를 받아들이도록 하겠소. 물론 차차 협상을 해 나가야 하겠지만. 그리고……."

마중천자는 거래의 성립을 알리고 좀 전에 토의한 내용, 즉 두 노인

에게 믿음을 주기 위해 자파의 아끼는 제자 한 명씩을 이 자리를 벗어
나는 즉시 개파대전이 열릴 때까지 그들에게 맡기겠다는 의사를 표명
했다. 그의 말에 두 노인의 노안에 환한 미소가 그려졌음은 두말할 필
요가 없으리라.

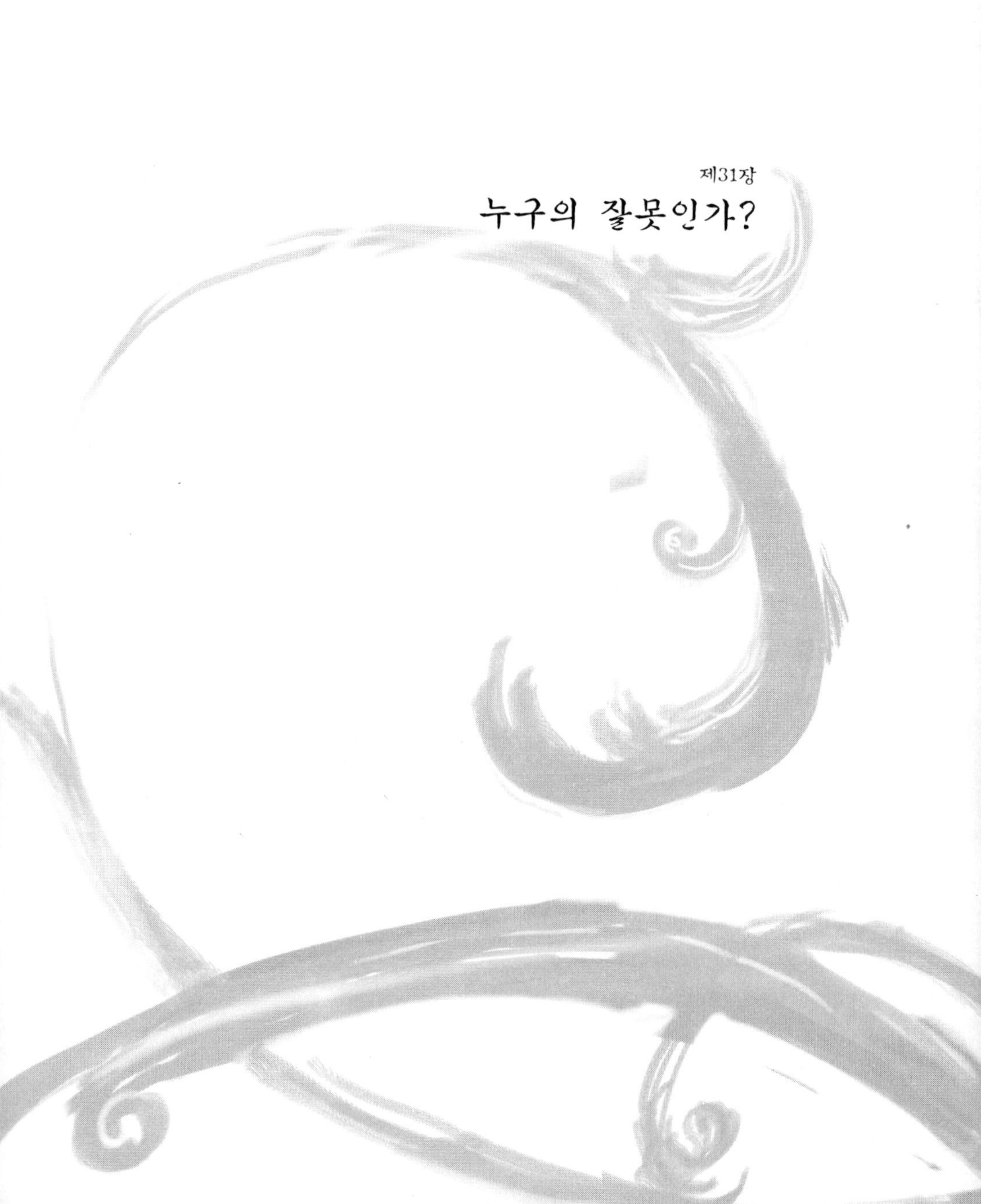

누구의 잘못인가?

누구의 잘못인가?

조조는 마지막 자비로 아혈이 풀리게 되었다. 하지만 그는 충격이 큰 듯 멍하니 앞만 볼 뿐 아무런 말도 하지 못했다.

"마지막 기회요, 사부. 할 말이 있으면 어서 하시오."

석탁은 약간 미안한 마음이 드는지 측은하게 조조를 보며 말했다. 하지만 조조는 끝내 아무런 말도 하지 않았다.

쐐애액!

펑! 펑! 펑! 펑! 펑! 펑! 펑!

조조의 처리는 칠패천의 수뇌들이 맡았다. 조조는 일곱 가닥의 장력을 맞고 그대로 즉사하고 말았다.

그리고,

"푸훗훗! 공존이라고?"

비웃듯이 정과 마, 그리고 사의 수뇌들을 보며 정만해는 물었다. 그리고 그는 다섯 명의 장로와 함께 14인의 장력을 맞고 즉사했다. 정만 해는 죽어서도 비웃는 표정을 짓고 있었다. 마치 공존이란 결코 이루어지지 않는다는 듯이…….

이제 한 가지 문제만을 남겨놓게 되었다.
하지만 그 마지막 문제는 가장 심각한 문제였다.

'크크크, 겨우 그 따위 이유였단 말이지? 겨우 그 따위 이유 때문에? 아설을 죽이고, 아청을 내게서 빼앗아간 것이 겨우 네놈들의 생존권을 찾기 위해서였단 말이지? 겨우 그 따위 이유 때문에! 내게서! 내 사랑을! 빼앗아갔단 말이지! 더구나 내가 죽여야 할 놈들을 네놈들이 맘대로 죽였단 말이지!'
'죽여! 모조리 죽여 버려!'
'크크크크, 날 절망에 빠뜨린 네놈들을 내! 가만두지! 않으리라! 내 사랑을 빼앗아간! 네놈들을! 모조리! 응징하리라!'
'죽여! 죽여! 죽여!'
위문의 정수리에 깊숙이 박혀 있는 두 개의 대침이 서서히 위로 밀려 올라가기 시작했다. 그리고 대침이 밀려 올라가는 것만큼 그의 얼굴은 목에서부터 위로 서서히 핏빛으로 물들어갔다.
"이, 이럴 수가! 시, 시간이 없소!"
그 광경을 본 신의는 재빨리 소리쳤다. 그러자 수뇌들은 모두 위문 쪽으로 다가갔다.
"무슨 일이오? 이제 한 시진이 조금 넘은 것 같은데?"
마중천자의 물음에 신의는 안절부절못하며 고개를 흔들었다.

"나도 모르겠소. 아직 시간이 남아 있을 것인데… 저기를 보시오. 대침이 서서히 빠져나오고 있소."

아닌 게 아니라 수뇌들의 눈에도 대침이 빠져나오고 있는 게 보였다. 그리고 그만큼 위문의 얼굴이 핏빛으로 덮이는 것도.

"예청! 예청은 아직 오지 않았나?"

다급한 화중문의 음성이 터졌다. 그의 말에 위문은 속으로 잠시 움찔했다.

'아청? 아청이 온다고?'

그때, 적의노인이 외쳤다.

"나도 저 아이의 지금 상태가 어떤지 잘 알고 있소! 여러분은 어서 이 자리를 피하도록 하시오!"

순간적으로 모든 수뇌들의 눈이 적의노인에게 쏠려졌다. 그만큼 그의 말은 의외였던 것이다. 그에 적의노인은 덧붙여 설명했다.

"저 아이가 깨어날 때 필요한 것은 예청뿐이오. 모두 그걸 잘 알고 있을 것이오. 만일 저 아이가 예청으로 인해 마성을 억누른다면 다행이지만, 그렇지 않을 경우 저 아이는 광마가 되어 눈에 띄는 것은 모두 파괴할 것이오. 그리고 그 첫 제물은 여기 있는 우리들이 될 것이오. 그건 모두 잘 아시리라 생각하오. 그러니 우린 여기에 있을 이유가 없소. 예청이 성공한다면 저 아이를 이곳에서 데리고 내려가면 될 것이오. 그녀가 실패한다 해도 이곳에 아무도 없다면 저 아이는 다른 곳으로, 파괴할 인간이 있는 곳으로 갈 것이오. 우린 그때 모여 저 아이를 전 세력을 동원해 상대하면 될 것이오. 그렇지 않소?"

과연 듣고 보니 그럴듯한 말이었다. 수뇌들은 모두 술렁거리기 시작했고, 미중천자는 고개를 끄덕이며 말했다.

"과연 그렇군. 저 아이가 마성을 억누르거나, 마성에 빠지거나 우리가 이곳에 있을 이유는 없는 것이군. 하지만 아직 예청이 오지 않았는데 그전에 내려가도 되겠소?"

이곳의 일을 당신들에게 맡겨도 되겠냐는 것이었다. 적의노인은 흔쾌히 고개를 끄덕였다.

"허허, 우리 쪽 무사가 예청을 데리고 올 것이니 우리가 책임을 져야지. 그러니 걱정 말고 어서 가시오."

"그럼, 그렇게 하겠소. 또한, 저 아이가 어찌 되든 우리의 거래는 이루어질 것이오. 그럼 이만."

두 노인에게 거래는 반드시 지키겠다는 의지를 보여준 뒤, 마중천자는 고개를 돌리며 남아 있는 마도의 사람들에게 소리쳤다.

"우린 이제 이곳을 떠난다. 하지만 사태의 추이를 지켜봐야 하니 산 밑까지 내려가서 기다리도록 한다. 모두 알겠나?"

"예!"

남아 있는 수하들이 소리쳤고, 칠패천의 수뇌들과 수하들은 천천히 움직이기 시작했다. 그들의 모습을 보며 화중문도 두 노인에게 말했다.

"우리 정파 역시 거래를 지킬 것이오. 그럼."

곧 이어 정파의 사람들도 천천히 산 밑으로 내려가기 시작했다. 그들에게 봉우리 전체를 포위하고 있던 사파의 무사들은 내려갈 길을 만들어주었다. 이제 이곳엔 하오문주 석탁과 개방주 위지승과 세 장로, 그리고 사파의 무리들, 마지막으로 위문의 정수리에 꽂혀 있는 대침을 뽑기 위해 떠나지 않은 신의만이 남아 있었다.

"일이 잘되어서 다행이군."

적의노인은 안도의 한숨을 내쉬었다.

"그래, 다행이야. 이제 마음 놓고 후대에게 이 무거운 자리를 물려줄 수 있게 되었어."

흑의노인은 그러면서 자신의 옆에 서 있는 이옥환을 지그시 응시했다. 그의 노안엔 믿음이 담겨 있었다. 그의 믿음에 답하기라도 하듯 이옥환은 강한 의지가 담긴 목소리로 말했다.

"염려 마십시오, 문주님."

짧은 말이었지만 흑의노인은 든든하기 이를 데 없었다. 그가 아는 이옥환은 허튼소리는 결코 하지 않는 아이였으니까. 그리고 서문설도 적의노인을 보며 말했다.

"저 역시 교주님의 기대에 부응하도록 노력할 것입니다."

적의노인도 서문설의 굳은 의지가 담긴 말에 든든함을 느꼈다. 두 노인은 이제 내일 당장 은퇴한다 해도 여한이 없을 것이다. 오랜 염원을 해결했고, 든든한 후계자까지 두었으니까 말이다.

"수고 많았네, 종 문주, 그리고 위지 방주."

적의노인은 석탁과 위지승에게도 치하의 말을 건넸다. 그러자 두 사내는 겸손의 표정을 지었다.

"아닙니다. 두 분의 노력에 비하면 저는 아무것도 한 것이 없지요. 그리고 정말 감사드립니다. 두 분 덕택으로 저희 하오문은 오랜 염원을 풀었습니다."

"저 역시 감사드리는 바입니다. 두 분이 아니었다면 개방은 아직도 천대받는 방파일 테니까요."

"허허허, 아무튼 일이 잘되어 기쁘네. 그럼… 이제 문제는 저 아이뿐인가?"

적의노인의 눈이 위문에게로 움직였고, 흑의노인과 다른 이들의 시선도 위문에게 돌려졌다. 그때, 누군가가 두 노인의 앞에 부복한 자세로 나타났다. 언제 나타났는지도 모를 만큼 쾌속한 신법이었다.

"문주님을 뵈옵니다."

환상창수단주였다. 그를 내려다보며 흑의노인이 물었다.

"무슨 일인가?"

"예청을 데리고 왔습니다."

정말 다행이라고 두 노인은 생각했다. 지금도 위문의 정수리에 꽂혀 있는 대침은 조금씩 위로 밀려 올라가고 있었는데 때마침 예청이 도착했다니 말이다.

"오오! 어서 이리로 데려오게."

"존명!"

창수단주는 뒤로 신호를 보냈다. 그러자 두 사내가 한 여인을 부축해 이곳으로 다가왔다. 부축받고 있는 여인은 예청이었다. 마침내 예청이 이곳으로 온 것이다. 예청의 피부는 눈이 부실 정도로 새하얗다. 몇 개월 간 지하에 갇혀 빛을 받지 못해 그렇게 된 것이었다. 또한 약간 초췌한 빛을 띠고 있었다. 식사를 거르지 않고 하긴 했으나 마음 고생이 심해서 그런 것이었다. 그녀는 자다가 이곳으로 끌려왔다. 몇 개월 만에 처음 있는 변화, 처음 빛을 본 데다 아무리 물어도 그녀를 업고 달리는 사내는 아무런 말도 해주지 않았기에 지금 그녀는 몹시 당황스러운 상태였다. 하지만 갇혀 있는 것보단 나았기에 약간 기분이 좋기는 했다. 그녀가 이곳에서 가장 처음 느낀 것은 피비린내가 진동을 하고 있다는 것이었다. 또한 그녀의 눈에 들어오는 것들은 처참한 것들이었다. 평원을 가득 덮고 있는 시체들과 핏물들. 그리고 사방을 에워싸고 있는 사람들, 왠지 소름이 끼쳤다. 흑의노인은 예청을 한 번 본 후, 창수단주에게 명령을 내렸다.

"자넨 지금 당장 수하들을 이끌고 이곳을 내려가게. 또한, 검수단주와 귀혼단주에게도 그렇게 전하게."

"예? 하면 두 분께선……."

그가 걱정스런 표정으로 묻자 흑의노인은 웃으며 말했다.

"허허, 우리도 자네들을 뒤따라 이곳을 벗어날 것이네. 그러니 어서 시행하게."

"존명!"

창수단주는 경공을 전개해 재빨리 사라졌다. 그리고 잠시 뒤 설봉을 에워싸고 있는 2천 5백여의 무사들이 어둠 속으로 사라져 갔다.

"자네들도 가게나."

적의노인은 석탁과 위지승에게도 떠나라고 했다. 그러자 석탁이 걱정스러운 듯 조심스럽게 말했다.

"정말… 괜찮겠습니까?"

"허허허, 괜찮네. 그러니 어서 가게나."

"그럼 이만."

석탁이 먼저 사라졌고, 뒤이어 위지승과 세 명의 장로들이 두 노인에게 인사를 하며 사라졌다.

"몸조심하십시오. 그럼."

이제 이곳엔 예청과 그녀를 부축하고 있는 두 명의 사내, 그리고 두 노인과 두 제자, 신의만이 남게 되었다. 적의노인은 가만히 있는 신의에게 물었다.

"괜찮겠소?"

신의는 고개를 끄덕이며 말했다. 그는 마음 깊은 곳에서 우러나오는 환한 미소를 짓고 있었다.

"괜찮습니다. 이렇게 정과 마, 그리고 사의 공존의 첫 장을 목격한 것만으로도 전 만족스럽습니다. 또한, 저 침을 뽑는 것은 저 아니면 불가능하니 걱정 놓으시지요."

흑의노인은 예청을 부축하고 있는 두 사내에게 말했다.

"이곳을 맡기겠다."

두 사내는 재빨리 고개를 끄덕였다. 염려 놓으라는 것이었다.

"그럼, 우리도 사라져야 할 때로군."

적의노인은 서문설을 보며 말했다. 그러자 흑의노인도 이옥환을 보며 말했다.

"갈 때가 됐구나."

그렇게 두 노인과 두 제자는 사라졌다.

휘이이잉~

황량한 평원, 시체들과 역한 피비린내, 그 위에 위문은 무릎을 꿇고 있었다. 그의 전신은 점점 거세게 떨려가고 있었고, 금방이라도 일어나 포효를 터뜨릴 듯했다. 광마의 포효를. 그리고 그런 그를 향해 다가가는 네 명의 사람들이 있었다. 이 자리에 남아 있는 모든 이들이 그에게 다가가고 있었다.

예청은 아직도 혼란스러웠다. 뭐가 뭔지 도무지 알 수가 없었다. 그녀가 있는 이곳이 지옥인지, 아니면 전쟁터인지 분간이 가지 않았다. 그리고 그녀를 부축하고 있는 두 사내는 누구인지, 가만히 그녀를 바라보는 저 노인은 누구인지 알 수가 없었다. 그때, 그 노인이 그녀에게 말했다.

"난 아가씨를 잘 모르오. 다만 저기 있는 사내의 연인이란 것만 아오. 시간이 있다면 자세히 설명해 주겠으나 불행히도 시간이 없소. 그러니 우선은 내 말대로 하시오. 그게 당신이 살고, 저 사내도 살리는 유일한 방법이니까. 아시겠소?"

"무, 무슨 일인가요?"

예청은 처음으로 입을 열었다. 그만큼 그녀는 궁금했다. 도대체 자신이 어떤 상황에 놓여 있는지 말이다. 하지만 신의는 그녀의 질문을 무시하고 재빨리 대답했다.

"우선 시키는 대로 하시오. 모든 것은 일이 해결된 후 설명해 주겠으니."

그러면서 신의는 예청을 위문의 바로 코앞까지 데리고 갔다.

"똑똑히 보시오. 이 사내가 아가씨의 연인인 위문이란 사내이오. 내가 여기 있는 이 침을 뽑으면 아가씨는 그 즉시 이렇게 외치시오. '위문! 위문! 정신 차리세요! 위문!'. 알겠소?"

"이, 이분이… 이분이 위 대가란 말인가요?"

금방이라도 울 것 같은 표정을 지으며 예청이 물었다.

"그렇소. 그리고 그는 지금 몹시 위험한 상태이오. 만약 아가씨가 내가 시키는 대로 하지 않으면 이 사내는 미치게 될 것이오. 아시겠소?"

다른 모든 것은 혼란스러웠으나 한 가지만은 알 수가 있었다. 그녀의 전부인 위문이 위험에 빠졌다는 것, 그리고 그녀는 위문을 도와야 한다는 것.

"그렇게 외치면 위 대가는 괜찮아지나요?"

"그럴 것이오. 아니, 그렇게 돼야만 하오. 그럼, 시작해도 되겠소?"

예청은 고개를 끄덕였다. 위문을 구해야 한다는 것만이 그녀의 머리 속에 들어오고 있었다. 어떻게 된 일인지는 신의의 말대로 그를 구하고 난 뒤에 들으면 될 것이다.

"그럼, 준비하시오. 내가 이 침을 뽑는 즉시 그를 흔들며 외쳐야 하오! 내가 침을 뽑는 즉시 말이오!"

하며 그는 위문의 뒤로 돌아갔다. 이미 침은 삼 분지 일만을 남기고 밀려 나와 있는 상태였다. 신의가 위문의 뒤로 돌아가자 예청을 부축하고 있던 두 사내는 그녀를 놓아주었다. 그러자 그녀는 다리에 힘이 없는 듯 그대로 바닥에 주저앉았고, 그러면서 위문을 똑바로 응시했다. 그녀의 두 팔은 언제라도 위문을 잡고 흔들 준비가 되어 있었다.

"시작하겠소!"

그렇게 외치며 신의는 두 개의 대침을 움켜쥐었다. 그리고는 재빨리 침을 뽑았다. 신의 이름을 부르짖으며. 침이 뽑힘과 동시에 감겨 있던 위문의 두 눈이 번쩍 뜨여졌다. 그의 두 눈은 핏빛으로 물들어 있지 않았다.

"위 대가! 정신 차리세요! 위 대가! 저예요! 저! 아청이라구요! 위 대가!"

위문이 눈을 뜨자마자 예청은 그의 어깨를 잡고 흔들며 절규했다. 위문의 눈은 그녀가 익히 알고 있는, 꿈에라도 다시 한 번 보기를 원했던 바로 그 눈빛을 띠고 있었다. 그래서인지 절규를 터뜨리는 그녀의 뺨으로 굵은 물방울이 흘러내렸다.

"아… 아… 청?"

억지로 고통을 이겨내듯 위문은 힘겹게 내뱉었다. 그러자 예청은 더욱 큰 소리로 외쳤다.

"그래요! 나예요! 나! 아청이라구요! 정신 차리세요! 위 대가!"

눈물이 입 안으로 들어가고, 콧물을 흘리면서도 그녀는 악을 질러 위문을 깨우려고 했다.

"다… 당신… 이오? 아… 청? 그대가… 맞소?"

코 바로 밑까지 핏빛으로 물들어 있던 위문의 피부가 점점 변화를 일으키기 시작했다. 원래의 피부 색이 조금씩 핏빛을 몰아내기 시작했던 것이다.

"그래요! 저예요! 아청! 위 대가! 저라구요!"

그에 더욱 힘이 생긴 예청은 더욱 큰 소리로 부르짖었다.

"이… 이럴… 수가? 살아… 있었다니? 정말… 정말 당신이오?"

"흐흑흑, 그래요! 저예요! 제가 왔어요!"

위문의 손이 천천히 움직였다. 그의 오른손은 느릿하게 들려지더니 예청의 뺨으로 움직였다. 그의 손을 타고 예청의 따스한 피부가 느껴졌다.

그녀다! 그녀가 내게로 왔다!

위문의 눈에서도 한 방울의 눈물이 떨어졌다.

그걸 보는 신의는 안도의 한숨을 내쉬었다. 그리곤 천만다행이라는 듯 가슴을 쓸어 내렸다.

'됐다. 그는 마성을 이겨낸 거야. 허허허, 이 친구야. 자네도 보고 있나? 이게 다 자네의 공이라네, 허허허.'

하늘을 올려다보자 마의의 웃는 얼굴이 보였다. 그는 이렇게 말하고 있었다.

'이놈아! 이제 이 어르신의 진가를 알겠느냐? 케케케.'

'후후후, 그래. 내가 졌네, 이 친구야.'

신의는 마의를 따라 웃었다. 그의 노안에 한줄기 물줄기가 흘러내렸
다. 복잡한 심경이 얽혀 있는 물줄기였다.

"이리로… 내 품으로……."

위문은 두 팔을 벌려 예청을 불렀다. 그러자 예청은 환히 웃으며 위
문의 품에 안겼다.

"다행이에요, 흑흑… 정말… 정말 다행이에요."

그녀를 안은 위문의 얼굴에 한줄기 미소가 그려졌다.

그 미소는…….

일그러진 미소였다.

푹!

"헉!"

예청은 짧은 신음을 터뜨렸다. 그리고 천천히 아주 느릿한 동작으로
고개를 아래로 내렸다. 자신의 가슴이 들어왔다. 옷에 붉은 피가 번져
가고 있었다. 그리고 왼쪽 가슴에 깊숙이 박혀 있는 하나의 손을 볼 수
있었다.

'왜? …왜?'

의혹이 가득 담긴 시선으로 천천히 고개를 들어 위문을 바라보았다.
그는… 그의 얼굴은 일그러질 대로 일그러진 채 시뻘겋게 변해 있었
다.

"크크크크크… 내가 한 번 속지 두 번 속을 줄 알았나? 아청이라고?
네가 아청이라고! 크아아악!"

퍼억! 빠지직!

위문의 왼손이 예청의 얼굴을 강타했다. 예청의 머리가 터지며 핏물이 위문의 얼굴을 뒤덮었다.

"크크크크… 모조리 죽여주마! 모조리! 이 세상을! 모조리 파괴해 버리겠다아아아!!"

위문은 자신의 눈앞에 있는 예청을 가짜라고 생각했다. 이미 한 번 가짜를 본 경험이 있어서였다. 그 가짜에게 속아 얼마나 절망감에 빠졌었던가? 그래서 또 한 번 속지는 않으리라 다짐했다. 그래서 가짜를… 죽였다. 그가 가짜라고 믿은 예청을…….

그렇게 예청은 죽었다. 사랑하는 이의 품에 안겨 죽었으나 그녀를 죽인 건 그 사랑하는 이였다.

누구의 잘못일까? 오해를 한 위문의 잘못일까? 아니면 조금 더 위문을 깨우기 위해 고함을 치지 않은 예청의 잘못일까? 아니면 가짜를 만들어 위문을 절망에 빠뜨리고, 진짜 예청을 가짜라고 오해하게 한 정파인들의 잘못일까? 아니면, 잠자고 있던 위문의 천살성을 자극한 사파의 잘못일까? 아니면 천무성맥의 신체에 혹해 위문에게 무공을 가르친 마도의 잘못일까? 그것도 아니면, 예청을 만난 것이 잘못일까? 그녀를 만나 사랑에 빠진 것이 잘못일까? 음약을 탄 예설과 수수의 잘못일까? 아니면… 천무성과 천살성을 동시에 위문에게 내린 하늘의 잘못일까?

…알 수 없다. 다만 누구의 잘못이든 예청은 죽었고, 자신의 손으로 그녀를 죽인 위문은 광마가 되었다. 그게 결과인 것이다. 누구의 잘못이든 이들의 사랑은 이렇게 끝을 내렸다는 것이다.

그게… 현실인 것이다.

비애(悲愛)… 슬픈 사랑… 운명적으로 만나 운명적인 이끌림으로 서로를 사랑했던 두 남녀. 영원할 것만 같았던 그들의 사랑은 이렇게 짧고 허무하게 막을 내렸다. 여인은 사내의 품에 안겨 죽었다. 사내는 여인을 죽이고 미쳐 버렸다. 하늘은 이 모든 사실을 예감한 듯, 아니면 자신이 이 일을 꾸미기라도 한 듯, 구름 속으로 몸을 숨겼다. 달빛도 구름으로 몸을 가렸다. 별들도 마찬가지로 몸을 숨겼다. 칠흑 같은 어둠만이 이들의 주위를 맴돌고 있었다.

"크워어어어어!"

5백 년 만에 터지는 광마의 포효가 산 전체에 울려 퍼졌다. 그 여파로 신의와 두 사내는 전신 모공으로 피를 쏟아내며 죽어버렸다. 최초의, 아니, 두 번째의 희생자가 생긴 것이었다. 신의는 웃고 있었다. 그의 눈에 마의가 두 팔을 벌리고 자신을 반기고 있는 광경이 들어왔다. 그의 유일한 지기이자 호적수였던 마의, 어쩌면 마의가 죽는 순간 그의 삶도 끝나 버렸는지 모른다. 그래서 신의는 주저없이 환한 미소를 지으며 마의에게로 달려갔다. 광마는 그제야 예청의 심장을 꿰뚫고 있는 자신의 손을 뽑아냈다.

쑤욱. 털썩.

머리가 없는 시체는 처연하게 바닥에 널브러졌다. 광마는 그 시체를 잠시 내려다보았다. 그리고는 하늘을 향해 더욱 큰 포효를 터뜨렸다. 그 시체가 자신의 연인임을 알기라도 하는 듯이 말이다.

"크와아아아!"

그 뒤 광마는 어디론가로 몸을 날려 사라져 버렸다.

설봉을 바라보는 사람들의 안색이 급속도로 창백해졌다. 마도의 수뇌들도, 정파의 수뇌들도, 그리고 뒤늦게 합류한 사파의 수뇌들도 예외는 아니었다.

“…깨어났는가?”

그들의 귀에 광마의 포효 소리가 들려오고 있었다.

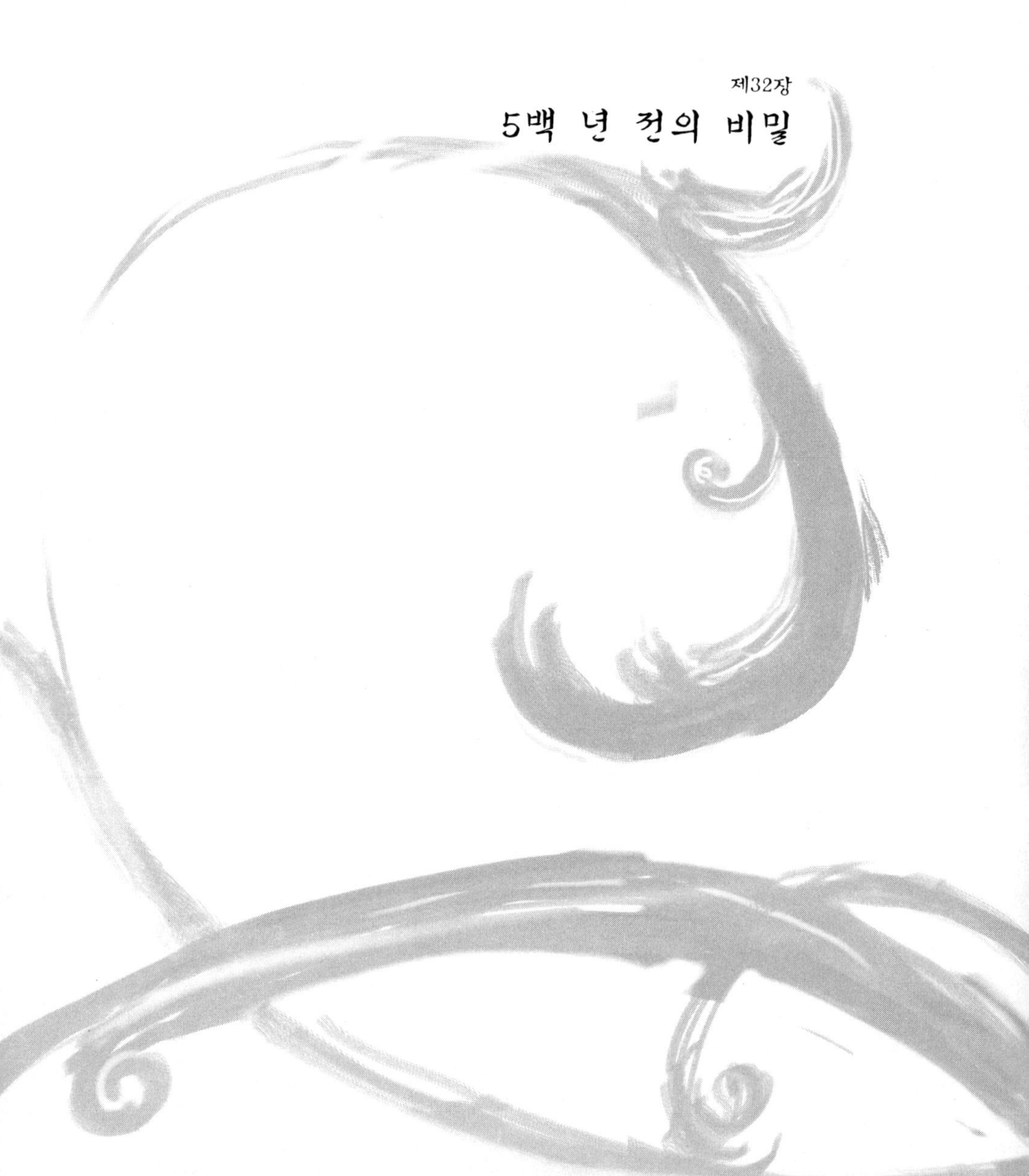

5백 년 전의 비밀

5백 년 전의 비밀

새벽녘 정, 마, 사의 수뇌들은 긴급히 한자리에 모여야만 했다. 하오문의 정보망에 한 가지 충격적인 사실이 발견되었기 때문이다.

"화산 남쪽에 있는 마을 하나가 완전히 파괴되었습니다. 사망자는 3천 명이 넘고, 부상자는 셀 수가 없을 지경입니다. 또한 마을의 기능이 완전히 정지되었습니다. 건물의 대다수가 붕괴되었고, 어떤 건물은 흔적조차 찾아볼 수 없을 정도로 먼지가 되었습니다. 살아남은 마을 사람들의 말에 따르면 흉수는 '악마'였다고 합니다. 그것도 단신이었다고 합니다. 그 악마는 미친 듯이 광소를 터뜨리며 눈에 띄는 모든 것들을 파괴했다고 합니다. 그리고 그 마을에 묵고 있던 2백여 명의 무림인들이 그의 손에서 뿜어져 나온 핏빛 빛 줄기에 어떻게 반항 한번 하지 못하고 전멸했다고 합니다. 그 흉수는 마을을 파괴한 뒤 남쪽으로 사라졌다고 합니다."

수뇌들은 머리를 맞대고 토론에 토론을 거듭했다. 그리고 그들은 비무대회가 열리기 반 시진 전쯤에 토론을 마무리 짓고 몇 가지 사항을 결정할 수 있었다.

비무대회는 무기한 중단되었다.

수많은 이들이 불평을 터뜨렸으나 그 이유를 듣고는 수긍하는 빛을 보였다. 또한 그들은 공포에 휩싸였다.

"제2의 광마가 출현했소."

세인들은 알고 있다. 5백 년 전의 그 끔찍했던 암흑 시대를, 그리고 그 시대를 살았던 한 마인을……

광마.

그 저주스런 마인이 다시 출현하다니…….

하지만 사람들은 그 뒤에 들려온 말에 어느 정도 안심이 되는 것을 느꼈다.

"때문에 우리 정과 마는 힘을 합쳐 광마를 상대하기로 하였음을 밝히는 바이오!"

정과 마가 힘을 합친다는 말은 곧 무림 전체가 광마를 상대한다는 뜻이었다. 사람들은 안심했다. 제아무리 광마라 해도 무림 전체를 이길 수는 없을 것이라 생각했기에. 또한 사람들은 그 다음 나온 말에 더욱 안도의 한숨을 내쉬었다.

"또한 그동안 음지에서 살아왔던 사파 역시 이번 '광마 봉인 작전'에 힘을 빌려주기로 하였소. 그들은 지난날 자신들의 잘못을 깨닫고 이제 무림을 위해 지난날의 과오를 보상하려는 것이오. 여기 이 두 분이 바로 사파의 수뇌 분들이시오."

그렇게 고루혈교와 환사문은 무림에, 양지에 첫발을 내디뎠다. 그들로서는 감격스러운 순간이 아닐 수 없었으리라. 수많은 사람들의 환호를 받으며 새 출발을 한 것이었으니까. 그리고 너도나도 '광마 봉인 작전'에 참가하기를 원했다. 정과 마, 그리고 사가 힘을 합하는 최초의 작전에 직접 참여하고 싶은 것이 그들의 솔직한 심정이었다. 화산에 있는 무인들은 모두 일류고수의 소리를 듣기에 부끄러움이 없는 사람들이었다. 모두 비무대회에 출전했던 사람들이었으니까 말이다.

해서 이날, 광마를 '봉인' 할 때까지 임시로 '무림연합(武林聯合)' 이 탄생했다. 맹주는 정파 대표 화중문, 마도 대표 마중천자, 사파 대표 고루혈교주가 공동 맹주가 되기로 하였다. 그리고 무림연합의 구성원은 무림인이라면 누구나 가능했다. 광마를 봉인하는 데 힘을 합치고 싶은 무림인은 누구라도 환영한다는 것이었다.

이제 이들과 광마의 싸움이 전개될 것이다. 아마도 치열한 싸움이 될 것임에 틀림없으리라.

*   *   *

그로부터 6개월 후,

"크워어어어!"

퍼펑! 펑! 슈우웅~ 서걱!

"아, 악마다!"

"도망쳐! 우리가 상대할 존재가 아니야!"

"으아악!"

"크악!"

…….

"…불행히도 이번 역시 실패입니다."

말을 하는 종리화의 얼굴이 수척해 보였다. 지난 6개월 간 잠 한숨 제대로 못 자봤으니 당연한 것일지도 몰랐다.

"…그렇군."

이제는 담담한 표정을 보여주고 있는 수뇌들이었다. 이번 작전의 실패로 4천 명이나 되는 인원이 죽었건만 그들 중 어느 누구도 발작을 일으키진 않았다. 마치 늘 있어온 일인 것처럼 말이다.

"폭약도 소용이 없었단 말인가?"

한쪽 팔이 없는 화중문이 침울한 목소리로 물었다. 그의 한쪽 팔은 3개월 전 광마가 뽑아버렸다. 그의 물음에 종리화는 힘없이 고개를 끄덕였다.

"50만 관의 화약을 정통으로 맞았지만 그의 광혈마기를 뚫을 수는 없었어요. 그는 아무렇지도 않게 폭파 장소에서 걸어나와 폭발 후 어느 정도 힘을 잃었으리라 믿고 그를 제거하기 위해 기다리고 있던 4천 명의 고수들을 몰살시켰어요. 그리고 지휘를 하시던 양 장문인께서도 살아남지 못하셨습니다."

"……."

장내는 침묵에 잠겼다. 이번 일의 지휘자였던 해남 장문인 무적일검 양지강도 살아남지 못했다니, 이로 인해 정파의 수뇌들 중 광마의 손에 생을 마감한 수뇌들은 모두 4명이었다. 빈자리들을 보는 화중문은 가슴이 꽉 막히는 것을 느꼈다. 무당 장문인 소요자, 종리세가주 종리일도, 그리고 더 잃을 것이 없었던 아미 장문 방장 절진 사태. 그녀와 아미의 1백 제자가 모두 죽음으로 해서 아미파는 무림에서 자취를 감추게 되었다. 더 이상 남아 있는 제자가 없었으니까.

마도도 마찬가지였다. 그들도 2명의 수뇌들을 잃었다. 독으로 광마를 죽이려다 실패한 만독문주 제룡악, 광마는 무형지독에도, 닿기만 해도 녹아버린다는 화골산에도 눈 한 번 깜짝하지 않았다. 온갖 짐승들의 인해전술로 광마를 제거하려 했던 만수문주 혁련기, 수만 마리의 짐승들이 광마를 공격했으나 광마는 포효 한 번으로 짐승들을 모두 전멸시켜 버렸고 혁련기의 목을 뽑아버렸다.

"우문 궁주에게선 아직 소식이 없나?"

분위기를 바꾸기 위해 마중천자가 종리화에게 물었다. 종리화는 고개를 저었지만 한 가닥 희망이 담겨 있는 목소리로 말했다.

"아직 없어요. 하지만 뭔가 가능성을 발견했다고 하니 조금만 더 기다리시면 될 것이라고 봐요."

"가능성?"

수뇌들은 동시에 외쳤다. 가능성을 발견했다니?

"그렇다고 들었어요. 제가 그 소식을 들은 것이 일주일 전쯤이니 어쩌면 찾아냈는지도 모르겠어요."

침울했던 분위기를 쇄신시켜 주는 말이 아닐 수 없었다. 6개월째 진행되고 있는 '광마 봉인 작전'은 정보 세력들이 가장 큰 힘을 발휘하고 있었다. 개방은 광마의 이동 경로를 파악, 예상하고 그가 다닐 만한 길을 찾아 사람들을 피신시키는 일을 맡고 있었다. 만약 개방이 아니었다면 광마로 인해 죽은 사람의 숫자는 지금의 4배가 넘었을 것이었다. 하오문은 광마의 행적과 전투 결과, 사상자 수, 광마가 입은 피해 같은 세세한 정보를 수뇌들에게 전해주는 일을 하고 있었고, 또한 그가 사람들이 많이 사는 번화가로 가는 것을 막고 있었다. 광마는 눈에 띄는 사람을 먼저 공격하므로 광마가 번화가로 가려 할 때 광마의 앞에 나타나 인적이 드문 산길로 도망침으로써 피해를 줄이는 일 등을 말이다. 물론 광마를 번화가로 가지 못하게 막은 하오문도들은 광마에게 죽임을 당했지만 그로 인해 수많은 생명이 살아남은 것은 사실이었다. 만약 하오문의 희생이 없었다면 민간인들이 사는 번화가들도 무사할 수는 없었을 것이다. 또한 다른 정보 세력들도 저마다 개방이나 하오문을 돕고 있었다.

하지만 요희궁만은 전혀 다른 일을 하고 있었다. 그녀들은 광마의 약점을 찾는 일에 매진 중이었던 것이다. 해서 우문혜미는 지난 6개월간 광마의 약점을 찾기 위해 두문불출 중이었다. 그런데 한 가지 가능성을 발견했다니, 수뇌들은 실낱같은 희망이 보이는 것을 느꼈다.

우문혜미가 웃으며 수뇌들을 방문한 것은 그로부터 다시 일주일이 지난 뒤였다. 그동안 광마는 산촌 두 곳과 쾌검문(快劍門), 청월방(靑月幇)을 궤멸시켰고 4천 명 정도를 죽였다. 그날도 수뇌들은 모여 대책을 강구하고 있었는데 우문혜미는 웃으며 모습을 드러내었다.

"찾았어요!"

그녀는 들어오자마자 큰 소리를 질러 수뇌들을 놀라게 했다. 그리고 수뇌들은 다시 한 번 놀랐다. 그녀의 말뜻을 알게 된 후에 말이다.

"찾았다고?!"

"저, 정말이오?"

"찾았소?"

수뇌들은 환성을 터뜨렸다. 드디어 광마를 상대할 방법이 생긴 것이었으니 말이다. 독으로도, 진법으로도, 기관으로도, 암기로도, 폭약으로도, 고수들의 합공으로도, 힘을 빼는 차륜 작전도, 괴물에는 괴물이란 법칙에 따라 보낸 고루혈교의 강시들도, 인성을 상실해 두려움이 없는 환상살수들의 암습도 광마를 어쩌진 못했다. 그는 만부막적의 괴물이었고, 그 무엇으로도 상대할 수 없는 말 그대로 광마, 미친 악마였으니까. 하지만 이제 희망이 하나 생겼다. 6개월 만에 실낱같은 희망이 하나 생긴 것이다.

수뇌들은 모두 뚫어져라 우문혜미를 응시했다. 주안술 덕택에 66세의 나이라고는 믿을 수 없을 정도로 고운 30대의 미모를 간직하고 있는 그녀의 얼굴이 오늘따라 더욱 아름다워 보인다고 수뇌들은 생각했다. 그리고 우문혜미의 입이 열렸다.

"천마신교의 자료와 하오문, 개방이 보내준 자료, 또한 중원 곳곳의 정보 단체가 보내준 자료에 여러 인원을 풀어 긁어모은 자료까지 합해 드디어 한 가지 사실을 발견할 수 있었어요."

그녀는 자랑스럽다는 표정으로 수뇌들을 둘러보았다. 이때만큼 그녀 자신이 이렇게 자랑스러웠던 적은 없었다. 수뇌들은 숨을 죽이고 그녀의 입이 열리기만을 기다리고 있었다.

"저는 5백 년 전 광마의 행적에 깊이 파고들었어요. 사실 그 방법밖에 없었죠. 광마가 출현했던 적은 5백 년 전과, 지금뿐이니까요. 5백 년 전 광마는 단 10년 간 무림을 활보했어요. 아니, 무림을 파괴했다는 말이 정확하겠죠. 전 그가 왜 스스로 모습을 감춘 것일까 깊이 생각했어요. 왜 10년 간만 활동했는지 도대체 이해할 수가 없었거든요. 그래서 그에 관한 자료를 찾기 위해 노력했죠. 하지만 어디에도 그에 관한 자료는 없었어요. 중원의 모든 정보 단체가 노력했건만 광마가 스스로 사라진 이유에 대해선 아무도 알 수가 없었던 거죠."

잠시 숨을 고른 후 우문혜미는 다시 말을 이어갔다.

"하지만 한 가지 흥미로운 사실을 찾을 수 있었어요. 저는 여태껏 광마가 살인하는 방식과 어떤 것에 흥분하는지, 어떤 것을 두려워하는지, 그리고 그를 상대한 무인들을 통해 그가 어떤 무공을 썼는지, 어떤 방식으로 공격을 하는지, 방어는 어떻게 하는지, 등등 그런 것들을 중점적으로 조사하고 있었어요. 그 속에서 그의 약점을 찾아보려고 말이죠. 한데 광마가 10년 간만 활동했다는 말에 한번 발상을 전환해 보기로 했어요. 다른 것은 다 접어두고 그의 '활동 시기' 와 '이동 경로' 만을 중점적으로 조사해 보기로 말이에요."

"꿀꺽."

"으음……."

그녀의 말을 듣는 수뇌들은 목이 타는지 마른침을 삼키거나 신음을 흘리며 그녀의 말이 이어지길 기다렸다. 우문혜미는 이제부터가 중요하다는 듯 더욱 목소리를 높여가며 말했다.

"한데 그의 활동 시기와 이동 경로를 파고들자 한 가지 의문점이 생겼어요. 그건 다름이 아니라 그는 매년 11월 24일만 되면 행동이 기묘해졌다는 것이에요."

"뭐라고? 그게 무슨 뜻이오?"

애가 타는지 화중문은 우문혜미를 다그쳤다. 어서 본론을 듣고 싶은 것이었다. 그에 우문혜미는 알겠다는 듯 서둘러 말했다.

"아시겠지만 5백 년 전에도 중원의 정보 단체들은 광마를 뒤쫓으며 그의 이동 경로를 파악하는 데 힘을 쏟았어요. 한데 유독 매년 11월 24일만 되면 그의 행로가 불분명해졌다고 하고 있어요. 예를 들어 그가 눈에 띄는 모든 것들을 파괴하며 남하를 하고 있는데 11월 23일까지 지속적으로 남하를 하다가 11월 24일 날엔 행방이 묘연해지고 11월 25일 날엔 왔던 길을 되돌아가는 북상을 한다던가, 11월 23일 날 무당산을 오르다 11월 24일 날 역시 행방이 묘연해지고 11월 25일 날 전혀 엉뚱한 곳에 나타나 신도문(神刀門)이란 방파를 파괴하던가, 등등 그는 매년 11월 24일엔 이해할 수 없는 행동들을 보여주고 있었어요. 또한 그는 11월 24일 날엔 결코 살인을 하지 않았어요. 유독 11월 24일 날에만 말이에요. 전 왜 그런지 그 이유를 알기 위해 깊숙이 파고들었어요. 그게 실마리라고 생각한 것이죠. 그리고 이틀 전에 드디어 그 이유를 발견할 수 있었어요. 먼저 한 가지 물어보겠어요. 여러분 중에 5백 년 전의 광마가 처음 무림에 출도한 날짜를 기억하고 계신 분이 있으신가요?"

"……."

아무도 입을 여는 이는 없었다. 그때, 종리화가 비명을 내질렀다.

"서! 설마?! 설마?!"

역시 종리화는 총명하다고 생각했다. 종리일도가 죽었고, 또한 지금 그녀는 가주 대행을 하고 있으니 어쩌면 종리세가는 최초로 여자 가주를 맞게 되는지도 모른다. 우문혜미는 그런 생각이 들었다. 그만큼 종리화는 두뇌 회전이 빠르고 총명했으므로.

종리화의 비명에 수뇌들도 뭔가 생각이 떠올랐는지 기겁을 하며 우문혜미를 응시했다. 정말 자신들의 생각이 맞는지 알아보기 위함이었다. 그들의 의문에 답하듯 우문혜미는 웃으며 고개를 끄덕였다.

"그래요. 그가 무림에 처음 모습을 보인 날이 바로 11월 24일이에요!"

"오오, 그럴 수가!"

"이, 이럴 수가!"

여기저기서 탄성이 흘러나왔다. 도저히 우연의 일치라고는 생각할 수 없는 말을 들었기 때문이었다. 우문혜미는 서둘러 말했다.

"11월 24일은 그가 무림에 첫발을 내디딘 날이기도 하지만 그가 광마가 된 날이기도 하다는 것을 아실 거예요. 이게 무엇을 뜻하는지 아시겠어요? 또한, 매년 11월 24일만 되면 광마는 살행을 멈추고 이해할 수 없는 행동들을 보여주었어요. 이게 무얼 뜻할까요? 이제부터 전 제가 추측한 것을 말할 거예요. 지금부터 제가 하는 말은 여러 자료를 토대로 하는 것이긴 하나 전혀 신빙성이 없는 그저 추측일 뿐이라는 것을 미리 말해 두는 바예요."

하지만 그 어떤 추측보다 사실에 가까울 것임을 수뇌들은 느끼고 있었다. 또한, 이제부터 그녀가 하는 말이 무림의 미래를 결정할 것이라는 사실도 느끼고 있었다.

"11월 24일 날 광마는 천살의 마성에 빠졌고 무림에 출도했어요. 그리고 1년 간 본능이 시키는 대로 살인과 파괴를 일삼았어요. 그러다 그는 제정신을 차리게 돼요. 그리곤 혼란스러워하죠. 자신이 왜 이곳에 있는지 전혀 알 수가 없었으니까요. 그래서 정신없이 움직이죠. 자신이 있는 곳이 어딘지 알기 위해서죠. 그리고 자신에게 무슨 일이 일어났는지도 알기 위해서요. 하지만 다음날 그는 다시 마성에 빠지게 돼요. 그리곤 다시 1년 간을 본능이 시키는 대로 살인과 파괴를 하게 되죠. 그렇게 그는 10년 간을 살아간 것이에요. 1년에 단 하루만을 제정신인 상태로 사는 사람이 되어서요. 그러다 그는 마침내 모든 사실을 알게 되죠. 이 모든 살인을, 파괴를 자신이 했다는 것을요. 1년에 단

하루만 제정신인 까닭에 그 사실을 깨닫는 데 그는 무려 10년을 허비한 것이죠. 그리곤 괴로워했죠. 자신이 얼마나 끔찍한 일을 저질렀는지 알게 되었으니까요. 그래서 그는 결심을 하게 돼요. 스스로 죽을 결심을 말이에요. 자신이 제정신일 때 스스로 목숨을 끊기로 말이에요. 그래야 더 이상의 혈겁이 일어나지 않을 것이니까요. 그리고 자신의 손이 아니면 자신은 죽을 수 없다는 것을 알아서이기도 했죠. 자신의 광혈마기를 뚫을 수 있는 건 자신의 두 손뿐이라는 걸 그는 알고 있었으니까요. 이상이 제 추측이에요. 하지만 전 이것을 사실이라 믿고 싶군요. 우리 무림을 위해서 말이에요.”

그녀의 추측은 수뇌들에게 희망을 불러일으켰다. 그 추측이 사실이라면 그들에겐 광마를 상대할 한 가닥 희망이 생긴 것이기 때문이었다.

“오늘이 며칠이오?”

고루혈교주가 수뇌들을 돌아보며 물었다. 그의 말에 답한 것은 마중천자였다. 지난 6개월 간 그들은 생사의 고비를 같이 넘겼기에 사파의 수뇌들과 정과 마의 수뇌들은 서로 허물없는 사이가 되어 있었다.

“5월 7일이오.”

그의 말이 끝나자마자 종리화가 끼어들며 말했다.

“그럼 광마가 깨어난 날이 10월 31일이니, 5개월하고 24일이 남았군요.”

“그렇군. 그럼 그동안 최대한으로 그와 충돌을 피하면서 대책을 강구해야 하겠군.”

환사문주가 확정적인 어투로 말했다. 그의 말에 모두들 고개를 끄덕였다.

“한데… 하루 만에 어떻게 할 수가 있을까? 지금부터 준비를 한다

해도 말이오."

부정적인 견해를 내놓은 수라회주 유철휘였지만, 고루혈교주는 뭔가 생각이 떠오른 듯 유철휘의 말로 불안에 빠진 수뇌들을 안심시켜주었다.

"그러고 보니 한 가지 방법이 생각나는군. 음모를 꾸몄던 전대 하오문주가 위문이란 자를 제어할 최후의 대비책으로 만들어놓은 방법이 있는데……."

제33장

종결

종결

10월 31일.

이날은 무림인이라면 절대 잊을 수가 없는 날이었다.

바로 광마의 최후가 되는 날이었으니까.

지난 5개월 간 무림연합은 광마와의 직접적인 대결을 피하며 그를 망산으로 유인했다. 광마는 그들의 계획대로 망산으로 들어갔고, 거기서 최후를 맞이했다.

위문은 눈을 떴다.

'여기가 어디지?'

주위를 돌아보자 한 폭의 지옥도가 눈에 들어왔다. 자신의 주위엔 수많은 시체들이 널브러져 있었다. 숨 쉬기도 힘들 정도로 역한 피비린내가 그의 후각을 자극하고 있었다.

"윽! 으윽!"

머리가 깨질 듯이 아팠다. 두 손으로 머리를 지끈지끈 눌러보았지만 통증은 가시지가 않았다. 아무런 기억도 나지 않았다. 여기가 어딘지, 자신이 왜 여기에 와 있는지 알 수가 없었다. 예청을 구하러 교환 작전에 참가했던 것은 기억이 났다. 그리고 예청을 본 것도, 그 예청이 가짜란 것도 기억이 났다. 하지만 그 뒤의 기억은 전혀 없었다. 분노를 느낀 것 같은데… 예청의 목소리를 들은 것도 같은데… 자세히 생각해보려 하자 다시 두통이 이어졌다. 손에 무언가가 말라붙어 있는 것 같았다. 거칠거칠한 감각이 느껴지고 있었으니까. 손을 내밀어 손바닥을 보았다. 거기엔 피가 말라붙어 있었다. 그러고 보니 자신의 옷은 피로 흠뻑 젖어 있었다. 또한, 몇 달 동안 빨지 않았는지 역한 냄새도 풍겨져 나오고 있었다.

부스스…….

천천히 몸을 일으켰다.

'여긴 어딜까?'

자신은 설봉에 있었다. 한데 여긴 나무들이 있고 수풀도 있었다. 시간이 얼마나 지났는지도 알 수가 없었다.

터벅터벅.

걷는 감촉이 좋지 않았다. 바닥에 피와 육편들이 말라붙어 있어서 그런 것 같았다.

'좀 씻고 싶은데…….'

기분이 찝찝하기 이를 데 없었다. 걸을 때마다 자신의 피부에 부딪히는 말라붙은 피가 견딜 수 없을 만큼 찝찝했다. 다행히 그렇게 얼마 정도를 걸어가자 작은 연못을 발견할 수 있었다. 위문은 주저없이 옷을 입은 채 연못 속으로 뛰어들었다.

풍덩!

물은 차가웠다. 찬물에 몸을 담그자 정신이 번쩍 드는 것을 느꼈다.

'우선 이 말라붙은 핏덩어리들부터……'

공력을 일으키자 그의 몸에, 그의 옷에 말라붙어 있던 핏덩어리들이 녹아 연못의 물을 붉은빛으로 흐려놓기 시작했다. 핏덩어리들은 몇 달 동안 쌓이고 쌓였는 듯 한동안 위문은 가만히 공력을 일으키고 있어야만 했다.

'응? 이 옷은?'

핏덩어리들을 다 없애고 연못 밖으로 나와 옷을 내려다보자 낯이 익다는 것을 알 수가 있었다. 그가 교환 작전 때 입었던 바로 그 옷이었다.

'이건 또 뭐야?'

옷을 내려다보다 자신의 팔로 시선이 가게 되었는데 위문은 그만 당황하고 말았다. 피를 완전히 다 씻어내었다고 생각했는데 자신의 팔은 여전히 붉은빛이었던 것이다. 다른 손으로 팔을 문질러 보았지만 붉은빛은 지워지지 않았다. 오히려 팔을 문지르고 있는 손마저도 붉은빛이라는 것을 알게 되었을 뿐이었다. 그뿐 아니라 자신의 전신이 다 붉은빛으로 변해 있었다. 이건 마치 혈인이라고 해도 믿을 것 같은 모습이었다.

흠칫!

그때 그의 등 뒤에 누군가의 인기척이 느껴졌다. 낯설지 않은 느낌이 전해져 왔다.

'누굴까?'

어쩌면 자신이 왜 여기에 있는지 알고 있을지도 모른다고 생각했다. 위문은 재빨리 몸을 뒤로 돌려 나타난 사람을 바라보았다.

"……."

잘못 본 것이 아닌가 하여 눈을 비비고 다시 보았으나 잘못 본 것은 아닌 듯했다.

"아, 아설?"

죽었다고 생각한 예설이 그의 눈앞에 서 있었다.

"아, 아설? 당신이오? 당신이 맞소?"

그녀에게로 다가가며 위문은 떨리는 음성으로 물었다. 하지만 예설은 대답하지 않았다. 다만 몸을 돌려 어딘가로 걸어가기 시작했을 뿐이었다.

"아, 아설? 어, 어디로 가는 거요?"

위문은 재빨리 예설의 뒤를 따르며 큰 소리로 물었다. 하지만 예설은 묵묵히 앞으로 걸어갈 뿐이었다.

'뭐지? 뭐지? 뭐가 어떻게 된 거야?'

예설은 분명히 죽었다. 그가 직접 예설의 죽음을 확인하지 않았던가? 꿈인가 하며 자신의 볼을 꼬집어보았다. 하지만 꿈은 아닌 듯 통증이 느껴졌다.

슈슉.

재빨리 예설의 앞을 막으며 위문은 외쳤다.

"아설! 아설, 당신이오?"

그녀의 얼굴엔 화색이 돌고 있었다. 또한 그녀답지 않게 화장을 예쁘게 하고 있었다. 다만 무표정하단 것이 예전의 그녀와 다른 점이라면 다른 점이었다. 이번에도 예설은 위문의 물음에 대답하지 않았다.

다만 그녀는 걸음을 계속 옮겼을 뿐이었다. 자신이 가야 할 길을 위문이 막고 있자, 그녀는 천천히 위문의 몸을 돌아 길을 걸어갔다. 자신의 몸을 도는 순간 위문은 한 가지 이상한 점을 느꼈다. 예설의 숨소리가 들려오질 않았던 것이다.

'설마? 설마?'

재빨리 예설의 뒤를 따라 걸으며 다시 한 번 자세히 느껴보았다.

"……."

역시 그녀는 숨을 쉬고 있지 않았다. 다가가 그녀의 손목을 잡아보았다. 그녀는 흠칫하는 듯했으나 개의치 않으며 걸음을 재촉했다. 예설의 손목을 잡아본 위문은 혼란을 느꼈다. 정말 그녀의 손은 맥이 뛰고 있질 않았다. 또한, 온기가 느껴지지 않고 있었다. 두려운 마음으로 다시 예설의 앞을 막아섰다. 그리고 그녀의 걷는 속도에 맞춰 뒷걸음질을 치며 손을 들어 그녀의 눈앞에 흔들어보았다. 그래도 그녀는 아무런 반응이 없었다. 눈 한 번 깜빡이지 않았고, 눈빛 한 번 흐려지지 않았다. 그러고 보니 그녀의 눈엔 생기가 없었다. 칙칙한 회색 빛을 띠고 있었다.

…위문은 이제야 이곳이 어딘지 깨달았다.

이곳은 죽은 자들의 세계인 사후 세계인 것이다. 자신은 죽어 이곳으로 오게 된 것이다. 눈을 떴을 때 본 시체들은 여태껏 그가 죽인 사람들일 것이다. 그들은 죽어서도 그를 원망해 이곳에 자신들의 육체를 던져 놓았을 것이다. 아니면 그들의 시체들을 보며 참회하라는 신의 뜻인지도 모른다.

'그렇구려… 난, 우린, 죽은 것이구려… 아설, 그대를 다시 만나면 하고 싶은 말들이 너무 많았건만…….'

예설은 묵묵히 걸어가고 있다. 또한 위문도 그녀를 따라 걸어가고 있다. 이 순간 위문은 느끼고 있었다. 예설이 가는 길의 종착지에 예청이 있을 것이라는 것을… 그녀가 그를 기다리고 있을 것이라는 것을… 예설은 작은 동굴 안으로 걸어 들어갔다. 위문은 착잡한 심정을 억누르며 그녀를 따라 걸어갔다.

저벅저벅.

꽤 오랜 시간을 걸은 듯했다. 동굴도 거의 끝나가는 듯 앞쪽에 불빛이 보이고 있었다. 저기다. 예청은 저곳에 있을 것이다. 우리 셋은 드디어 이렇게 다시 만나게 된 것이다. 살아서는 이루지 못했지만 죽어서는, 지금은 우리의 사랑을 이룰 수가 있을 것이다. 가슴이 두근거렸다. 마치 그녀의 얼굴을 처음 봤을 때처럼 말이다. 동굴의 끝, 그곳은 작은 석실이었다. 그리고 그 석실의 중앙엔 한 여인이 서 있었다.

꿈에라도 잊을 수 없는 저 얼굴, 예청이었다. 그녀가 두 팔을 벌린 채 환한 미소를 지으며 그를 반기고 있었다. 위문은 멍하니 그 자리에 섰다. 그의 눈에선 한줄기 눈물이 흘러내리고 있었다.

예설은 천천히 예청 쪽으로 걸어가 그녀의 옆에 섰다. 그리고 예설 역시 예청과 마찬가지로 위문을 향해 두 팔을 벌리며 환한 미소로 웃었다. 이곳으로 오는 동안 무표정으로 일관했던 것을 다 보상하는 듯한 환한 미소였다.

"이리로 오세요, 위 대가. 우리의 품으로."

마력이 담긴 목소리가 그의 귓가에 울려 퍼졌다. 위문은 흘리는 눈물을 닦지 않으며 두 여인에게 다가갔다. 그의 품은 두 여인을 안을 수 있을 정도로 넓었다. 예청과 예설은 위문의 가슴에 얼굴을 묻고 그를 꼬옥 껴안았다. 그녀들을 힘주어 껴안으며 위문은 환한 미소를 지었다.

'그래… 여기야… 내가 있어야 할 자리는… 바로 여기야…….'

두 눈을 감았다. 그리고 이 순간이 영원하기를 빌었다.

쿠우우우웅!

석실의 입구가 닫혔다. 그리고 석실 안으로 천천히 물이 들어오기 시작했다. 이윽고 석실 전체가 물로 꽉 채워졌을 때, 석실 안으로 여러 개의 구슬들이 떨어졌다. 맑고 투명한 색을 띠고 있는 구슬들이었다. 그러자 석실을 채우고 있던 물이 순식간에 얼음으로 변했다. 그 속에 한 사내와 두 여인은 행복한 미소를 지은 채 서로를 꼬옥 껴안고 있었다.

마치 이제는 영원히 떨어지지 않겠다는 듯이…….

*   *   *

"…끝인가?"

"아마도… 세상에 존재하는 빙정(氷精)이란 빙정은 다 넣었으니까."

동굴의 입구를 바라보며 17인의 사람들이 서 있었다. 그들은 저마다 감회가 새로운 듯 복잡한 시선이 얽힌 눈으로 동굴의 입구를 바라보고 있었다. 그들은 잠시 그곳에 말없이 서 있다 걸음을 옮겼다.

떠나가는 그들의 뒤로 그들의 대화 소리가 들려왔다.

"…그 아이는 왜 그 일을 자청했을까? 그 강시만으로도 충분했을 터인데……."

화중문의 탄식에 우문혜미가 대답했다.

"아마도 그 아이는 위문이란 사내를 사랑했던 것 같아요. 지난 행적을 보자면요."

"그럴까? 그래서 죽어서나마 영원히 함께 있기 위해……."

"…그렇겠죠. 안타까운 건… 위문은 그 아이를 예청이라고 생각할 거란 거예요… 화수수란 여인이 아닌……."

"휴우……."

"휴우……."

자신들이 동굴에서 어느 정도 멀어지자 우문혜미는 동굴을 중심으로 반경 2백 장 내에 펼쳐져 있는 진법을 작동시켰다. 천고의 절진이라는 환상윤회미로대진(幻像輪回迷路大陣)이라는 진법이었다. 그 진법이 시작되는 부분의 앞엔 커다란 바위가 놓여져 있었고 그 바위엔 이런 글이 새겨져 있었다.

〈금역.
이유 여하를 막론하고 이곳의 출입을 금함.
어기는 자는 무림연합의 분노를 받아야 할 것임.〉

＊　　　　＊　　　　＊

그 무렵 대막에선 세대교체가 이루어졌다.

늙어 노쇠한 대막천존이 자신의 자리를 아들인 대막천왕에게 넘긴 것이었다.

그렇게 대막천존은 역사의 저편으로 사라졌고, 대막천왕은 대막천궁의 주인이 되자마자 후계자를 자신의 큰아들인 선우무극으로 선포했다.

대막천존의 손녀인 선우미하 소저를 죽이고, 그것도 모자라 천존을 시해할 음모가 있다는 등의 유언비어를 퍼뜨려 대막의 분열을 꾀한 흑살대주 서문영우가 참수형을 당한 지 꼭 6개월째 되는 날의 일이었다.

*　　　*　　　*

그 무렵 북해에선 큰 지각 변동이 일어났다.

영원하리라 생각했던 북해빙궁이 멸망하는 일이 생긴 것이었다.

그들을 공격한 것은 북해의 여러 방파들을 규합한 대월파였다고 한다. 원래 대월은 빙궁에 대월령패를 빼앗겨 힘을 쓰지 못하게 되어 있었으나 빙궁을 공격하는 그들의 손엔 대월령패가 자랑스럽게 들려져 있었다고 한다. 또한, 원래라면 쉽게 무너질 빙궁이 아니었으나 내부의 누군가가 대월에 빙궁의 주위에 펼쳐져 있는 기관의 파해도를 넘겨주어 빙궁은 이렇다 할 저항 한 번 하지 못하고 하루아침에 무너져 버렸다고 한다.

그로부터 몇 달 후, 빙궁주가 죽어 자연스럽게 빙궁의 주인이 된 단리설지는 자신의 결혼을 발표했다. 그 상대는 대월의 전설을 열었다는 무사, 소오(少五)라는 사내였다.

*　　　*　　　*

중원은 어떻게 되었을까?

광마에 의해 입은 피해가 어느 정도 복구되었을 무렵 비무대회가 다시 열렸다.

천관 진출자였던 여덟 명 중 네 명이 광마의 손에 죽었기에 남아 있는 네 명을 가지고 대회는 진행되었다.

"제17회 천하제일 비무대회. 영웅제일좌의 주인은 흑수무정(黑手無情) 제천악(帝天惡) 소협입니다!"
"와아아아!"
"와아아아!"
이렇게 해서 마도는 오랜 염원을 풀었다.
다음 비무대회부터는 대진표를 없애고 다른 방식의 추첨표를 만들 것이라고 전해진다. 또한, 사파도 당당하게 비무대회에 참가할 자격이 주어질 것이라고 한다. 그리고 정과 마의 수뇌들은 아직도 사파의 수뇌들과 만나며 그들과 협상을 진행하고 있다고 한다.

『終』